KB013476

내게 금지된 공간
내가 소망한 공간

내게 금지된 공간
내가 소망한 공간

서윤영 지음

금지와 소망이라는 실로
책의 그물을 엮고 생각의 집을 지은
한 여자의 이야기

궁리
KungRee

여는 글

뒤바뀐 가방

비행기여행이라고는 해도 해외여행과 달리 국내여행은 역시 마음이 가볍다. 여름휴가를 여름이 아닌 초가을에 가기로 하고, 서늘한 9월에 바다 건너 제주로 여행지를 잡아놓고는, 그날 아침 대충대충 짐을 싸서 느적느적 김포에 도착했다. 면세점 쇼핑이 면제된 대신, 기념품 가게에 들러 별로 기념할 것도 없는 물건들을 구경하다가 시간에 임박해 탑승수속을 밟는다. 요즘은 공항의 검색 시스템이 강화되었다는데, 앞으로 해외여행을 할 때면 정말 그 전신 스캔이란 걸 하게 될까 지레 걱정하며, 가방을 검색대 위에 올린다. 그리고 사람은 검색 게이트를 통과하며 예전에 처음으로 해외여행 갔을 때를 떠올린다. 꼭 이렇게 게이트를 통과하다가 갑자기 빨간불이 켜지며 경보음이 울리던 그때를, 이내 직원들이 달려와 바구니를 들이대며 핸드백 안에 들어 있는 소지품을 모두 꺼내 보이라던 그때를. 난생처음 당하는 일에 떨리는 손으로 지갑과 수첩을, 립스틱과 거울을 바구니 안에 쏟아붓고 맨몸으로 다시 게이트를 통과한다. 하지만 또다시 빨간불이 울린다. 핸드백을 공개했으니 이제 또 무엇을 공개해야 하나 스물여섯 살 여자아이가 당황하는 그 찰나, 검색대의 여직원이 말했다.

Your earring, please.

금속성의 물체를 탐지하는 검색 게이트, 그런데 귀걸이가 너무 컸던 모양이다. 그걸 무기로 오인했나, 귀에 걸려 있다기보다는 어깨 위에 얹혀 있는 듯한 그 귀걸이를, 줄줄이 체인으로 늘어진 커다란 귀걸이를 떼고서야 비로소 통과할 수 있었던 해외여행의 첫 게이트.

"실례합니다만, 잠시 가방을 열어 보여주시겠습니까?"

게이트를 통과하여 가방을 찾으려는 내게 검색대의 직원이 묻는다.

"가방 안에 무엇인가 이상한 기계장치들이 많이 있는 것 같아서요, 저희도 처음 보는 것들이라."

이번에는 귀걸이도 하지 않았는데, 이상한 기계장치라니.

"아무래도 가방을 한번 열어 보여주셔야겠습니다."

가방 안에 무엇이 있다고 그러는지, 더구나 국제선도 아닌 국내선에서.

"그럼, 열어보죠."

대체 사람을 어찌 보고 이러는 건지. 서둘러 가방의 잠금장치에 손을 대는데, 그런데 열리지 않는다. 세 자리의 비밀번호로 굳건히 잠겨 있다. 비밀번호가 뭐더라, 생각이 나지 않는다.

지난 여름 해외여행을 갔다가 가방이 고장 나 낭패를 겪었던 적이 있다. 그때도 비밀번호의 잠금장치가 고장 나 요지부동 열리지 않는 탓에, 도리 없이 잠금장치를 파손하고야 가방을 열 수 있었다. 해외여행지에서 가장 곤란한 것이 여권과 지갑을 도둑맞는 것이고 그 다음으로 가방이 고장 나는 것이라고 그때 경험으로 배웠다. 여행에서 돌아와 앞으로 절대 자동잠금 가방은 쓰지 않겠다고, 그래서 오늘 아침에는 몇 년째 벽장 안에 처박아두었던 지퍼식 여행가방을 챙겨왔는데, 지금 이것은 자동잠금 가방, 비밀번호가 뭐였더라. 그때서야 깨달았다, 가방이 바뀌었음을. 기내용 검정색 여행가방들은 대개 비슷비슷한 형태라, 어디선가 그만 바뀐 모양이다.

"저, 사실 가방이 바뀌었어요. 이건 제 것이 아니에요."

처음에는 비밀번호를 잊었다고 하다가 이제는 제 가방이 아니라고, 가방이 바뀌어서 모른다고 하는 나를 검색대의 직원이 묘한 눈빛으로 쳐다본다.

"그러시면 별도로 마련된 장소에서 저희가 직접 그 가방을 열어봐도 되겠습니까. 물론 승객께서도 함께 가주셔야겠습니다."

그새 연락이 되었는지 두어 명의 직원이 더 달려오고, 그중 한 명이 내 가방을, 그 뒤바뀐 가방을 꽉 잡은 채 놓지 않는다. 내가 이 가방을 놓지 않으면 그가 오히려 내 손목을 나꿔챌 듯한 기세인데, 그런데 지금 허리춤에 차고 있는 저것은 가스총인가, 전기총인가. 이상한 기계장치, 별도로 마련된 장소, 생경한 말들에 머릿속이 혼란스러워지는 순간, 이번에는 핸드백이 요동치듯 진동을 한다. 전화가 온 것이다. 요행 그 가방은 비밀번호 없이 쉽게 열리고 낯선 번호의 남자가 묻는다.

"서윤영 씨, 맞죠? 지금 가방이 바뀌었죠?"

어둠 속에서 비치는 한줄기 서광, 지옥에서 만난 부처님.

"맞는데요. …… 그런데, 누구세요?"

혹여 스토커인가, 보이스피싱인가, 하지만 그 목소리는 너무 다급하고 절실하다.

공항버스 안에서 가방이 바뀌어 지금 인천공항에서 나와 똑같은 상황에 처해 있다는 그를 만나기 위해 가는 길, 대체 내 전화번호를 어찌 알았을까, 어쩌면 이것이 미리 계획된 범죄상황은 아닐까, 종내 의문이 떠나지 않는다. 지금 오고 계신가요? 어디쯤이죠? 가는 내내 여러 번 전화를 걸어오는 양이 아무래도 의심스럽지만, 그러나 어쨌든 나는 그 가방을 찾아야 했다. 새로이

장만한 카메라가 있었기 때문이다. 한 번도 써보지 않은 고급 카메라, 짐을 줄이자고 그냥 여행가방 안에 함께 넣었는데 그만 가방이 바뀌었고 나는 그걸 반드시 찾아야 했다.

9월이긴 해도 아직 한낮에는 무덥지만, 서른 살 언저리 그의 차림새는 넥타이까지 맨 채로 몹시 단정하다. 비슷비슷하게 생기고 엇비슷하게 낡은 검정 가방을 맞바꾸어 그 자리에서 확인해본다. 있다, 틀림없이 있다. 하나도 손상 없이 그대로 있다. 때마침 나와 똑같은 안도의 한숨을 맞바로 그도 내쉰다. 컴퓨터의 마우스를 디자인하는 일을 하고 있는데, 이번에 새로 출시된 제품의 시연을 위해 홍콩으로 가는 길이라 했다. 그 이상한 기계장치들은 여러 개의 마우스였던 것이다. 시간에 맞춰 비행기를 타지 못하면 시연회에 늦고 그러면 성사 직전의 계약도 취소되기 때문에 그리 다급하게 전화를 했노라고 머뭇머뭇 말을 꺼낸다. 서둘러 탑승수속을 밟는 그에게 정말 궁금한 것 한 가지를 묻는다, 내 이름과 전화번호를 어찌 알았느냐고.

"혹시 전화번호나 명함이 있을까, 가방을 열어보았지요. 그런데 책 한 권이 있었어요, 학교 도서관에서 빌린 책이더라고요. 도서관에 연락을 해서 그 책의 일련번호를 불러주니까 대출자 정보를 알려주더군요. 제주도 여행에 관한 책이라서 제주도에 가는 게 아닌가, 그럼 김포공항에 있을 텐데, 생각했지요."

여행을 준비하면서 먼저 하는 일은 그 여행지에 관한 책을 읽는 것인데, 이번에는 국내여행이라 가볍게 생각하여 책을 사지 않고 도서관에서 빌렸다. 그런데 그것이 단서가 되어줄 줄은 몰랐다. 무엇보다 위기의 순간에 책 한 권으로 가방주인을 찾은 그의 기지가 놀랍다. 그리고 이 책은 바로 그런 책에 관한 이야기이다.

인생이라는 긴 여행을 하다보면 본의 아니게 또는 부주의로 그 여행이 생각지도 못한 방향으로 흘러가버릴 때가 있다. 그런데 바로 그 순간에 한줄기 빛이 되어준 책, 스스로의 힘으로 해결할 수 없는 상황을 그나마 견딜 수 있게 해준 구원 같은 책, 그리하여 마침내 내 인생을 바꾸어놓은 책에 관한 이야기이다. 또한 그 마우스 디자이너와도 같이, 어떤 결정적인 순간에 번뜩이는 예지를 발휘하였던 내 인생의 여러 조력자(助力者)들의 이야기이기도 하다. 회사에서 구조조정으로 자리를 옮겨야 했을 때 자료실로 가게 해준 직장상사, 인터넷에 쓴 글을 보고 출판할 수 있도록 조언을 해준 익명의 독자, 내 안에 잠자고 있던 공간에 대한 감수성을 일깨워준 지도교수, 내게 처음 서재를 마련해준 남편, 그리고 내게 처음으로 책을 쥐어준 아버지 등 내 인생의 모든 고마운 이에 대한 이야기이다.

2012년 5월

서윤영

차례

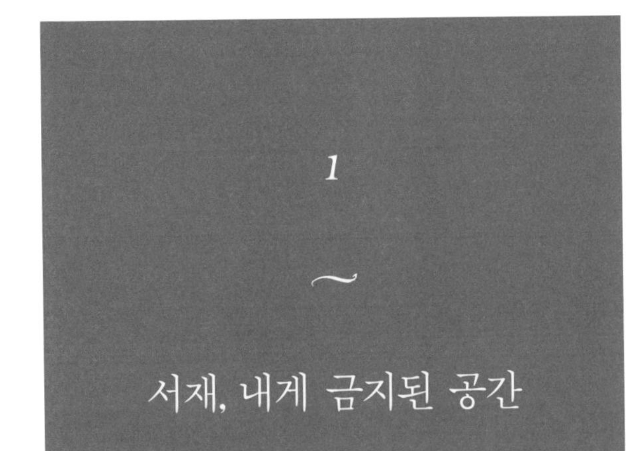

1

~

서재, 내게 금지된 공간

1

두 개의 사랑이 있는 집

"세상에 이런 집이 어디 있어? 도대체 어느 여자가 남편과 따로 서재를 쓴단 말이니?"

아니나 다를까, 내게도 여지없이 그 질문이 날아왔다. 이미 그 전에 수없이 그 얘기를 했던 터라 이제는 듣는 사람뿐 아니라 묻는 사람조차 귀찮아져 무언가 다른 말을 하지 않을까 했는데, 역시나 그 질문이다.

10여 년 너머의 세월 저쪽, 대학원에 다니며 2학년 설계수업을 듣던 때의 일이다. 진행되던 과제는 30~40평 규모의 단독주택으로, 거주자는 자녀가 없는 40대 부부로서 각자 전문직을 갖고 있으므로 침실 외에 남편의 서재, 아내의 서재를 따로 마련하라는 것이 첫 수업에 내려진 설계지침이었다.

자녀 없이 단둘이 사는 40대 부부라, 거기에 각자 전문직을 갖고 있어 서재가 별도로 필요한 집이라, 과연 이런 집이 얼마나 존재할까 의아했지만, 그럭저럭 설계는 진행되고 기말이 다가올 무렵 외부 크리틱이 있었다. 한 학기 동안 교수님의 지도를 받아가며 설계한 과제를 놓고, 현재 활동하고 있는 건축가를 초대하여 평가를 들어보는 특별한 행사였다. 그때 초대된 건축가가 '송 아무개'와 '이 아무개'라는 말을 들었을 때 우리는 긴가민가 설레었다. 요즘처럼 건축가가 방송매체를 타면서 대중스타가 되는 시대가 아니었던 것이 아쉬울 뿐, 그들은 건축잡지에 인터뷰 기사가 실리고 표지모델이 될 정도로 유명했다. 건축가의 얼굴 한번 보자고, 비평 한번 들어보자고, 수강생보다 더 많은 학생이 몰려 좁은 설계실이 바글바글한데, 자신이 설계한 과제를 들고 직접 크리틱을 듣는 학생의 심정이야 오죽할까. 나는 그때 직접 사인을 받을 요량으로 인터뷰 기사가 실린 잡지까지 들고 갔었다. 그러나 막상 크리틱이 진행되었을 때 이 아무개와 송 아무개는 한결같이 그 질문이었다.

"이 집에는 왜 서재가 둘이야? 여자가 남편하고 따로 서재를 쓴단 말이니?"

"이 집에 아이는 없는 거니? 왜 아이 방도 없이 서재만 둘이야? 세상에 이런 집이 어디 있어?"

스무 개 남짓한 작품을 두고 똑같은 이야기를 두 마디씩 반복해서 듣고 있자니, 나중엔 불끈 화가 치밀고 말았다. 저 말밖에는 할 얘기가 없는 건가, 기껏 저 말 한마디를 듣자고 외부 크리틱을 진행했나. 좁은 설계실이 후텁지근하다. 편의점에 가서 냉커피나 마셨으면 좋으련만. 가져온 잡지를 부채 삼아 부치고 있자니 표지모델 속 송 아무개의 사진이 펄럭거리고, 또한 그의 인터뷰 기사가 실렸던 페이지에 붙여둔 포스트잇도 너풀거린다.

"나는 이곳이 단순히 음식을 하는 공간이 아닌, 진정 가족의 행복을 책임지는 중심장소가 되기를 바랍니다. 그래서 나는 '주방' 이라는 말을 하지 않습니다. 단순히 음식을 조리하는 장소로서의 주방이 아닌, 가족의 행복을 창조하는 공간, 그 공간을 지칭하는 새로운 말이 뭐가 좋을까요? 솔직히 키친이라는 말도 능률적인 면만을 지나치게 강조하는 느낌이어서 거부감이 들어요. 이제 우리도 주방이나 키친 대신 새로운 명칭이 필요하지 않을까요?"

잡지 속 그의 모습은 근사한 슈트에 세련된 안경을 쓰고 있다. 본디 주방은 궁중의 부엌을 이르던 '소주방' 을 줄여 부른 것으로, 주로 1960~70년대 최신식 아파트의 부엌을 그렇게 부르기 시작했다. 그 주방조차 여성을 비하하는 듯한 느낌이 들어서 싫다는 사람이, 부엌을 키친으로 부르는 것조차 미안하다는 사람이, 왜 여성에게 서재가 필요하냐고 묻고 있다.

"요즘은 중소형 아파트에도 화장실이 두 개 마련되어 있어서 아주 편리하지요. 그런데 아이들이 점점 자라면 두 개도 부족할 때가 있어요. 사춘기에 이른 딸이 있다면 그 아이 방에 별도의 화장실을 만들어주는 것이 좋아요. 그리고 안방의 부부 전용 화장실에는 두 개의 세면대를 마련해주어야 해요. 아침마다 면도를 하는 게 남자고, 저녁마다 화장을 지워야 하는 게 여자니까요. 제 여성고객들은 세면대에 남겨진 남편의 수염찌꺼기를 보고 흠칫 놀란다고 하더라고요. 사실 저도 세면대에 남아 있는 아내의 머리카락이 좀 께름칙할 때가 있어요."

집안에 화장실은 식구 수대로 있는 것이 편리하다고 말하던 사람이, 서재는 두 개가 있으면 안 된다고 말하고 있다. 아내가 남편의 수염찌꺼기를 보고 불쾌할 수 있으니 남편의 세면대, 아내의 세면대가 별도로 있어야 한다고 말하던 사람이, 아내의 서재, 남편의 서재가 따로 마련되어 있으면 안 된다고 말하고 있다.

"어리던 자녀도 청소년기에 이르면 독립성이 강해지지요. 그래서 개인 침실 외에 별도의 영역을 설정해주는 것이 좋아요. 이를테면 침실과 공부방을 따로 분리해서 마련해준다든지…… 요즘 중고생들 방을 보면 책상과 침대가 함께 놓여 있잖아요. 그러니 책과 옷이 뒤엉키고 생활에 질서가 없는 거예요. 최소한 잠자는 공간과 공부하는 공간은 따로 분리해주는 것이 좋겠어요."

청소년은 침실과 공부방을 따로 갖는 것이 바람직하다고 말하던 사람이, 그 어머니는 자신의 서재를 따로 가지면 안 된다고 말하고 있다. 그나마 아이는 자기 혼자 독방이라도 쓰지만, 침실을 남편과 함께 쓰는 여성은 자신의 방을 가지면 안 된다는 것이 그의 논리이다.

"아울러 서재는 큰 것이 좋겠어요. 아이들이 아직 어릴 때는 남자 혼자 쓰는 방이지만, 그 아이들이 자라고 나면 아버지와 함께 쓰는 공간이 되니까요. 어리기만 한 줄 알았던 아이들이 서재에서 무언가 아버지와 진지한 토론을 하는 모습, 상상만 해도 멋지지 않아요?"

근사하게 꾸며진 자신의 서재에서 기자를 상대로 인터뷰를 하고, 그곳에서 찍은 사진이 표지에 실렸던 건축가가 지금 설계실에서 학생들을 지도하고 있다.

"집 안에 서재는 하나만 있으면 되고, 여자는 그냥 남편과 서재를 함께 쓰면 되는 거야. 여자가 무슨 개인 서재를 갖는다는 말이니? 솔직히 너희들, 집에서 어머니가 따로 서재를 쓰시니? 그냥 아버지 서재만 하나 있으면 되는 거야."

네 시간의 수업은 그렇게 흘러가버렸다. 각자 전문직을 가진 부부가 사는 집이니 공동침실 외에 각자 서재를 따로 마련하라는 지침을 내렸던 교수님은, 한쪽 구석에 서서 손을 맞비비며 난처해하고 있었다. 네 시간 동안 퍼부어진 그 말은 교수님을 가장 불편하게 했으리라. 청강을 하러 왔던 학생들이 우르르 빠져나가는 가운데, 나는 잡지를 내던지고 도면을 구겨버렸다. 그리고 그것을 쓰레기통에 던져넣는 순간이었다, 불현듯 기억 하나가 떠오른 것은. 기억이란 묘한 것이다, 여태껏 암흑의 바다 속에 깊게 잠겨 있던 것들이 작은 실마리 하나로 찬연히 건져 올려진다는 점에서. 10여 년의 시간 너머 어느 곳에서도 나는 꼭 그렇게 도면을 구겨 쓰레기통에 집어던진 적이 있었다. 그러고 보니 그 두 장의 도면은 많이 닮아 있었다.

중학 시절 학기가 시작될 때마다 선생님은 장래희망을 물었다. 의사가 되고 싶은 사람 손들어, 그다음 판검사나 변호사가 되고 싶은 사람 손들어, 그다음 교사가 되고 싶은 사람 손들어. 유감스럽게도 그때까지 무엇이 되고 싶다는 장래희망이 전혀 없었던 나는 아이들이 가장 손을 많이 드는 곳에 덩달아 손을 들곤 했다. 하긴 그날 자신이 어디에 손을 들었는지 또렷이 기억하는 아이는 별로 없었다. 그때 우리는 무엇이 되고 싶다라기보다는 어떻게 살고 싶다라는 이야기를 더 많이 했으니까.

너는 어떤 남자와 결혼하고 싶어? 신혼여행은 어디로 가고 싶어?라고 누군가가 꼬투리를 꺼내기만 하면, 5월의 장미가 만발한 정원에서 야외결혼을 하고 싶다, 결혼 후에는 외국에서 생활할 것이며 아이들을 모두 결혼시키고 난 후에는 예전에 신혼여행을 갔던 장소에 다시 정착하여 노부부가 단둘이 생활하고 싶다는 소상한 계획들이 쏟아져 나오곤 했다. 그러나 나는 그 말에도 대답을 하지 못하고 다만 시큰둥하게 되물을 뿐이었다. 그렇게 영화에나 나올 법한 이야기로 인생이 살아진다던?

키는 얼마 정도에 체격은 누구 정도, 그리고 얼굴은 잘생긴 것은 아니지만 적당히 봐줄 만한 정도, 원만한 성격에 외국유학 경험이 있는 남자, 난 그런 남자와 결혼할 거야, 라는 말에도 내가 줄 수 있는 것은 냉소뿐이었다. 글쎄, 그런 남자가 정말 너하고 결혼한다던?

그리고 마당이 딸린 양옥집에서 살고 싶은데, 아이는 둘만 낳아 네 식구가 살 거니까 넓은 집은 필요 없고 대신 마당이 넓었으면 좋겠어. 장미덩굴을 심고 개를 두 마리 키우고 거실에는 전축과 피아노를 놓고 식당에는 6인용 식탁을 놓는데, 왜냐하면 시부모가 오셨을 때…… 그때였다. 너는 앞으로 어떻게 살고 싶어? 라는 질문을 내 스스로에게 돌렸을 때가. 나는 어떤 집에서 살고 싶은가, 그리고 돌아온 대답은 두 개의 사랑(舍廊)이 있는 집이었다.

시내에서 가까우면서도 조용하고 깔끔한 동네, 보문동이나 가회동처럼 유서 깊은 동네의 개량한옥에서 살고 싶었다. ㅁ자 한옥은 너무 답답할 것 같아 ㄷ자 한옥이 좋을 텐데, 그 ㄷ자의 양 끝에 사랑방과 누마루를 하나씩 두고 싶었다. 대문을 열고 들어오면 마당을 가운데 두고 양 끝에 사랑방이 하나씩 놓인 집, 아울러 사랑방 앞에는 높다란 누마루로 된 사랑대청이 있는 집에서 살고 싶었다. ㄷ자 한옥에서 가운데는 안방과 부엌이 놓인 살림채가 되고 나머지 양 끝이 사랑채가 되는 셈인데, 여름에 사랑의 누마루가 활짝 열려서 방안에 앉은 사람이 아른아른 엿보일 때, 한쪽 사랑에는 키가 훤칠한 남편이 앉아 있고 그리고 다른 한쪽에는 어여쁜 아내가 앉아 있는 집, 나는 정말 그런 집에서 살고 싶었다.

자녀를 출가시키고 난 후 신혼여행지에서 남편과 단둘이 여생을 보내고 싶다는 친구가 그날 하교길에서 신혼여행지는 스위스가 좋겠다는 말을 하고, 뒤이어 마당에 개 두 마리를 키우고 싶다던 아이가 그 개는 하얀 스피츠와 갈색 푸들이라고 덧붙였을 때, 나는 문방구에 들러 모눈종이와 삼각자를 샀다. 그리고 그날 저녁 정말 그런 집을 그려보기 시작했다.

살림채에는 대청마루를 중심으로 안방과 부엌을 양옆에 두고 양 날개 부분에는 사랑을 하나씩 두면 되는 간단한 집이었지만, 그러나 그것이 생각보다 간단하지 않았다. 부엌은 오른쪽 귀퉁이나 왼쪽 귀퉁이에 자리잡게 되는데, 그러면 한쪽 사랑은 부엌과 맞붙게 된다. 그러니 사랑이 두 개 있다 하더라도 그중 하나는 부엌 옆에 자리잡게 되는데, 이때 아내의 사랑과 남편의 사랑 중 어느 것을 부엌 옆에 두어야 하나, 그 문제는 좀처럼 해결되지 않았다.

어느 한쪽도 어그러짐 없이 반듯한 ㄷ자 한옥과 그 양 끝에 마련된 두 개의 사랑, 그건 마치 당시 유행하던 부부 공동문패와도 같았다. 부부의 이름이 참으로 평등하게 나란히 함께 쓰여 있지만 그러나 언제나 남편의 이름이 먼저 나와 있는 것처럼, 아내의 사랑은 결국 부엌 옆에 마련될 수밖에 없었다. 집안 살림을 손바닥 보듯 깔끔하게 처리해주는 가정부가 있어 그 집 아내는 구정물에 손가락 한 번 담글 일이 없다 하더라도, 그러나 부엌 옆 사랑에 앉아 있으면 지금 부엌에서 끓고 있는 게 김치찌개인지 된장찌개인지 금세 알아차릴 것이고, 혹여 생선이라도 타는 날이면 얼른 달려가야 할 것이다. 그때 남편은 그의 사랑에 앉아 갓 배달된 석간신문의 질푸른 잉크냄새를 맡을 것이며, 저녁상을 마주하고 앉아서는 가정부 대신 아내를 탓할 것이다. 생선이 타도록 당신은 무얼 하고 있었느냐고. 이것을 해결하는 방법은 단 하나, 남편의 사랑을 부엌 옆에 두는 것인데, 그런데 정말 세상에 그런 남자가 있을까.

생각이 여기까지 미쳤을 때, 나는 모눈종이를 구겨 쓰레기통에 던져넣고 말았다. 아내에게 사랑을 마련해주는 것도 모자라 부엌 옆에 마련된 방을 자신의 사랑으로 쓰는 남자는 이 세상에 도저히 없을 것 같아서였다. 그것이 열다섯 살 혹은 열여섯 살 언저리였을까, 그러고 10여 년이 훌쩍 지났다.

대학의 건축학과에서 제도판을 앞에 놓고 트레이싱 페이퍼를 펼치고 앉은 나는 후배들과 헤픈 농담을 하고 있었다.

"각자 전문직을 가진 40대 부부가 사는 집이래, 그래서 남편의 서재, 아내의 서재가 따로 필요하다는 거야."

"그런데 누나, 그거 알아요? 교수님 남편이 그 유명한 건축가 아무개 라는 거, 같은 학교 같은 과를 다녔던 캠퍼스 커플이라는 거예요. 그래서 남학생은 건축가가 되고, 여학생은 교수가 되었으니, 정말 전문직을 가진 40대 부부 맞잖아요."

"그럼 혹시 이게 교수님이 당신이 살고 싶은 집을 우리보고 설계해보라는 게 아닐까? 어떻게 해야 교수님이 딱 좋아할 만한 집이 그려질까?"

"아무래도 교수님은 약간 공주병이 있으시니까 르네상스 풍으로……, 아니다, 로코코가 낫겠다."

"너는 교수님이 공주병에 걸린 것으로 보이니? 내가 보기에는 페미니스트인데."

중학 시절 푸른색 모눈종이에 그렸던 집을 나는 그때까지 까맣게 잊고 있었다. 1mm 간격으로 섬세한 모눈이 그어져 있던 그 종이는 멀리서 보면 푸르스름한 하늘색으로 보인다. 그 푸른 종이 위에 무수히 그리고 지웠던 그 집을, 그 종이를 내 손으로 구겨버린 후 까맣게 잊었다. 그리고 대학에서 희뿌연 트레이싱 페이퍼를 구겨넣을 무렵에야 그 기억이 떠오른 것이다. 그 후로 시간은 더 지나 어느새 나도 그때의 교수님만큼 나이를 먹었다.

지금 내가 앉아 있는 곳은 아내의 서재라 이름 붙은 방, 거실 너머에는 남편의 서재가 있다. 중학 시절 모눈종이 위에 그렸던 꿈은 정말 푸른 빛이었지만, 대학 시절 뿌연 트레이싱 페이퍼 위에 그렸던 꿈은 안개처럼 탁하고 어두웠다. 인생을 살아보니 중학 시절에 꾸었던 꿈이 가장 선명하고 화려하다. 초등학생 시절의 꿈은 허황했고 고교 시절에는 꿈도 점차 현실적으로 변하더니, 대학생이 되고부터는 더 이상 꿈을 꾸지 않았으니까. 그런데 그 트레이싱 페이퍼라고 하는 것이, 그 위에 밝은 빛을 비추고 그 아래 흰종이를 깔면 종이 위에 그렸던 그림이 일시에 선명해진다. 10여 년의 세월이 지나고 나니, 그 뿌연 종이 위에 그렸던 집이 정말로 나의 집이 되었다.

2

건축과 사랑에 빠지던 그 순간

봄이 언제 시작되는지, 가을이 언제 시작되는지, 어정쩡한 그것이 학교에서는 매우 명확하게 정해져 있다. 봄학기가 시작되는 3월 첫 주가 봄의 시작이요, 가을학기가 시작되는 8월 마지막 주가 가을의 시작이다. 봄이 오던 날, 학생식당에 몰려 앉아 이번 수업에는 학생이 99명이나 되니 출석 한 번을 부르는 데도 10분은 걸리겠다는 농담을 카레라이스 위에 얹어 비비고 있을 때, 깜짝 놀란 후배가 물었다.

"99명이라니, 그게 가능해요, 선배? 안 떨리세요?"

내가 담당하는 과목은 교양수업이기 때문에 수강인원이 많은 편이다. 60~70명은 보통, 때로 100명 가까이 꽉 찬 교실에 들어가면서 그들이 뿜어내는 후끈한 열기와 마이크를 써야 하는 불편함만 생각했을 뿐, 학생이 많아서 떨린다는 생각은 해본 적이 없는데, 그 이야기를 듣고야 새삼 깨달았다. 많긴 많은 거였구나.

언제였던가, 내가 첫 수업을 하던 때가, 아니 내가 누구 앞에서 말을 해본 것이 언제였던가. 교수님의 강의 위주로 진행되던 대학수업이, 학생들의 발표 위주로 진행되는 대학원수업으로 바뀌던 무렵이었을까, 강의든 발표든 사람들을 앉혀놓고 그 앞에서 말을 해본 사람은 알리라, 한눈을 팔고 딴청을 부리는 사람이 당사자를 얼마나 힘들게 하는가를.

그날도 마찬가지였다. 석사과정의 수업이었다고 기억되는데, 내 차례가 되어 발표를 하자니 갑자기 식은땀이 주르륵 흐른다. 그런 순간을 뭐라고 표현하면 좋을까, 잔뜩 긴장한 채로 더듬더듬 발표를 하는데, 뒤쪽에서 누군가 피식피식 웃고 있는 모습을 발견했을 때의 감정을. 내가 무얼 틀렸나, 뭐가 그리 우스운가, 당혹감이 파도처럼 밀려오고 한번 당황을 하기 시작하면 그 다음은 더더욱 힘들어진다. 무엇보다 발표자가 평정심을 잃으면 듣는 사람은 더욱 흥미를 잃고 딴청을 피우게 되어 상황은 더욱 악화된다. 그냥 이 자리에 주저앉고 싶어지는 바로 그 순간이었다, 가장자리에 앉아 있던 교수님과 눈이 마주친 것은. 교수님은 처음부터 나를 가장 열심히 바라보고 계셨다. 그리고 눈이 마주쳤을 때, 가벼운 미소와 함께 단 한 번 고개를 끄덕여주셨다. 계속해보렴, 너는 잘하고 있으니까, 그 눈은 분명 그리 말하고 있었다.

그게 참 이상하다. 어떤 한 사람의 비웃는 듯한 표정에 기분이 상하다가도, 그러나 또 다른 한 사람의 그 미소 때문에 천군만마를 얻은 듯한 힘이 난다는 것이. 그러고 보니 아주 오래전《리더스 다이제스트》에서 읽었던, 꼭 나처럼 새로 부임하게 된 시간강사의 이야기가 생각난다. 강사가 당황하고 떨기 시작하면 학생들은 그 수업에 흥미를 잃고 만다. 그냥 건성으로 앉아 있다는 느낌이 전해올 무렵, 가운뎃줄에 앉은 여학생 한 명이 정말 열심히 자신을 보고 있다는 것을 알아차렸다. 교실은 이미 웅성웅성 떠드는 소리로 가득 찼고 슬쩍 자리를 뜨는 학생도 생겼는데, 그 여학생 혼자만 아무런 동요 없이 강사를 뚫어지게 바라보고 있었다. 덕분에 강사는 힘이 생긴다. 그 다음 수업부터는 항상 그 학생만을 바라보며 수업을 하면서 강사는 차츰 자신감을 찾는다. 강사의 그런 모습에 다른 학생들도 점차 집중을 하게 되는데, 그런데 마지막 시간에 알게 된다. 그녀가 청각장애가 있었음을. 목소리를 들을 수 없기 때문에 입술의 움직임을 읽으며 뜻을 이해하느라 그렇게 열심히 바라보고 있었던 것이다. 당연히 주위에서 웅성거리며 떠드는 소리는 그녀에게 들리지 않았을 것이다. 당시 내게는 교수님이 바로 그 여학생이었다. 다른 학생들이 아무리 주위가 산만하게 떠들어도 유일하게 단 한 분, 나를 뚫어지게 바라보는 단 한 사람.

그 수업뿐 아니라 다른 수업도 마찬가지였다. 내가 발표를 할 때 나를 가장 똑바로 쳐다보고 가장 열심히 들어주는 사람은 항상 그 수업을 담당한 교수님이셨다. 나는 그 수업을 처음 듣는 거지만 교수님은 이미 몇 년째 반복하고 있는 내용인데도, 어쩌면 그렇게 흥미진진하게 들어주시는지 항상 그것이 신기했다. 어린아이는 그 어떤 상황에서도 제 앞에 엄마만 눈에 보이면 아무런 걱정도 하지 않듯, 나 역시 교수님의 눈빛 하나만 있으면 다시 힘을 내곤 했다.

첫 수업을 하기 위해 강의실로 들어섰을 때, 호기심 가득한 눈빛으로 새로 온 시간강사를 바라보던 60명 남짓 학생들의 얼굴을 보며 결심했다. 지금 여기 있는 사람들은 학생이 아니라, 나를 가르쳤던 선생님들이 앉아 있는 것이라 생각하기로. 초등학교, 중학교, 고등학교 선생님에 대학교 교수님까지, 내가 지금 그 자리에 오기까지 나를 가르쳐준 선생님들과 교수님들은 사실 그보다 더 많았을 것이다. 그중에는 음정과 박자가 엉망인 노래를 불러도 "우리 영주, 참 잘했어요."라고 본명 대신 아명을 불러주던 유치원 선생님도 있고, 수채화를 처음 써보는 것이 신기해서 붓 대신 손가락에 찍어 발라 그리고 있을 때조차 "이것도 아주 멋지구나, 하지만 내일 붓으로 그려보면 더 재미있을 거야."
라고 말하던 미술학원 선생님도 있었다. 내가 아무리 재미없는 수업을 해도 혹여 잘못 알고 틀린 말을 해도 선생님들은 끝까지 나를 가장 열심히 지켜봐주실 거라 생각하니 아무런 떨림이나 두려움도 일어나지 않았다.

칠판 앞에 서서 학생들의 눈빛을 가만히 들여다보고 있으면

"어릴 때 너는 국어책을 읽을 때 항상 소리가 작았는데, 이제는 제법 목소리가 커졌구나.", "말할 때는 천천히, 너는 당황하면 꼭 말이 빨라지지.", "커서 뭐가 될까 걱정했는데, 이제야 간신히 사람꼴이 나는구나."라는 선생님들, 교수님들의 목소리가 들리는 듯하다. 그리고 그중 가장 맨 뒤에 앉아 그저 아무 말도 없이, 조용히 웃고 있는 선생님이 계시다. 갑자기 말이 콱 막혔을 때 구원 요청을 하듯이 쳐다보게 되는 선생님, 힘있게 고개를 한 번 끄덕여주는 것만으로 다시 힘이 솟게 만드는 선생님이 거기 계시다.

"그러니까 이제 스케일 개념을 이해하겠지? 네가 지금 1/100 스케일로 도면을 그렸는데, 만약에 1mm를 잘못 그렸다고 하면 실제 집을 지었을 때 10cm가 틀려지는 거야. 실수로 1cm를 잘못 그리면 1m가 달라지고. 그렇게 되면 그 집은 정말 무너지고 말겠지? 그러니까 단 1mm라도 절대 실수 없이 꼼꼼히 그려야 한단다."

중학교 2학년 가정시간이었다. 주택에 대해 배우면서 채광과 환기, 동선과 면적, 미세기창과 여닫이창에 대해 배우고 난 뒤, 앞으로 20년 후에 살고 싶은 집을 설계해보라는 숙제를 받았던 터였다. 모눈종이에 삼각자를 대고 0.5mm 샤프펜슬로 그려갔던 그 집은 사랑이 두 개 딸린 개량한옥이었을까, 1층에는 침실과 거실이 있고 2층에 서재가 두 개 있는 양옥집이었을까. 그러나 선생님은 집 안에 무슨 서재가 둘씩이나 있니, 라는 말 대신 새삼 스케일을 설명해주신다. 샤프심 하나 차이로 5cm가 잘못 그려질 수도 있다는 것을.

"왜 건축으로 전과를 했지요?"

스물일곱 살 이래 가장 많이 받았던 질문이다. 그냥 건축이 좋아서요, 라는 대답 뒤에 사람들이 또 묻는다. 왜 좋아요? 뭐가 그렇게 좋아요? 무언가를 골똘히 사랑해본 사람은 알리라. 진실로 사랑하는 데에는 아무 이유가 없음을. 그냥 갑자기 좋아하게 되었으며, 다만 처음으로 사랑에 빠지던 그 순간의 기억만이 선연하다는 것을. 그때가 꼭 그러했다.

나는 두 개의 서재가 있는 집에서 살고 싶었던 것인지, 아니면 그런 집을 설계할 수 있는 사람이 되고 싶었던 것인지 여태 모호하지만, 다만 그 순간의 기억만은 선명하다. 모눈종이에 밤새 그린 도면이 완성되었을 때 새벽이 잉크처럼 번져오고 있었음이.

푸른 종이와 푸른 새벽을 번갈아 바라보며, 왜 사람들이 희망의 빛을 푸르다고 말하는지 알게 되었음이. 아울러 나는 평생 이 일을 하는 사람이 되리라는 강한 예감이 있었으며, 그 예감이 너무나 강렬해서 미처 다른 생각을 할 틈도 없이 나 자신을 그냥 순응시켜버렸음이.

그리고 시간이 훌쩍 지나 대학의 설계실에서 스케일을 잡고 있었다. 1/100 스케일은 주택설계에서 잠시 썼고 그 후에는 1/200, 1/300 스케일을 쓰다가 졸업 후에는 설계사무소에서 근무하며 1/500, 1/1000 스케일도 잡아보았다. 그 후에는 스케일 대신 펜을 잡을 때가 더 많아졌는데, 책 한 권을 낼 때마다 초판 2,000부에 2쇄, 3쇄를 찍으면 대개 5,000부가 된다. 행여 잘못된 글 한 줄이 5000명의 독자에게 거짓말을 한 것이 되고, 혹여 수업시간에 무심코 뱉은 말 한 마디가 어느 누구의 인생을 바꾸어놓을 수도 있다고 생각하면 지금 내가 잡고 있는 스케일은 얼마일까, 새삼 두려워진다.

그때마다 1/100스케일을 다시 잡아본다. 책을 낼 때면 사진도 직접 찍지만 도면도 직접 그려야 한다. 트레이싱 페이퍼 대신 모눈종이에 삼각자를 대고 1/100스케일로 그린다. 나는 평생 이 일을 하게 되리라는 강한 예감, 그 예감은 틀리지 않았다.

3

함께 쓰는 침실, 따로 쓰는 서재

"현관에 설치할 수납장은 말이야, 스키세트와 골프백이 들어갈 만큼 충분히 커야 하니까 3미터 너비로 하면 되겠다. 짐이 많은 집에서는 이것도 부족할 수 있으니까 큰 평수에는 3.6미터로 계획하고, 그런데 이거 완전히 열두 자 장롱이네."

거기까지 말을 뱉은 과장의 입이 일순 벙그러진다. 무언가 하고 싶은 이야기가 입에 걸린 모양인지 연신 입꼬리가 씰룩씰룩하다. 이럴 땐 빈말이라도 물어주는 것이 아랫사람의 할 일이라는 것을 짧은 직장생활로 터득한 터.

"열두 자가 3.6미터예요?"

기다렸다는 듯 대답이 날아온다.

"그렇지, 한 자가 30센티미터니까."

학교를 마치고 설계사무소에 처음 입사했을 때가 1998년, 유감스럽게도 그 전해 늦가을 IMF에 구제금융을 신청했던 터라 사회나 회사나 분위기는 그리 좋지 못했다. 97년 여름부터 견습사원으로 근무했던 회사를 98년부터는 인턴사원으로 이름만 바뀐 채 근무하고 있었으니, 건축계가 가장 호황을 누리던 97년과 극심한 불황을 겪던 98년의 모습을 모두 본 셈이었다. 봄날에 꽃들이 만개해 있을 때는 그것이 떨어져 밟히는 날이 오리라는 것을 예상했어야 했지만 그렇지 못했고, 대신 동트기 직전의 하늘이 가장 어둡다는 말로 서로를 위로하며 암울한 현실 속에서도 우리는 미래를 준비하고 있었다.

입사했던 회사는 규모가 제법 큰 편에 속했기에 담당하던 프로젝트들의 규모도 컸는데, 그중에는 당시 유행하기 시작했던 초고층 주상복합 아파트도 있었다. 80~100평 아파트를 설계하는 프로젝트에서 조직사회의 최말단이던 내게 주어지던 일은 현관 앞 수납장 짜넣기 같은 자질구레한 일이었다. 80평짜리 일반 평형에는 3미터 수납장을, 120평의 대형 평형에는 3.6미터 수납장을 설치하라는 지침에 따라 크고 작은 수납장을 짜넣던 참이었다.

"내가 이번에 상계동으로 이사를 가는데 말이야, 그동안 19평짜리 주공아파트에 살면서 애 둘 낳아준 와이프한테 고마워서 뭐

해줄까 물었더니 장롱을 새로 해달래, 33평 아파트의 안방이라면 열두 자 장롱은 충분히 들어가겠지?"

기어이 저 말을 하고 싶었구나, 120평 아파트의 화장실에 수도꼭지를 그려넣는 과장의 손에 신바람이 묻어 있었고, 그해 4월 결혼을 앞둔 나는 열 자 신발장을 짜넣으며 또한 나대로 들떠 있었다. 그 사람이 오늘 그 집의 전세계약을 했을까, 사당동에 마련된 24평 아파트, 안방에 열 자 장롱을 넣을 수 있다면 정말 좋겠는데.

새천년을 한 해 앞두고 정말 그 집에서 나는 그의 아내가 되었다. 부엌('주방'이라는 낯간지러운 말을 싫어하는 나는, 그곳을 언제나 부엌이라 부른다)과 거실, 두 개의 방이 있는 딸의 신혼집을 위해, 부모가 채워주었던 혼수는 참으로 세심했다. 작은 부엌에 놓기에는 무리였지만 식탁은 4인용으로 준비했고, 시부모와 시누이 부부가 방문할 것을 대비해 8인용 식기세트를 갖추었다. 거실에는 TV와 오디오를 놓고 침실에는 2인용 침대와 열 자 장롱을 두었지만, 그러나 또 하나의 방, 우리가 서재로 쓰기로 했던 그 방에 두어야 할 가구는 이상하게도 혼수목록에서 빠져 있었다.

김치냉장고는 안 해가도 되겠니? 정말 없어도 되겠어? 커피메이커는? 전기오븐은? 가전제품 대리점에서 받아온 카탈로그를 훑어가며 어머니가 물었지만, 그러나 컴퓨터와 노트북이 있는 페

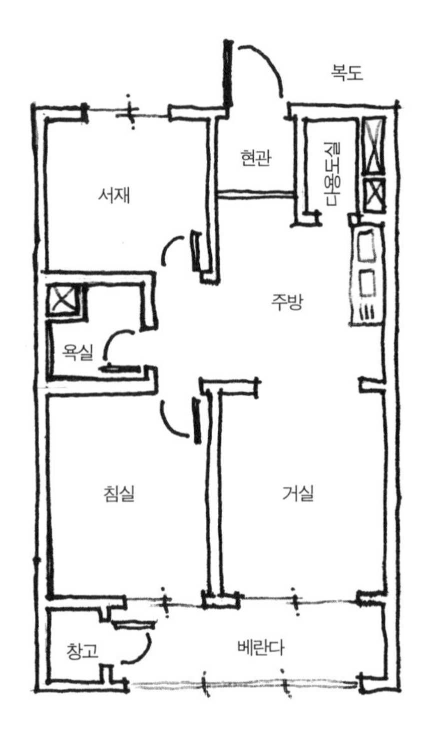

사당동 H아파트 (24평)

1999년 4월 ~ 2000년 2월

—

신접살림을 차린 첫 집. 침실과 공동 서재가 있다.

이지는 아예 건너뛰고 있었다. 화장대는 필요 없어? 화장대도 없이 시집 온 며느리를 시댁에서 어떻게 생각하겠니?라고 말하는 아버지조차 서재에 놓을 책상은 생각지 못하는 눈치였다. 하긴 30년이 넘게 키워준 부모의 슬하를 떠나는 마당이요, 일찍이 공자도 말한 바 있는 자립(自立)의 때인지라, 이제 갓 신혼부부가 된 우리는 스스로 그 빈방을 채워 나가기 시작했다.

새로 유행하기 시작한 인터넷 쇼핑몰에서 두 사람이 함께 쓸 2인용 기다란 책상과 책장을 주문하여 배송을 기다리던 날들이 좋았다. 마침내 그것들이 도착하여 서재라 부르는 방안에 들여놓고 각자 처녀이고 총각이던 시절에 쓰던 컴퓨터를 올려놓을 때까지만 해도 좋았다. 하지만 의자 두 개를 책상 앞에 나란히 두고 막상 그곳에 앉아보았을 때, 무언가가 몹시 불편하다는 것을 알게 되었다. 한 사람이 컴퓨터 게임을 할 때 또 한 사람은 그 옆에서 책을 읽는다? 한 사람이 일기를 쓸 때 또 한 사람은 그 옆에서 못다 한 회사업무를 한다? 그때서야 우리는 깨달았다, 침실은 함께 쓸 수 있어도 서재는 함께 쓸 수 없다는 것을. 한 그릇에 담긴 라면을 젓가락 하나로 나누어 먹듯 모든 것을 공유할 수 있다고 생각했는데, 그러나 절대 공유가 아니 되는 것이 있다는 사실을 뒤늦게야 깨달았다. 당시 우리 집 서재는 화장실과 같았다. 한 사람이 변기 위에서 일을 볼 때 다른 한 사람이 그 옆에서 이를 닦을 수는 없는 노릇이라, 네가 먼저 쓸래? 아니 내가 먼저 쓸게, 합의하에 반드시 나누어 사용하는 화장실. 때로 그 시간이 길어지면 밖에서 방을 동동 구르며 언제까지 쓸 거야? 빨리 좀 나와, 라는 말을 할 망정, 절대 그 사람이 나오기 전에 내가 들어갈 수는 없는 화장실, 정말 서재는 화장실과 같았다. 다만 차이점이 있다면 사용시간이 짧은 화장실은 하나만 있어도 참을 수 있지만, 사용시간이 긴 서재는 하나만 있을 경우 몹시 불편하다는 것. 결혼 10개월 만에 우리는 새집을 구해야 했다.

"그래, 이 방을 아이 방으로 하면 되겠다, 딱 알맞구나."

"얘, 유모차나 아기침대는 쓸데없이 새것을 사지 말구, 내가 물려줄 테니까."

계약기간이 한참이나 남았건만 전셋집을 빼서 별안간 이사를 간다니 양가에서는 다들 의아한 눈치였다. 그러나 그 이사의 이유가 침실이 세 개 딸린 집이 필요해서라는 말에 무언가 지레짐작을 한 모양이었다. 이사를 하는 날에는 남편의 두 누님이 오셔서 어찌나 살뜰히 살펴주는지, 나는 정말 손끝 하나 까딱할 일이 없었다. 새집의 걸레질조차 만류하고 의자에 앉혀놓은 채 철 이른 딸기를 구해 와서는 일일이 꼭지를 떼서 접시 위에 늘어놓던 누님들이 마침내 속내를 비치고야 말았다. 바로 그 이유 때문이었구나, 하지만 전혀 아닌데, 대답이 궁해 난처할 무렵 남편이

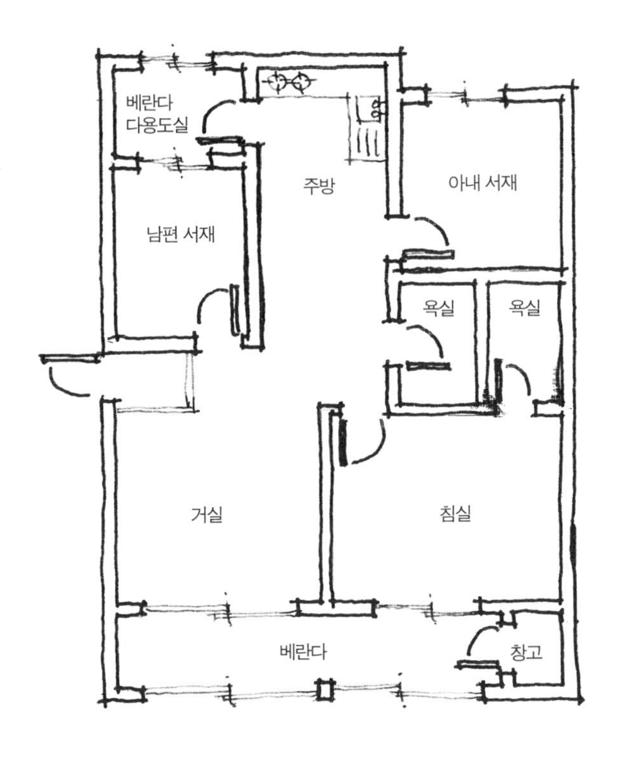

성남 신흥동 H아파트 (31평)

2000년 2월 ~ 2001년 1월

—

서재를 따로 쓰기 위해 이사한 집.
성남에서 서울까지의 출퇴근이 멀기도 했고,
무엇보다 이 집에 살 때 아버지가 돌아가셨다.

나섰다.

"누나, 그게 아니고, 이 방은 서재로 쓸 거야."

"그래, 서재는 저기 저 방을 쓰면 되잖니?"

"그 방은 내 서재로 쓰고, 그리고 이 방은 윤영이가 쓸 서재야."

샛노란 사과 속살을 깎던 칼이 문득 허공에서 멈추었다.

"뭐? 네 서재, 윤영이 서재? 무슨 서재를 둘이 따로 쓴단 말이니?"

마저 깎이지 못한 사과가 껍질이 붙은 채 접시 위에 팽개쳐지고 있었다. 세상에 이런 집이 어디 있어? 무슨 서재가 둘씩이나 필요해? 그러고 보니 예전에도 이 말을 들은 적이 있었다. 설계스튜디오에서 크리틱에 초대된 건축가들이 꼭 그 얘기를 했는데, 그제야 비로소 깨달았다. 그때 교수님은 공주병도 페미니스트도 아닌, 다만 서재를 함께 쓰는 것이 불편했던 여자였음을.

4

힘겨운 시간을 버틸 수 있게 한 것은

1년에 한 번 주어지는 여름휴가를 여름이 아닌 가을에 가면 색다른 재미를 느낄 수 있다. 더위와 인파를 피할 수 있어 편리한 것 외에 비수기라서 숙박료와 항공료가 싸다는 장점이 있다. 그리하여 이번에도 여름휴가를 9월에 베트남 여행으로 잡았는데, 출발하는 날 남편은 늑장이다. 제 방에서 무엇을 하는지, 노트북을 펼쳐놓고 집전화와 스마트폰을 양손에 든 채 분주하다. 로밍을 하는 것도 모자라 해외에서 데이터를 사용하기 위함이라 했다. 여느 집이라면 화장품 챙기랴 옷 챙기랴 여자가 늑장인데, 오히려 우리 집은 남자가 이러하다. 그러고 보니 10여 년 전, 그와 내가 첫 해외여행을 갈 때도 그는 이렇게 늑장이었다.

2000년 7월, 12시 50분에 출발하는 비행기를 타자면 이제는 집을 나서야 하는데도 그는 아직 제 방에서 나올 생각을 하지 않고 있었다. 공항버스의 출발시간을 몇 번이나 일깨워주고서야 간신히 자리에서 일어났고, 요행 버스를 놓치지 않고 탄 뒤에 나는 신혼의 아내다운 핀잔을 늘어놓기 시작했다.

대체 무얼 하느라 그리 늦었느냐, 네 서재가 그리 좋으냐, 나 모르게 거기에 무얼 숨겨놓았길래. 지난주에 사두었던 주식이 오늘 많이 올라서 그걸 보느라 늦었다는 남편의 얼굴이 가볍게 흥분되어 있었다. 그러나 나는 비어져 나오는 웃음을 참느라 입꼬리를 씰그러뜨리고 있었다, 겨우 주식이 조금 오른 것을 가지고.

"다음부터는 이렇게 꾸물거리면 안 돼, 그때는 인천으로 가야 하니까. 어쩌면 이게 김포에서의 마지막 해외여행이 될지도 모르겠다. 내년이면 인천공항이 완성될 테니까. 육지와 영종도를 잇는 공항고속도로는 다 만들어졌을까, 재작년 내가 처음 회사에 다닐 때 말이야……."

결혼과 첫 직장을 잡았던 그때, 1997년 외환위기와 2002년 한일월드컵의 가운데 끼어 건축계의 분위기는 묘했다. 88서울올림픽을 앞두고도 꼭 그러하였다는 이야기를 선배들한테 들은 적이 있는데, 그러한 대형 행사를 치르자면 체육시설과 숙박시설을 비롯하여 교통과 도로 등 많은 건축공사를 하게 된다. 올림픽이 여러 게임을 한 도시에서 치르는 것이라면 월드컵은 축구라는 한 경기를 여러 도시에서 치르는 것이기에, 각 도시들을 연결하는 교통망을 구축하느라 오히려 토목공사는 월드컵이 더 많았다고 평가하는 선배도 있다. 그런데 공교롭게도 2002 월드컵은 일본과 공동으로 치르게 되었으니 이것 역시 자존심을 건 한일전, 일본에 있는 것은 한국에도 빠짐없이 있어야 했다. 90년대 중반 일본이 오사카 앞바다에 간사이 신공항을 완공했기에 한국도 영종도에 신공항을 건설해야 했으며, 일본에 신칸센이 있기에 우리도 고속철이 있어야 했다. 그리고 그 모든 것은 2001년 말에 완공이 되어야 했으니, 그걸 설계하고 건설하느라 1990년대 중반 건축계는 호황이었다.

그러나 불행하게도 1997년 늦가을 외환위기가 있었고, 이듬해 졸업을 하고 회사에 입사했을 때 세상은 치열했다. 그런 걸 토사구팽이라고 하나, 대형 프로젝트들의 설계가 끝나 도면을 현장에 넘기고 나니 그 많은 설계인력들이 불필요해져 이른바 '구조조정'을 단행했던 것을. 처음에는 자원퇴사자를 받더니 다음에는 지방의 건설현장으로 감리를 보내는 것으로 인사이동이 시작되었다. 원주, 부산, 춘천 등 아무 연고가 없는 곳에 갑자기 현장감리로 발령이 나면 선택은 둘 중 하나, 아예 그곳으로 이사를 가거나 자진사퇴를 하는 것밖에 없어 그때 우리들은 그것을 '유배'라 불렀다. 그리고 그중 가장 고약한 유배지는 영종도의 인천공항이었다. 섬 위에 공항을 짓는 일은 워낙 대형 프로젝트라서, 당시 국내의 웬만한 건설사와 설계사무소는 컨소시엄 형식으로 이래저래 그 일에 묶여 있었다. 특히 그중에는 섬과 육지를 연결하는 고속도로 건설도 있었는데, 당연지사 도로건설 공사 중의 교통수단은 배편밖에 없었고 그 배는 저녁 7~8시면 끊어졌다. 그 정도라면 당일치기 여행을 계획했던 연인들도 결국엔 발이 묶여 민박집으로 향하는 애매한 시간인데, 오지나 다름없었던 당시 영종도에는 민박집조차 변변하지 못했다. 그리하여 현장에 마련된 컨테이너박스에서 등걸잠을 자는 일이 보통이었다.

한편 여직원에게는 유배 대신 좀더 점잖은 형태의 구조조정, 이른바 '부서이동'이라 하여 설계실 직원을 비서실이나 전산실 등 본래 업무와 무관한 곳에 보내는 일이 잦았다. 1/1000 스케일을 잡던 여자가 어느 날 갑자기 비서실로 발령을 받아 종이컵에 커피믹스 일곱 잔을 타서 사장실로 가져간 뒤 그 다음날 바로 사직서를 제출했다더라, 출산휴가 두 달을 쉬고 복귀하니 전산실로 발령이 나 있어 1주일 내리 백업시디 100장을 구웠다더라는 이야기가 숱해 떠도는 그 시절을 나는 2년을 버텨내었노라고, 김포로 가는 공항버스 안에서 남편에게 떠들며 한창 신나 있었다.

"진시황릉을 설계한 사람들은 말이야, 무덤을 다 짓고 나서 그 무덤 속에 함께 묻히고 말았지. 도굴을 방지하기 위해서는 그 비밀을 알고 있는 사람을 함께 파묻을 수밖에 없었던 거야. 그게 전설 같은 옛날 일이라고 생각했는데, 전설이 아니라 현실이었다니까, 그때 우리들이 겪은 일을 생각하면."

결혼 이듬해의 여름휴가를 비싼 엔화의 나라 일본으로 정하며 나는 그렇게 들떠 있었다. 나는 그때 갓 대리로 승진을 하였고, 방 두 개짜리 아파트에서 세 개짜리로 이사를 했다. 그런데 이 남자, 주식이 조금 오른 것을 가지고…… 들뜨고 신나기에 충분했다.

"예전에 공주마마가 입던 옷이랍니다. 당신에게 정말 잘 어울리는군요. 마치 헤이안 시대의 공주가 살아 돌아온 것같이."

우리의 통일신라 시대에 해당하는 것이 일본의 헤이안 시대, 그 시대의 왕실 모습을 인형과 모형으로 복원해놓은 겐지모노가타리(源氏物語) 박물관에서 해설사가 전통의상을 권하고 있었다. 친절한 권유에 못 이기는 척 분홍색 바탕에 붉은 동그라미가 박힌 옷에 팔을 꿰고 공주가 살던 방 안에 앉은 나는, 저만치서 사진을 찍는 남편을 보며 한껏 미소를 지었다. 휴가가 끝나고 나면 가을이 성큼 다가와 있겠지. 백화점의 세일 기간에 맞추어 새 옷을 사야겠다고 생각하니 문득 지금 입고 있는 옷이 덥고 거북하게 느껴졌다.

폴리에스테르 100퍼센트, 사진을 찍기 위한 대여용 옷이 다 그렇지, 미용실 가운 같은 이런 것이 무슨 공주의 옷이라고, 이제 그만 벗어야겠다는 생각에 주위를 둘러보니, 웬걸 남편이 보이지 않았다. 덧니를 보이며 웃던 50대의 해설사 아주머니도 사라지고 나는 그곳에 혼자 앉아 있었다. 갑자기 정전이 되었나, 불 꺼진 헤이안 왕궁이 낯설게 느껴져 일어서려는데, 어찌된 영문인지 이곳은 왕궁이 아닌 잡풀이 우거진 무덤가였다. 더구나 본래 내가 입은 것은 분홍색 공주의 옷이었는데 지금 입고 있는 건 흰색 소복, 와락 무서워졌다. 누구에게라도 도움을 청하기 위해 꺄악 꺄악 소리를 지르는데, 그 목소리조차 목구멍 안에서 제대로 나오지 않았다.

"무슨 소리를 그렇게 지르니?"

머리 뒤에 형광등 불빛을 인 채 남편의 얼굴이 둥그렇게 떠 있었다. 여권과 지갑, 여행가방이 놓인 가운데, 햅쌀로 빚어 만들었다는 일본의 전통청주와 귀신가면 두 개가 눈에 보였다. 그렇지, 저 귀신가면은 분명 오늘 낮에 겐지모노가타리 박물관의 기념품 가게에서 산 것인데…… 그제야 깨달았다, 꿈이었다. 태어나서 처음으로 귀신꿈을 꾸었다는 말에, 이렇게 머리맡에 귀신가면을 두고 자니 귀신꿈을 꾸는 거라고 그가 답했던가. 그래서 그 귓것들을 쇼핑백에 싸서 가방 안에 쑤셔넣었는데, 그런데 귀국해서 날짜를 헤아려보니 그날은 아버지가 병원에서 검사결과를 통보받은 날이었다.

여름감기는 개도 안 걸린다고 했던가, 그 난데없는 여름감기가 내내 떨어지지 않아 병원을 찾았고 검사 끝에 결국 폐암진단을 받았지만 여행지의 아이들이 충격을 받을까봐 그 사실을 숨겼던 날이었다. 그로부터 6개월 뒤 나는 정말로 흰 소복을 한 채 납골당에 앉아 울면서, 여행지에서 샀던 햅쌀청주를 아버지의 제사상에 올리고 있었다. 아울러 장례휴가를 마치고 회사에 복귀하니 자료실로 부서이동이 되어 있었다. 외환위기는 아직 끝난 것이 아니며 구조조정에 따른 부서이동은 여전히 진행 중이라는 사실을, 아버지의 병실을 들락거리느라 잠시 잊고 있었던 것이다.

회사에서 설계했던 도면들을 보관하는 그 장소는 20년 남짓한 시간이 정적 속에 쌓여 있었고, 가끔 잡지와 도서를 빌리기 위해 방문하는 직원들로 인해 그 정적이 흐트러질 뿐이었다. 본래는 새파란 청사진이었을 도면들이 암모니아 냄새를 풍기면서 갈색으로 변색해가고 또한 원래는 신간이었을 잡지와 도서들이 구간으로 변해가는 과정을 지켜보는 것이 주된 업무였다. 그리고 1주일에 한 번 카트를 끌고 사무실을 돌면서 미반납 도서를 회수하고, 한 달에 한 번 도서목록을 뒤적여 필요한 책을 주문하는 것이 정해진 일과였다. 그외에도 회사에서 설계한 건물이 완공되면 홍보기사를 써서 잡지사에 보내고, 한 달 후 기사가 실린 잡지를 100부씩 사서 이곳저곳에 나눠주는 일이 가끔씩 있었다.

결혼 이듬해, 서른세 살의 나이로 아버지를 잃었다. 입사 3년 만에 구조조정을 당해 한직으로 밀려났다. 아울러 주식은 곤두박질을 쳐서 33평 아파트를 팔고 다시 24평으로 옮겨야 할 만큼 집안 사정은 어려워져 있었다. 임종의 아버지를 두고 어머니는 상황버섯에 영지버섯을 달여 나르느라, 두 살 아래의 남동생은 수도권 일대의 납골공원을 알아보느라, 나는 호스피스들을 찾아다니느라 바빴다. 아울러 남편은 헐값에라도 집을 팔고 새집을 구하는 일로 바빴다. 이렇게 안팎에서 분주하다보니 차라리 한직이 고마울 지경이기도 했는데, 들리는 소문에 의하면 아예 자료실을 폐쇄할 방침이라는 말도 있었다. 아버지의 죽음, 빚더미에 올라앉은 집, 회사에서의 실직, 대개 그중 하나만을 당해도 휘청거리게 되어 있는데, 나는 그때 세 가지를 한꺼번에 치르느라 비틀거릴 틈도 없었다.

너무 많은 데이터를 한꺼번에 처리하자면 컴퓨터가 다운되어버리듯, 사람 역시 이 지경에 이르면 에라 모르겠다, 자포자기해버리고 만다. 시간은 흘러 아버지는 용미리의 추모공원으로 자리를 옮겼고, 우리는 성수동의 전세아파트로 이사를 했는데, 이 자료실은 언제 폐쇄될지 오리무중이다. 아무런 할 일도 없고 앞날이 어찌 되는지조차 알 수 없었던 지하 2층의 그곳에는 손수건 크기만한 창문이 천장에 달려 있어 오전과 오후에는 햇빛이 멋지게 들고났다. 먼지 쌓인 서가 사이를 왔다 갔다 하던 어느 날, 뿌연 햇빛이 책 한 권을 비추고 있었다. 『집으로 보는 우리문화 이야기』(강영환, 웅진출판), 별 생각 없이 그걸 뽑아 들고 읽기 시작했다.

그 어떤 슬픔도 한 시간의 독서로 풀리지 않은 것이 없었다고 말한 것은 몽테스키외였던가. 그때 그 슬픔을 치유해준 것은 책이었다. 때로 인생을 살다보면 불가항력의 아픔을 겪을 때가 있다. 내 의지와 상관없이 제 마음대로 다가와 나의 일상과 미래를 짓밟아 뭉개는 그것들은, 그러나 일정한 시간이 지나고 나면 또한 제풀에 떠나고 만다. 그러니 그때를 당하면 어떻게 해서든지 그 시간을 견뎌내는 것이 중요한데, 그 힘겨운 시간을 버틸 수 있게 해준 것이 책이었다. 암울했던 그 시절을 요약하라고 하면, '지금 내 앞에 작은 책상이 있어, 그 위에 마실 만한 음료 한 잔과 읽을 만한 책 한 권이 있다면 그곳이 곧 천국이다.' 라고 할 것이다.

"공항버스가 몇 시에 떠난다고 했지?"

불현듯 남편의 목소리가 들린다, 이제야 갈 준비를 마쳤는가. 인천까지는 시간이 꽤 걸릴텐데. 9월의 한국은 가을의 문턱에 와 있지만, 그러나 베트남은 아직도 한창 더울 것이다. 챙 넓은 모자를 준비하고 아울러 가방 안에 한 권의 책을 넣는다. 『오감만족 베트남』(박정호, 성하출판), 기내에서는 커피든 맥주든 음료는 무한정 제공된다. 트레이 위에 책 한 권과 음료 한 잔이 놓여 있다면, 그곳이 곧 지상 위의 천국일 것이다.

5

무언가를 쓰고 싶다는 간절한 소망

재작년 늦가을 새집으로 이사를 오고 나서 오후 늦게 베란다에서 맥주를 마시는 버릇이 새로 생겼다. 작은 책상 하나와 그 위에 놓인 책 한 권과 커피 한 잔을 유난히 좋아하는 나는 이사를 한 새 집에도 그런 곳을 군데군데 만들어놓았고, 그중 한 곳이 베란다이다. 아침에 일어나 9시나 10시경에는 서재로 나와 오전에는 책을 읽으며 보내다가 점심식사 후에 '글감'을 붙들고 앉는데, 그 일이 4시 늦어도 5시를 넘기지 않아 대충 마름질이 된다. 남편이 퇴근해 돌아오는 7시 전까지가 나의 중간휴식시간인 셈이고, 직장인이 퇴근길에 간단히 한 잔 하듯 나 역시 이 시간에는 맥주 한 잔의 사치를 부린다.

7층 베란다에서 내려다본 늦은 오후는 초등학생들의 하교풍경으로 채워진다. 30여 년 전 그 무리 속에 내 모습도 있었으리라. 나는 어릴 때에도 이 동네에 살았기 때문에 베란다에 앉으면 초등학교 때 살던 집이 여태 보인다. 내가 그 시절을 회상할 때 떠오르는 한 가지는 4시 30분이라는 시간과 그 속에 스며 있는 아쉬움과 조바심이다.

신설동에 있던 대광초등학교는 학생 수도 작고 운동장도 작고 모든 것이 다 작았지만, 그러나 어린이 도서관만큼은 어린 내 눈에 작아 보이지 않았다. 교실 두 개를 합쳐놓은 크기만했을까, 나는 그곳에 쉬는 시간에도 갔고 점심시간에도 갔다. 동화집과 위인전, 전집류를 빠짐없이 갖추었고 소년동아일보, 소년조선일보, 소년중앙일보 등 어린이 신문은 물론 소년동아, 소년중앙 같은 어린이 잡지까지 모두 구독을 하고 있었지만, 그러나 실내열람만 가능할 뿐 관외대출을 불허했기 때문이다. 그러니 한번 읽기 시작한 책을 끝마치려면 점심시간은 물론 방과후에도 가야 했다. 도서실의 문 닫는 시간이 4시 30분이라 그때가 되면 꼼짝없이 책을 덮고 일어나야 했고, 4시 50분이 되면 운동장에서 국기하강식이 시작되고, 5시가 되면 학교는 완전히 문을 닫아버린다. 그러니 4시 30분이라는 시간이 얼마나 원망스러웠을까. 학교가 문을 닫는 5시까지만이라도 연장되었으면 좋았을 거라고 생각하며 신설동의 학교에서 종암동 집까지 버스를 타지 않고 걸어오기를 즐겨했다. 지금도 가끔 걸어보는 그 길은 예나 지금이나 전혀 변하지 않았다. 가을이면 노란 은행잎이 바닥에 떨어져 쌓이는, 버스 세 정거장 거리의 그 길을 굳이 걸어왔던 이유는, 방금 전에 읽은 책의 여운을 오래 간직하기 위해서였다. 집에 돌아가면 보나마나 피아노 선생님이 나를 기다리고 있을 테고, 높다란 의자 위에 앉아 한 시간을 뚱땅거리다 보면 책의 여운들이 죄 달아나 버리고 말 테니까. 그 여운들이 피아노의 나무망치들에 부딪혀 부서지기 전에 좀 더 오래오래 간직해야 했다.

그로부터 20여 년이 흘러 서른몇 살이 된 나는 회사 자료실에 앉아 6시 30분까지 책을 읽고 있었다. 대략 5,000권 정도의 장서가 소장된 회사 자료실은 학교의 어린이 도서실과 규모가 비슷했을까. 아침에 출근하여 저녁에 퇴근할 때까지 책을 빌리러 오는 사람 외엔 아무에게도 방해받지 않는 곳에서 손에 잡히는 대로 책을 읽었다. 회사에서 지정해놓고 거래하던 서적상이 사서인 내게 선물로 주는 책도 읽었고, 생일과 결혼기념일에 사우회에서 주는 도서상품권을 받아다가 반액세일하는 책도 사 읽었다. 때로는 식당이나 미용실에 나뒹구는 책도 읽었는데, 『한길 사람 속』(박완서, 작가정신)도 그런 책 중 하나였다.

회사가 있던 강남역 근처에는 번화가답게 여러 식당들이 많았고 그중에는 조각피자와 스파게티, 샐러드와 콜라 한 잔을 런치 스페셜로 파는 집도 있었다. 그걸 먹자면 번호표를 받아들고 기다려야 할 만큼 인기가 좋아서 그날도 20분 넘게 기다려야 했다. 보라색 벨벳소파가 있던 대기실, 여성 잡지 몇 권이 나뒹구는 가운데 얌전한 수필집 한 권이 놓여 있었다. 박완서가 누군지도 모르고 그 책을 읽다가 번호가 불려 들어가 테이블에 앉았을 때도 계속 그걸 손에 들고 있었다. 주문을 할 때도 눈을 떼지 않았던 것이, 포크로 스파게티를 찍어 올리면서도, 치즈가루를 책장 위에 쏟으면서도 읽고 있다가, 콜라 속의 얼음이 모두 녹을 즈음 그 책을 가방 안에 숨겨넣었다.

자료실로 돌아와 훔친 사과 베어 물듯 맛나게 읽어갈 즈음, 아무래도 속이 불편하다는 느낌을 받았다. 피자가 너무 기름졌나, 탄산음료 때문인가. 점심시간에는 운동 삼아라도 먼 곳의 식당을 찾아가는 버릇이 있던 나는 가끔 일이 바빠 사무실에 앉아 도시락을 시켜 먹으면 속이 불편했는데, 그날도 꼭 그렇게 체한 것처럼 답답했다. 약국에서 소화제를 사 마시고도 편치 않아 지하 1층의 화장실로 올라가 목구멍에 손가락을 넣고 끄윽끄윽 게워내며 무엇 때문에 이리 답답한가를 생각해보았다. 단순히 체한 느낌과는 다른, 무언가 말로 표현할 수 없는 답답함과 근지러움이었다. 그것은 어쩌면 대학신입생 시절 철없이 마신 술에 무너져서 수챗구멍 앞에 쪼그리고 앉아 게워내는 느낌과 흡사했다. 혹은 차를 타고 가는 내내 메스꺼움을 느끼다가 어느 순간 벌컥 멀미가 쏟아지고야 마는 느낌과도 같았다. 게워내기 직전의 고통스러움, 무엇인가 목 안까지 차오르고 있다는 느낌, 토하는 순간은 괴롭지만 그러나 그것이 끝나고 나면 후련해지는 그 느낌.

한바탕 난리를 치르고 지하 2층으로 내려와 자리에 앉았을 때 문득 그 느낌의 실체를 깨달았다. 무언가를 쓰고 싶다는 절실한 욕망, 스물아홉 살의 무라카미 하루키가 야구장에서 경기를 관람하다가 불현듯 무언가를 간절하게 쓰고 싶다는 생각이 들었다는 욕망, 전쟁통에 오빠가 죽어버린 트라우마를 20년이나 간직하고 있던 박완서가 마흔 살이 되어 갑자기 봇물이 터지듯 쏟아낼 수밖에 없었다는 욕망, 하고 싶은 말이 목구멍까지 잔뜩 차올라서 아무 사람이나 붙잡고 이야기를 하고 싶다는 그 욕망이었다.

인간이란 어쨌든 무언가를 먹고 나면 반드시 배설을 해야 한다. 소변이든 설사든 혹은 멀미든 그 순간이 오면 화장실을 찾을 수밖에 없는데, 그런데 그것이 보이지 않는다면 달리 도리가 없다. 전봇대 뒤건 수챗구멍이건 혹은 비닐봉지 속이건 아무 데나 대고 쏟아내는 수밖에. 그때가 꼭 그러했다. 무엇인가 쓰고 싶다는 생각이 처음으로 간절하게 온 것이다. 그전까지 나는 단 한 번도 글을 써본 적이 없었다. 밤새 썼던 연애편지를 다음날 아침 다시 읽어보면 낯간지럽기 그지없더라는, 그 기억조차 갖고 있지 않다. 그렇게 어렵고 구차한 방법을 쓸 바에야 차라리 그의 전화번호를 알아내거나 혹은 학교 앞에 가서 무작정 기다리는 방법을 택했으니까.

설사를 하고 구토를 하는 것이 제 의지가 아닌 불가항력이듯, 목구멍 속에서 꾸역꾸역 말들이 치밀어 오르고 있었다. 그때 내게 단 한 명의 직장동료라도 있었다면 그에게 모든 이야기를 쏟아부었을 것이다. 그러나 철저히 혼자 남겨졌던 내게는 아무런 방법이 없었다. 수챗구멍을 향해 쪼그려 앉듯 워드프로세서를 펼치고 앉아 글을 썼고, 그걸 정말 아무 데나 올렸다. 책을 읽고 서평을 쓰면 500원의 적립금을 주는 인터넷 서점에, 참가하기만 하면 모자와 배낭을 기념품으로 주던 신생 사이트의 수필 공모전에, 최고의 조회수를 기록하면 문화상품권을 주던 포털 사이트 게시판에. 2000년대 초반은 인터넷이 활성화되던 시절이라 네티즌의 참여를 유도하기 위해 소소한 상품을 내건 경우가 많았고, 나는 그 떡밥 같은 미끼를 먹고 자랐다. 그리고 10년이 지났다.

출판사와 계약을 하여 정해진 날짜까지 원고를 제출해야 하는 날들이 반복되고, 사이사이에 잡지사에서 부탁하는 소소한 글들을 써주어야 한다. 그러한 삶을 산다 하면 생활이 불규칙하여 낮에 잠을 자고 밤에 깨어 활동할 것이라 생각하지만, 그러나 나는 이상할 정도로 규칙적이다. 아침 7시에 깨어 오전에는 책을 읽고 오후에는 글을 쓰고, 낮에는 각성을 위한 카페인 음료를 마시고 밤에는 이완을 위한 알코올 음료를 마시며 정해진 시간에 잠이 든다. 그것은 아마 초등학생 시절에는 4시 반까지, 회사를 다니던 시절에는 6시 반까지 책을 읽던 습관 때문이라 생각한다. 다만 한 가지 조그만 버릇이 있다면 점심을 배불리 먹은 뒤 글을 썼던 첫 습관 때문인지, 지금도 맛있는 점심을 먹어야 글을 쓸 수 있는데 쓰고 나면 또 배가 고파진다. 그러고 보니 이 글을 쓰고 있는 지금도 4시 38분, 마무리를 해야겠다. 아울러 해가 저무는 베란다에서 커피 대신 맥주를 마셔야겠다.

6

아이가 고집이 세군요. 그것도 여자아이가

같은 말이라 해도 그 주체가 누구냐에 따라 의미가 달라지는 말이 있는데, 아마 '고집'도 그러할 것이다. '30년 전통을 고집해 만든 작품' 혹은 '30년 옹고집의 ○○된장'이라고 하면 긍정적인 것이 되지만, 너는 너무 고집이 세다, 제발 그 고집 좀 꺾어라 할 때는 부정적인 의미가 되고 만다. 그러고 보면 연장자, 남성의 고집은 좋은 것으로, 반대로 연소자, 여성의 고집은 나쁜 것으로 간주되는 경향이 있다. 고집이 있다는 것은 자기 주장이 강하다는 뜻일 테니, 어른의 입장에서 보면 아이의 주장이, 남성의 입장에서는 여자의 주장이 고약해 보일 것이고 당연히 그것은 꺾어야 할 그 무엇이다.

내가 고집을, 그것도 너무너무 강해서 똥고집이라 불리던 고집을 부렸던 때는 초등학교 5~6학년 무렵이었다. 그때 남동생은 여름방학을 맞이하여 '속독학원'이라는 곳을 다니기 시작했는데, 책을 빨리 읽는 방법을 가르치고 훈련시키는 곳이라 했다. 처음 그 이야기를 들었을 때는 세상에 그런 것을 가르치는 학원도 있나 하고 놀랐는데, 급기야 학원 선생님은 우리 집에 전화를 걸어 누나도 이 학원에 다니면 좋을 거라는 이야기를 어머니에게 하고 있었다. 그 말에 선뜻 무어라 대답을 못하고 그저 네, 네 하는 어머니에게 나는 전화를 바꿔달라고 했다.

"책을 빨리 읽는 방법은 학습에 의해 훈련되는 것이 아니라, 많이 읽다보면 자연히 통달하게 됩니다. 책은 마음의 양식이라고 하지요, 남보다 밥을 많이 먹기 위해 밥을 빨리 먹는 방법을 가르치지는 않습니다. 오히려 학교 선생님들은 천천히 꼭꼭 씹어 먹으라고 말씀하시지요, 빨리 먹은 밥이 체하듯 책도 꼭 그러합니다. 천천히 음미하면서 읽을 때 진정한 마음의 양식이 되는 법이지요. 어머니가 동생을 속독학원에 보낸 이유는, 책을 빨리 읽는 방법을 가르치기 위해서라기보다, 독서습관을 길러주기 위해서였을 것입니다."라는 요지의 말을 어린아이답게 더듬더듬 말했을 것이다. 다시 어머니를 바꿔달라고 한 선생님은 "아이가 생각보다 고집이 세군요, 그것도 여자아이가."라는 한마디를 하고는 곧 전화를 끊었다.

속독이라, 사실 나는 그때 책을 천천히 읽는 방법을 연습하고 있었다. 열 살 남짓부터 시작된 책 읽기가 몇 년 계속되고 보니 점차 숙달이 되면서 그 속도도 자꾸 빨라지고 있었다. 그 또래의 아이들은 무엇이든 경쟁을 하는 법이라 누가 더 책을 빨리 읽나 경쟁도 하였지만, 그런 식으로 자꾸 빨리 읽다보니 막상 책을 덮으면 내용이 생각나지 않는다는 것을 깨닫기 시작했다. 아울러 그즈음에 읽었던 이야기 한 자락이 '나는 이제 책을 읽는 방법에 있어서는 너희들과 달라.' 라는 우월감을 심어주기에 충분했다.

공자는 어린 시절 피리를 배운 적이 있었다. 그런데 남들은 빨리 진도를 나가기 위해 한 곡조를 익히고 나면 곧바로 다음 곡조를 배우는데, 공자는 한 곡조만을 계속해서 연습했다. 참다 못한 스승이 "왜 그렇게 한 곡조만 계속하느냐."고 물어도 "저는 아직 연습이 부족합니다."라고만 대답하던 그가, 한 달이 지나서야 스승에게 물었다.

"이 곡을 작곡하신 분은 얼굴이 검고, 키가 작으며, 성격은 대략 이저저러하시며, 또한 어디어디 지방 출신이 아니십니까?"

스승은 깜짝 놀라 무릎을 쳤다, 아니 자네가 그걸 어찌 아는가. 하지만 공자의 대답은 간단했다, 오래 연습하다 보니 저절로 알게 되었습니다. 그 후 공자는 다른 곡조를 배우기 시작했는데, 그때부터는 그 속도가 다른 사람과 비교할 수 없게 빨라 결국 그 과정을 가장 먼저 마칠 수 있었다.

이리하여 나는 속독이 아닌 완독(緩讀), 천천히 읽는 완독의 고집을 부리기 시작했다. 속독과 완독의 차이를 말하라면, 일정한 등산코스가 있다고 할 때 그 코스를 한 시간에 돌아오도록 정해놓고 출발지점에서 누군가 시계를 들고 있는 것과, 또한 시간제한 없이 마음대로 놀고 오도록 내버려두는 경우와 같다고 하겠다. 전자의 등산은 조바심과 괴로움의 과정이고 후자는 즐거움의 연속인데, 누가 굳이 즐거움을 마다하고 괴로움을 택하겠는가. 세상에는 워낙 많은 책이 있기 때문에 그걸 다 읽으려면 속독을 할 수밖에 없다고 말하는 사람도 있지만, 그러나 내가 보기에 그건 영화를 너무 좋아해서 2배속으로 빨리 돌려 남들이 한 편을 볼 때 혼자 두 편을 보는 것과 같다. 대체 그걸 무슨 재미로 보나.

한편 요즘에는 발췌독을 하는 사람도 많아졌다. 책을 전부 읽지 않고 중요 부분만 골라서 읽는 방법인데, 몇 년 전 누군가가 TV에 나와 그런 독서법을 소개한 이후로 마치 그렇게 읽는 것이 현명한 방법이라고 생각하는 사람들이 많아졌다. 그리하여 예전에 속독학원이 유행하듯 그런 독서법을 가르치는 책까지 나왔는데, 과연 그 책은 발췌독과 속독 중 어느 방법으로 읽어야 하는지 모르겠다. 하지만 나는 발췌독이 아닌 완독(完讀), 처음부터 끝까지 단 한 자도 빼놓지 않고 읽는 완독을 고집한다. 별다른 이유 없이 그냥 그 방법이 좋아서인데, 솔직히 그에 따른 이득도 있다.

어쩌다 보니 7년 동안 다섯 권의 책을 쓰게 되었는데, 그걸 보고 다작이네, 부지런하네 칭찬하는 사람도 있지만, 그렇게 계속 쓸거리가 나와요? 그 '창작의 고통'이라는 거, 어떻게 참아요? 라고 묻는 사람도 있다. 솔직히 말하자면 창작의 고통보다 그 질문에 대한 답이 더 힘들다. 쓸거리가 없어서 워드프로세서 앞에서 머리카락을 쥐어뜯으며 울어본 적은 없고, 오히려 할 이야기가 너무 많아서 종횡무진하는 그 가지들을 쳐내느라 붉은 줄을 그어본 적이 더 많으니까. 출산의 고통에 견줄 만한 고생을 하면서 글을 쓰는 이들에게는 미안하지만, 여태껏 큰 어려움을 겪지 않았던 이유가 완독(完讀)의 힘이라 생각한다. 발췌독이나 속독의 특징은 뚜렷한 목적의식을 가지고 빠른 시간 안에 자기에게 필요한 부분만 골라 읽는 것으로, 많은 양의 책을 읽을 수 있어 소기의 목적은 달성할 수 있다. 하지만 꼭 그만큼의 목적만을 달성할 수 있을 뿐, 그 이상의 무엇을 얻지는 못한다.

굳이 비유를 하자면 마트에 장을 보러 가는 행위라 할 수 있을까. 장을 보기 전에 미리 필요한 품목을 작성하고 딱 알맞은 금액만을 지갑에 넣고 가면 분명 낭비와 충동구매를 막을 수 있고, 또한 시간도 절약된다. 그러나 지갑에 돈을 넉넉히 넣고 품목도 정하지 않고 마트에 가서 이리저리 거니는 행위가 완독이다. 미처 예상치 못한 물건을 발견하여 선뜻 집어드는 것이 알뜰주부의 눈에는 충동구매로 보일 수 있어도, 그러나 그 즐거움은 크다. 생각지도 않았던 영감이 번쩍 떠오르고 그걸 큰 어려움 없이 술술 풀어낼 수 있는 힘은 발췌독에서는 결코 얻을 수 없다는 것이 나의 지론이다.

이처럼 완독(緩讀)과 완독(完讀)이 정말로 완독(頑讀)인데, 여기에 더해 한 번 읽었던 책을 몇 년을 두고 반복해 읽는 복독(復讀)의 습관도 있다. 중고등학생 시절에는 책을 읽고 나면 등급을 정해두곤 했다. 읽는 내내 입꼬리에는 금동여래반가사유상과도 같은 잔잔한 미소가 걸리고 가끔씩 고개를 끄덕끄덕거렸다면 그 책은 3등급(머리를 건드리는 책이다), 어느 순간 갑자기 뜨거운 눈물이 툭툭 떨어져(갑자기 떨어지는 눈물의 온도는 체온과 똑같기 때문에 상온보다 훨씬 높고 그래서 매우 뜨겁게 느낀다) 책을 적셨다면 2등급(심장을 뛰게 만드는 책이다), 온몸이 와들와들 떨리고 심장의 박동이 너무 거세어 더 이상 읽을 수 없을 지경의 책을 1등급(영혼을 흔드는 책이다)으로 정했다. 그런데 때로는 아무리 읽어도 무슨 소리인지 알 수가 없어 미소나 눈물, 박동은커녕 머리만 갸웃거리게 만드는 것도 있었는데, 이런 책은 '등급 불가'로 판정해놓고 2~3년 뒤에 다시 읽어 등급을 정했다.

그때는 정말 부쩍부쩍 자랄 때여서 열네 살에 등급불가 판정을 받았던 책이 열여덟에 2등급이 되고, 열다섯 살에 2등급 판정을 받았던 책이 열아홉에 3등급으로 내려가는 일도 많았는데, 나이에 따라 같은 책이 다르게 읽혀진다는 것이 몹시 신기했다. 가장 많이 반복해 읽었던 책은 가와바타 야스나리의 『설국』일 것이다. 열다섯에 처음 읽었더니 등급은 고사하고, 줄거리조차 잡히지 않았다. 열여덟에 읽어도 마찬가지, 스물한 살에 다시 읽었더니 그때서야 비로소 줄거리가 잡혔다. 마침내 스물여섯 살이 되어 사독(四讀)을 할 무렵 어느 장면에 이르러 뜨거운 눈물이 툭툭 쏟아졌다. 시마무라는 아내가 있는 도쿄로 돌아가고, 고마코는 그런 시마무라를 역에서 배웅하고, 그때 유키오는 임종의 자리에 누워 고마코를 애타게 부르고, 이에 요코가 역으로 달려와 고마코를 부르고, 그리하여 시마무라가 요코와 고마코 모두를 유키오의 임종에 보내려는 그 장면에서였다. 거기서 한번 눈물을 쏟고 나니 흐릿하던 줄거리들이 일시에 선명해지고, 아울러 가와바타의 다른 작품들까지 매우 쉽게 읽혔던 기억이 난다. 공자가 피리를 배울 때 한 곡조만을 오래 연습했던 이유가 바로 이것 때문이었을까. 그러고 보니 그 시절 아버지가 해주었던 이야기도 생각난다.

"책을 읽는다는 것은 그물을 가지고 강바닥을 훑는 것과도 같다. 네가 가진 그물이 엉성하다면 큰 고기만 잡을 뿐이지만 촘촘하다면 작은 고기도 놓치지 않겠지. 그러나 작은 그물을 가지고 너무 큰 강에 나가지는 말아라. 큰 강에 사는 큰 고기가 아예 네 그물을 찢을 수도 있으니까."

그런데 그 그물이라는 것이 나이를 먹을수록 촘촘하고 튼튼해진다. 독서를 해나가는 과정이란 결국 그 엉성한 그물의 짜임새를 정밀히 만드는 과정이라 하겠는데, 몇 년의 터울을 두고 같은 책을 반복해 읽으면 그때는 놓쳤던 물고기를 이제는 잡을 수 있는 것은 물론, 내 그물이 얼마나 튼튼해졌는가도 보인다. 어린 시절 등급불가 판정을 받았던 책은 너무 큰 고기에 내 그물이 찢겨버린 경우일 것인데, 새 그물을 다시 짜 결국 그 고기를 잡는 기쁨은 정말로 크다. 바로 그 기쁨이 반복된 독서 이른바 복독을 하게 하는 힘이다.

나는『걸리버 여행기』를 어른이 되어서 읽었는데, 소인국 릴리퍼트를 구경하며 주인공이 작성한 기행문은 참으로 신랄했다.

> 이 나라의 정의의 여신은 우리나라(영국)와 조금 다르게 생겼다. 영국에서 정의의 여신은 법 앞의 평등과 준열함을 강조하기 위해 두 눈을 가린 채 한 손에는 저울을, 또 한 손에는 칼을 들고 서 있다. 그러나 이 나라에서 정의의 여신은 위법에 대한 처벌뿐 아니라 준법에 대한 포상을 위해 한 손에는 칼을, 또 한 손에는 금화가 가득 든 주머니를 들고 있다. 아울러 법의 그림자에 가려진 사람들을 보기 위해 앞에 두 개, 뒤에 두 개, 좌우에 두 개, 여섯 개의 눈을 부릅뜨고, 처벌보다 포상을 우선하기 위해 칼은 칼집에 넣은 채로 왼손에, 금

화 주머니는 열린 채로 오른손에 들고 서 있다.

서른네 살이었던 나는 무릎을 탁 치며 뜨거운 눈물 대신 커피를 쏟았다. 하지만 8년이 지나 마흔두 살에 다시 읽었을 때, 말(馬)들의 나라 후이넘이 플라톤의 『국가』를 우화한 것이라고 알게 되었다. 대가족제도를 근간으로 하여 국가 역시 대가족제도의 확대로 보는 동양의 가치관과 달리, 서양의 그리스 철학은 가족에 기초하지 않은 타인들간의 합리적이고 이성적인 공동체 개념을 주창했다. 이 개념은 의회민주주의, 조합제도, 사법제도 등 모든 사회제도의 뿌리라 할 수 있으며, 이를 보다 물리적인 실체로 구현한 것이 양로원, 어린이 보육시설, 사회복지시설 등이고, 아파트 역시 거대공동사회를 수용하기 위한 가족단위 주거시설로 이해할 수 있다. 이러한 공동체 사상은 르네상스 시대의 『유토피아』에서 여행기 형식을 빌어 말하고 있고, 그 후 200년의 시차를 두고 저술된 『걸리버 여행기』는 우화의 형식을 빈 『유토피아』이자 『국가론』이었음을 비로소 알아차렸을 때, 눈물이나 커피 정도가 아닌, 영혼의 울림을 느꼈다. 영혼의 울림이라, 스무 살 청년기에나 일어날 법한 그 일이 마흔두 살에 다시 일어날 줄은 정말 몰랐다. 『국가론』과 『유토피아』로 새 그물을 짜지 않았던들, 서른이나 마흔이나 그저 똑같이 그 책은 2등급 판정을 받을 뻔했다.

책을 읽는다는 것을 그물에 비유했던 아버지의 말은 진실로 절묘했다. 씨줄과 날줄이 견고하게 묶여 있어야 하는 것처럼, 어떤 한 가지 사항을 정확하기 파악하기 위해서는 그에 관련된 여러 책을 겹쳐 읽어야 한다. 이 세상 모든 일의 실체는 한 가지 모습만으로는 결코 파악할 수 없다. 지금 우리에게는 구로사와 아키라 감독의 영화로 더 잘 알려진 '나생문'은 본래 아쿠다카와 류노스케의 단편소설 〈덤불 속〉을 원작으로 하면서, 또 다른 단편 〈나생문〉 속에 〈덤불 속〉이 액자형식으로 들어간 구성이다. 〈덤불 속〉은 남편의 살해사건을 두고 여섯 명의 주변 사람이 등장해 그 상황을 설명하고, 나중에는 무녀의 도움으로 죽은 남편의 영혼까지 불러내어 그 실체를 파악하려 하지만, 그러나 과연 누가 남편을 살해했는가는 끝내 밝혀지지 않는다. 실제 있었던 사건을 바탕으로 아쿠다카와가 재구성한 이 작품은 남편을 죽인 사람이 누구인가를 밝히는 것이 목적이라기보다, 우리 모두는 자신의 입장에서만 그 사건을 바라볼 뿐 정확한 실체를 파악하기란 불가능함을 말하는 것이라 하겠다.

쉬운 예로 가벼운 접촉사고 때문에 도로 한복판에서 길을 막고 싸우는 경우를 볼 수 있다. 불과 몇 초 사이에 일어난 작은 일이지만, 그러나 양측 운전자의 의견이 전혀 다르다. 나는 분명히 이러했는데 네가 저렇게 해서, 그게 아니라 네가 그렇게 했기 때문에 내가 이럴 수밖에 없어서. 뒤늦게 도착한 경찰과 보험사는 두 사람의 의견을 모두 듣고 아울러 주변 목격자와 CCTV 및 길 위에 남은 여러 단서들을 종합하여 최종 판단을 하게 된다. 간단한 교통사고도 이러할 진대, 역사나 신화 같은 복잡한 문제를 이해하기 위해 그저 한 권의 책을 읽는다는 것은 어불성설이다. 모든 책은 작가의 주관이 담기기 때문에, 그 실체를 정확히 파악하기 위해서는 서로 다른 작가가 쓴 책을 두세 권 겹쳐 읽어야 한다. 이렇게 같은 주제에 대해 다른 작가가 쓴 책을 여러 권 겹쳐읽는 방법을 중독(重讀)이라 한다.

새천년이 시작되던 2001년부터 매해 벽두에는 신화를 읽는 습관을 계속하고 있다. 신화가 대부분 천지창조와 개벽을 이야기하고 있어 무엇인가 새로운 것이 시작된다는 원단의 느낌과 맞아떨어지기 때문인데, 2001년 그리스 신화를 읽을 때 서로 다른 저자가 저술한 그리스 신화를 열 권 중독했던 적이 있다. 그중 여러 번 반복되는 트로이 전쟁은 신화이기도 하면서 역사이기도 한데, 그 전쟁의 발단을 신화에서는 세상에서 가장 아름답지만 남편이 있는 왕비 헬레네의 납치 때문으로 보고 있다. 그러나 역사적 관점에서 보면 크레타 섬을 두고 벌인 영토권 분쟁이라 할 수 있다. 따라서 트로이 전쟁의 원인이 되었던 '세상에서 가장 아름답지만 이미 남편이 있는 헬레네'는 결국 '지중해에서 가장 비옥하지만 이미 선주민이 살고 있는 크레타 섬'을 은유한 것이라 할 수 있으며, 이것이 바로 트로이 전쟁의 가장 정확한 실체가 될 것이다. 이런 식으로 하여 2001년은 그리스 신화, 2002년은 이집트 신화, 2003년은 메소포타미아 신화, 2004년은 북유럽 신화, 2005년은 켈트 신화, 2006년은 인도 신화, 일본 신화, 2007년은 아프리카 신화 등으로 그 영역을 넓혀가는 것을 연독(連讀)이라 한다. 그리고 이렇게 여러 신화를 연관시켜 읽어야 신화의 실체가 보인다.

또한 씨실과 날실의 촘촘한 교직이 아름다운 옷감을 완성하듯, 다른 차원에서 쓰인 책을 동시에 읽는 것도 도움이 된다. 이를테면 18세기 프랑스 주택을 이해하기 위해 오전에는 프랑스 주거에 대한 건축서적을 읽고 오후에는 18세기 프랑스 문학작품을 읽는 식이다. 18세기는 부르주아지라는 새로운 중산계층이 성장하는 시기이자, 에밀 졸라, 스탕달, 모파상 등의 사실주의 문학이 떠오르는 시기이기도 했다. 그중 스탕달의 『적과 흑』은 가난한 목재상의 아들인 주인공 청년이 시장(市長) 댁에 가정교사로, 나중에는 귀족의 비서로 들어가면서, 시장의 부인 및 귀족의 딸과 불륜관계를 맺는 내용이다. 그리하여 가정교사와 어머니가 남편과 아이들의 눈을 피해 만나야 하고 또한 딸 역시 아버지와 오빠의 눈을 피해 비서를 만나야 하는데, 그 모든 밀회가 집안에서 벌어진다. 사실주의 문학 특유의 섬세한 심리묘사와 주택묘사를 들여다보면, 오전에 읽었던 전공서적 속의 프랑스 주택이 눈앞에 3D로 되살아나는 느낌이 온다. 내친김에 『클레브 공작부인』과 『마농레스코』부터 시작하여 15~19세기까지의 프랑스 문학작품을 순서대로 읽다보면, 프랑스 주택의 변천과정이 매우 정확하게 보인다. 이렇듯 신화와 역사를 함께 읽고, 전공서적과 문학작품을 엮어 읽는 독법을 교독(交讀)이라 부르는데, 그 어떤 독법보다 재미있고 유익하다.

완독에 복독에 중독, 연독, 교독까지, 열 살 남짓의 버릇들이 여태 계속되고 있으니, 이것도 어느 사이 30년이 되고 말았다. '아이가 생각보다 고집이 세군요, 그것도 여자아이가.' 라고 속독학원 선생이 속단했던 똥고집이 이제는 옹고집이 되었고, 그 30년 옹고집의 결과로 만들어지는 옹골찬 글들이 있어 다행스럽다.

7

자녀가 몇 살이세요, 남편이 뭐하는 분이길래

집에는 탄생과 죽음이 있으니 그 집의 연장자가 죽고 또한 새로운 생명이 탄생해야 비로소 집으로 완성된다는 말이, 몽고메리 원작의 『푸른 박공집의 앤』(Anne of Green Gables, 현재 일본과 한국에서는 "빨간머리 앤"으로 번역)에 나온다. 물론 우리나라에도 그 집의 대주(大主, 그 집을 지은 사람이자 집안의 가장)가 죽어 성주신이 된다고 알려져 있다. 죽음을 매우 긍정적으로 묘사하고 있지만, 이는 농경문화의 산물일 뿐이다. 인류가 수렵채집생활에 의존하던 시기에는 한 곳에 오래 머물러 산다는 개념이 없어서, 살던 집에서 식구가 죽으면 생전에 쓰던 물건과 함께 그를 그 집에 곱게 뉘어놓고 떠났다. 가슴과 머리맡에는 꽃다발을 얹어두고서. 죽음이 배인 집에서 가족이 계속 살아갈 수는 없었으리라.

2001년 겨울, 아버지의 죽음이 배인 집을 팔기 위해 중개업소에 내놓았다. 집값이 싸다는 이유로 서울 출퇴근을 마다하고 성남에 마련한 집이었다. 아내의 서재와 남편의 서재가 따로 생겼다고 좋아했던 때는, 봄날의 꿈처럼 짧았다. 그의 직장은 시청 근처, 나의 직장은 강남역에 있던 터라, 출근시간에 맞추어 집을 나설 때면 해도 뜨지 않은 하늘은 푸르다 못해 잉크빛이었다. 좌석버스를 타고 한참을 달려 서울의 끝자락에 도착할 즈음에야 희부연 여명이 시작되었고, 또한 퇴근길에는 병상에서 가쁜 숨을 몰아쉬는 아버지 생각에 옆사람 눈치를 보아가며 소맷부리로 눈물을 훔쳐내기에 바빴다. 성남 집을 팔고 다시 서울로 이사를 오고자 했던 이유는 그 눈물 배인 출퇴근길 때문이었을 것이다.

초상을 치르고 생활정보지와 중개업소에 집을 내놓은 뒤 한 달 만에 이사를 하였다. 한바탕 병치레를 하고 난 아이가 그후 부쩍 자라듯, 아버지를 보내고, 집을 줄여서 옮기는 일을 한 번 치르고 나면 서른 살 아이도 훌쩍 자라게 된다.

"남편이 뭐하는 분이길래 공부방을 두 개나 쓴대요?"

집을 보일 때 가장 많이 들었던 말이다. 두 개의 서재가 놓인 것이 아마 남편이 두 개를 모두 제 것으로 사용하는 것처럼 보였던 모양이다. 딴에 친절히 설명한답시고 이 방은 남편의 서재요,

저 방의 저의 서재라고 대답하면 두 번째 질문이 날아온다.

"그럼, 내외간에 방을 따로 쓰는 거요?"

이 말에는 더 이상 설명이 필요 없었다. 참으로 희한한 집을 다 보았다는 표정으로 황망히 돌아가고 만 손님은 더 이상 연락이 없었으니까. 당시만 해도 주택사정이 요즘과 달랐다. 아파트는 대개 4인 가족에 맞추어 설계하기 때문에, 부부와 자녀에게 개별 침실을 제공하기 위해 침실을 세 개 두는 것이 보통이다. 그런데 노부모가 있다거나 자녀가 셋이면 침실이 부족하게 되는 일도 예사이던 시절, 서재는 언감생심이었으리라.

지금도 생각난다. "여보, 새집에 이사가면 당신 서재 꼬옥 만들어드릴게요."라는 광고방송이. 민영아파트의 분양광고였는지, 주택공사의 공익광고였는지는 기억에 흐릿하나, 간절한 아내의 목소리만은 여태 또렷하다. 세 개의 침실이 있는 국민주택(85m²)에 4인 가족이 산다면 가장의 서재는 그저 희망사항일텐데, 그것이 두 개나 있는 집이라면 무언가 비정상적으로 보였을 것이다. 더구나 부동산 중개업소의 도움으로 매매를 하는 것이 아니라 생활정보지를 보고 개인이 직접 맞거래를 하자면 아무래도 께름칙했을 것이다.

"자녀분이 몇 살이세요?"

난데없는 질문에 흠칫 놀라 돌아보니 젊은 여자가 별나게 생글

거리고 있다. 유니폼에 붙은 명찰에는 가구담당 아무개라는 이름이 적혀 있다. 책상 구경을 하는데 자녀가 무슨 상관, 아이는 없다고 대답했더니 이내 다른 질문이 날아온다.

"그럼 어느 분이 쓸 책상을 찾으세요?"

무얼 자꾸 이리 묻나, '내가 쓸 책상이요'라는 짧은 대답에 이제는 그녀가 놀란 눈치다.

"혹시 결혼하신 주부님 아니셨어요?"

"결혼한 거 맞고요, 그리고 내가 쓸 책상을 고르고 있는데요."

내가 무어 말이라도 잘못했는지, 그녀는 잠시 고개를 갸웃거리더니 다른 쪽으로 가버렸다. 그리고 이내 다시 들려오는 상냥한 그 목소리, 자녀분이 몇 살이에요? 이번에 4학년 올라가요, 우리 큰애는 내년에 중학생인데, 이제야 원하는 대답을 들은 모양이다. 그녀의 얼굴이 금세 밝아졌다.

성남 집을 팔고 서울에 구한 집은 종암동에 있는 24평 아파트였다. 그 정도 크기라면 침실은 두 개만 두는 것이 적당한데도, 4인 가족을 염두에 두었는지 침실이 세 개였다. 장롱과 침대를 두기 위해 안방만 간신히 크기를 갖추었을 뿐, 나머지 방들은 무척 작았다. 함께 장만했던 2인용 책상을 남편의 서재에 두고 이제 나는 나의 서재에 둘 책상을 구해야 했다. 블라우스를 살 때는 가슴둘레에 맞추고 바지를 고를 때는 허리둘레에 맞추듯, 책상과 의자를 고를 때는 키에 맞추라고 교과서에서 배웠기에 작은 내

키에 딱 맞는 책상을 찾고 있었다. 아울러 남편의 서재로 오해받는 것이 싫어 화사하고 예쁜 색상의 책상을 찾아서 대형 할인점을 서성이다 보니 그곳이 아동용 가구코너였던 모양이다. 그러니 점원이 다가와 자녀가 몇 살이냐고 물었던 것도 무리는 아니리라. 지금 눈앞에 있지도 않은 아이를 두고 '자녀분이 몇 살이세요?' 라고 앞뒤로 존칭을 붙였지만 그러나 막상 그 아이의 어미뻘 되는 이가 쓸 책상에 대해서는 딱히 무어라 할 말이 없었던 모양이다.

"아이구, 너무 걱정하지 말구려, 곧 예쁜 아기가 생길 테니."

중학생이 쓸 만한 작은 책상을 그 가구점에서 사왔고 작은 방에 맞추어 책장도 작은 것으로 갖추어놓고, 내친김에 도우미 아주머니를 불러 청소를 하던 참이었다.

"이 방은 정말 예쁘게도 꾸며놓았네, 요즘 젊은 엄마들은 워낙 아이들을 예쁘게 키운다니까."

라는 말에 이 방은 제방이에요, 라고 짧게 대답했다. 그럼 아이는 아직 없는 거요?라는 말이 다시 들려오고, 여기저기 꽂힌 책을 정리하던 나는 그저 건성으로 고개를 끄덕였다. 한참을 생각하던 아주머니가 걸레를 바닥에 내려놓으며 말했다. 너무 걱정하지 말라고, 곧 아이가 생길 거라고. 대체 무슨 말인가, 전공서적과 일반서적을 따로 모으다가 고개를 들어보니, 아주머니는 이제

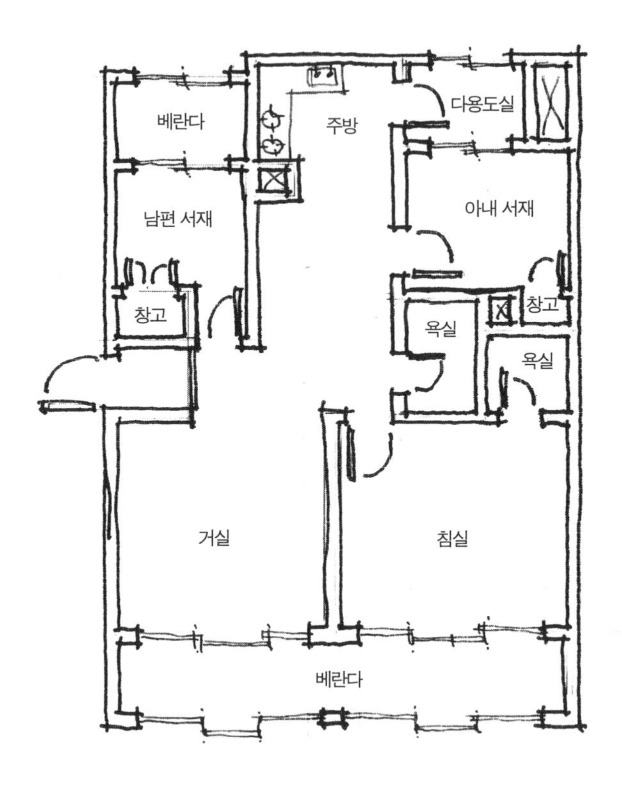

성수동 H아파트 (33평)

2001년 1월 ~ 2002년 9월

—

성남 집을 급히 팔고 이사한 집.
이곳에서 처음 책을 읽기 시작했다.
100권을 읽을 무렵, 인터넷 신문에 칼럼을 쓰며 고료를 받았다.

내 등까지 어루만지며 위로를 하고 있었다.

“세상에, 얼마나 아이가 갖고 싶으면 아직 태어나지도 않은 아이를 위해 미리 방까지 만들어둘까.”

들고 있던 책은 하필 『주택설계론』, 그것은 까마득한 시간 너머의 목소리를 전하고 있었다.

“아울러 서재는 큰 것이 좋겠어요. 아이들이 아직 어릴 때는 남자 혼자 쓰는 방이지만, 그 아이들이 자라고 나면 아버지와 함께 쓰는 공간이 되니까요. 어리기만 한 줄 알았던 아이들이 서재에서 무언가 아버지와 진지한 토론을 하는 모습, 상상만 해도 멋지지 않아요?”

집 안에 서재가 둘이라면 당연히 둘 다 남편의 것이거나 혹은 태어나지도 않은 아이를 위해 미리 만들어놓은 방임을, 그래서 서재는 남편과 아이들에게만 필요할 뿐 여성에게는 전혀 필요치 않다는 것을, 세인들은 여러 가지 방법으로 내게 가르쳐주었다. 대학원 시절 크리틱에 초대된 건축가에게 처음 그 이야기를 들었을 때, 그것이 혹여 남성건축가의 편협한 생각은 아닌가 의심했었다. 그러나 유감스럽게도 나는 그 이야기들을 모두 여성들에게서 들었다. 집을 보러 온 30~40대 여성, 가구점의 젊은 여성, 그리고 청소를 도와주러 온 아주머니까지, 여성에게 서재가 필요치 않다는 생각은 오히려 여성들이 더 많이 갖고 있었다. 그러고 보니 다시 생각난다, 여보 새집에 이사가면 당신 서재 꼬옥 만들어드릴게요, 라는 간절한 아내의 목소리가. 그녀는 자신의 서재가 아닌, 남편의 서재를 만들어주고 싶어했다.

성수동 H아파트에서 읽은 책

- 두 번 읽은 책은 ●표시를, 세 번 읽은 책은 ▲표시를 했습니다.

2001. 3

1 · 손바닥 경제용어 (이주명 외, 사계절)

2 · 집으로 보는 우리문화 이야기 (강영환, 웅진)

3 · 지구 떠돌이, 함께 뒹굴며 108나라 (조주청, 금토)

2001. 4

4 · 김약국의 딸들 (박경리, 나남)

5 · 남자처럼 일하고 여자처럼 승리하라 (게일 에반스, 해냄)

6 · 한길 사람 속 (박완서, 작가정신)

7 · 빵가게 재습격 (무라카미 하루키, 창해)

8 · 알고 보면 무시무시한 그림 동화 (기류 미사오, 서울문화사)

2001. 5

9 · 이야기 고려왕조사 (최범서, 청아출판사)

10 · 500년 고려사 (박종기, 푸른역사)

11 · 사람은 무엇으로 사는가 (톨스토이, 맑은소리)

12 · 사랑이 있는 곳에 신도 있다 (톨스토이, 하문)

13 · 죽어도 나는 양반, 너는 상놈 (이규태, 조선일보사)

14 · 시어머니 길들이기 (조윤서, 아름드리미디어)

15 · 콤플렉스로 역사 읽기 (신용구, 뜨인돌)

16 · 조선의 왕; 조선시대 왕과 왕실문화 (신명호, 가람기획)

2001. 6

17 · 안데르센의 절규 (안나 이즈미, 좋은책만들기)

18 · 지상에서 사라져 가는 사람들 (김병호 외, 푸른숲)

19 · 어떻게 태어난 인생인데 (김정일, 푸른숲)

20 · 천년의 왕국 신라 (김기흥, 창비) •
21 · 어른 노릇, 사람 노릇 (박완서, 장가정신)
22 · 옛 우물 (오정희, 청아출판사)
23 · 고려시대 사람들은 어떻게 살았을까1 (한국역사연구회, 청년사)

2001. 7
24 · 20세기 여인들; 성상, 우상, 신화 (카트린 칼바이트, 여성신문사)
25 · 이야기 조선왕조사 (윤태영, 청아출판사)
26 · 죽음, 아주 낮은 환상; 자살 (전경린 외, 윤컴)
27 · 광기와 우연의 역사 (슈테판 츠바이크, 자작나무)
28 · 조선의 왕비 (윤정란, 차림)
29 · 근현대 명논설 (박영신 외, 사계절)

2001. 8
30 · 나도 너에게 자유를 주고 싶다 (홍신자, 안그라픽스)
31 · 클릭, 미래 속으로 (페이스 팝콘, 21세기북스)
32 · 삼국시대 사람들은 어떻게 살았을까 (한국역사연구회, 청년사)
33 · 손님 (황석영, 창비)
34 · 나만의 방 (버지니아 울프, 삼문)

2001. 9
35 · 20세기 여성 사건사 (길밖세상, 여성신문사)
36 · 주거공간의 의미 (와타나베 다케노부, 국제)
37 · 한국3대 문학상 수상소설집7 (김원우 외, 가람기획)
38 · 고려시대 사람들은 어떻게 살았을까2 (한국역사연구회, 청년사)
39 · 모반의 역사 (한국역사연구회, 세종서적)
40 · 작은 아씨들 (루이자 메이 올콧, 창작시대)

2001.10

41 · FBI 심리분석관 (로버트 레슬러, 미래사) •

42 · 프로이트식 치료를 받는 여교사 (김종회, 최혜실, 김영사)

43 · 아버지의 우산 (이명인, 문이당)

44 · 누가 셰익스피어를 울렸나 (고든 스타인, 푸른숲)

45 · 누가 왕을 죽였는가 (이덕일, 푸른역사)

46 · 사랑, 그 딜레마의 역사 (볼프강 라트, 이끌리오)

2001.11

47 · 새들이 떠나간 숲은 적막하다 (법정, 샘터)

48 · 수필로 배우는 글읽기 (최시한, 문학과지성사)

49 · 현대 소설의 이해 (한승옥, 집문당)

50 · 장미의 기억 (콩쉬엘로 드 생텍쥐베리, 창해)

51 · 서가에 꽂힌 책 (헨리 페트로스키, 지호)

52 · 한국3대 문학상 수상소설집4 (조정래 외, 가람기획)

53 · 이슬람; 이슬람 문명 올바로 이해하기 (이희수, 청아출판사)

2001.12

54 · 누가 내 치즈를 옮겼을까 (스펜서 존슨, 진명출판사)

55 · 풍금이 있던 자리 (신경숙, 문학과지성사)

56 · 인연 (피천득, 샘터)

57 · 옛 우물 (오정희, 청아출판사) •

58 · 숨은 우리 날 찾기 (김선섭, 씨앤드씨그룹)

59 · 문학, 상상력, 해방 (양선규, 형설)

60 · 죽음, 아주 낮은 환상; 자살 (전경린 외, 윤컴) •

61 · 그리스 로마 신화; 신화를 이해하는 12가지 열쇠 (이윤기, 웅진)

62 · 그리스 신화의 세계 (유재원, 현대문학)

2002. 1

63 · 신화 속의 여성, 여성 속의 신화 (장영란, 문예출판사)

64 · 신화, 그림으로 읽기 (이주헌, 학고재)

65 · 벽화로 보는 이집트 신화 (멜리사 리틀필드 애플게이트, 해바라기)

66 · 이집트 신화 (그린북스)

67 · 이집트 신화 (조지 하트, 범우사)

68 · 메소포타미아 신화 (헨리에타 맥컬, 범우사)

2002. 2

69 · 중동 신화 (사무엘 헨리 후크, 범우사)

70 · 길가메시 서사시 (N.K 샌다즈, 범우사)

71 · 쏘가리 (성석제, 가서원)

72 · 누가 처음 시작했을까 (피에르 제르마, 하늘연못)

73 · 동물들은 암컷의 바람기를 어떻게 잠재울까 (나탈리 앤저, 가서원)

74 · 인턴 X (닥터 X, 김영사) •

75 · 속담 에세이 (박연구, 범우사)

76 · 너 그거 아니? (디비딕 닷컴, 문학세계사)

77 · 최초의 인간 루시 (도널드 요한슨, 푸른숲)

2002. 3

78 · 느티의 일월 (모윤숙, 범우사)

79 · 이야기 세계사1 (청솔역사교육연구회, 청솔)

80 · 역사의 비밀1 (한스 크리스티안 후프, 오늘의책)

81 · 딸깍발이 (이희승, 범우사)

82 · 인류이야기1 (핸드릭 빌렘 반 룬, 아이필드)

83 · 이슬람; 이슬람 문명 올바로 이해하기 (이희수, 청아출판사) •

84 · 아버지의 뒷모습 (주자청, 범우사)

2002. 4

85 · 한국3대 문학상 수상소설집1 (손창섭 외, 가람기획)

86 · 오리진 (리차드 리키, 학원사) •

87 · 만화로 배우는 4대 문명 (NHK 스페셜, 신원문화사)

88 · 이브의 일곱 딸들 (브라이언 사이키스, 따님)

89 · 이야기 한국 고대사 (최범서, 청아출판사)

90 · 인류역사의 수수께끼 (원지명, 예담)

91 · 니임의 비밀 (로버트 오브라이언, 김영사)

92 · 새들이 떠나간 숲은 적막하다 (법정, 샘터) •

93 · 한국생활사박물관; 고조선 (한국생활사박물관 편찬위원회, 사계절)

94 · 500년 내력의 명문가 이야기 (조용헌, 푸른역사)

2002. 5

95 · 유목민 이야기 (김종래, 자우출판)

96 · 500년 고려사 (박종기, 푸른역사) •

97 · 동문서답 (조지훈, 범우사)

98 · 이야기 고려왕조사 (최범서, 청아출판사) •

99 · 고리키 단편선 (고리키, 범우사)

100 · 왼손과 오른손 (주강현, 시공사)

101 · 모범경작생 (박영준, 범우사)

102 · 깨달음의 향기 (김정빈, 불지사)

103 · 서양문화의 수수께끼1 (찰스 패너티, 일출)

2002. 6

104 · 거울의 역사 (사빈 멜쉬오르 보네, 에코리브르)

105 · 중동 신화 (사무엘 헨리 후크, 범우사) •

106 · 꽃삽 (이해인, 샘터)

107 · 지상에서 사라져 가는 사람들 (김병호 외, 푸른숲) •

108 · 메소포타미아와 히브리 신화 (조철수, 길)

109 · 방망이 깎던 노인 (윤오영, 범우사)
110 · 연탄길 (이철환, 랜덤하우스)
111 · 당쟁으로 보는 조선역사 (이덕일, 석필)
112 · 한국인이 잘 모르는 뜻밖의 한국 (김경훈, 가서원)

2002. 7
113 · 치숙 (채만식, 범우사)
114 · 누가 왕을 죽였는가 (이덕일, 푸른역사) •
115 · 모반의 역사 (한국역사연구회, 세종서적) •
116 · 가난한 날의 행복 (김소운, 범우사)
117 · 걸리버 여행기 (조나단 스위프트, 해누리)
118 · 하이디 (요한나 슈피리, 창작시대)
119 · 사도세자의 고백 (이덕일, 휴머니스트)
120 · 인연 (피천득, 샘터) •
121 · 조선의 왕비 (윤정란, 차림) •

2002. 8
122 · 주거의 문화적 의미 (강인호 외, 세진사)
123 · 하늘 아래 도시, 땅 위의 건축; 아시아로 가는 길 (김정동, 가람기획)
124 · 쏘가리 (성석제, 가서원) •
125 · 그리움을 위하여; 황순원 문학상 작품집 (박완서 외, 중앙m&b)
126 · 그 많던 싱아는 누가 다 먹었을까 (박완서, 웅진)
127 · 그 산이 정말 거기 있었을까 (박완서, 웅진)

2002. 9
128 · 풍금이 있던 자리 (신경숙, 문학과지성사) •
129 · 서양문화의 수수께끼2 (찰스 패너티, 일출)
130 · 어른 노릇, 사람 노릇 (박완서, 장가정신)

8

그녀들이 바지를 입기 시작했다

〈성균관 스캔들〉이라고, 본래 여성의 입학이 금지된 성균관에 병약한 남동생 대신 입학한 여성의 이야기를 다룬 드라마가 인기를 끌던 때가 있었다. 성별을 속여 금남의 영역에 들어가 남자들과 동료애를 쌓는 것뿐 아니라 때로는 이성애인지 동료애인지 모호한 감정을 느끼는 가운데, 혹여 성별이 밝혀지면 어쩌나 하는 긴장감이 극중의 재미를 주는 그 구성은 드라마와 영화의 단골소재이기도 하다. 사실 이러한 모티브는 제주도 신화 '자청비'를 비롯하여 중국의 '양산박' 등 동아시아에서 널리 발견된다. 과거급제를 통해 주류사회의 진입기회가 주어지는 유교문화권의 한 특징이라 하겠다. 그 외에도 '잔 다르크'나 '뮬란'처럼 군에 입대하여 전공을 세우는 실제 사례도 있다.

공통점은 여성이 서당이나 군대에 가기 위해 남장을 하는 것인데, 서당과 군대는 출세의 중요한 경로이자 남성에게만 허용된 영역이다. 신분제 사회였던 전근대사회에서 평민이 출세를 할 수 있는 길은 지식을 쌓아 관료사회에 진입하거나 전쟁에서 무공을 쌓아 장교로 승진하는 것이 유일했다. 하지만 여성에게는 그것조차 불가능했기에, 그 세계로 틈입해 가기 위해서는 성별을 남자로 위장해야 했고 그러기 위해서 남장을 하는 수밖에 없었다.

'투명인간이 되어 여탕에 들어가보고 싶다.' 혹은 '투시안경을 쓰고 여성의 알몸을 꿰뚫어보고 싶다.'는 것은 남성이 가진 억제된 욕망 중 하나이다. 하지만 그것은 훔쳐보고 싶다는 심리만 있을 뿐, 여장을 하고 여성의 세계에 들어가 무언가를 성취하고 싶다는 욕망을 남성들은 전혀 갖고 있지 않다. 당연히 그런 내용을 다룬 소설이나 드라마는 존재하지 않는다. 사회적 성취에 따른 부와 지위의 획득이 오로지 남성의 영역에만 있었기 때문이리라. 여성을 훔쳐보고 싶다는 남성의 규시(窺視)심리에 해당하는 여성의 욕망이, 남장을 하고 남성의 세계에 들어가 거기에서 무엇을 성취하는 것이다. 그리고 그 뿌리 깊은 소망은 시대에 따라 조금 다른 형태로 나타나기도 했다.

대학에서 여학생 비율이 점차 많아지던 1970~80년대에는 여학생이 남자선배를 '형'이라 부르는 일이 유행했다. '선배님'이나 '아무개 씨'라고 하는 것보다 더 허물없이 친하게 지내고 싶다는 생각에서 그렇게 부르는 모양인데, 이 역시 언어의 남장이라고 생각한다. 남학생들과 함께 어울려 술을 마시고 담배를 피웠던 것 역시 행위의 남장일 텐데, 당시 여성에게는 금기의 영역이었던 곳까지 아슬아슬하게 뛰어들었던 이유는 자신에게 옥죄인 틀을 깨려는 몸부림이었다고, 나는 지금 그녀들을 이해한다. 그러고 보면 똑같은 남장이라 해도 그 스펙트럼은 다양하다. 서당 입학과 군입대를 위한 남장처럼 아예 성별을 남자로 속이는 경우가 있는가 하면, 밀리터리룩이나 매니시룩처럼 그저 패션으로 남복을 입기도 한다.

의 · 식 · 주 중에서 남녀의 차이가 가장 큰 것이 복식이 아닐까 한다. 사실 음식에도 남녀차이가 있다. 고기와 술을 비롯하여, 담배, 차 등 사교를 위한 기호품이 남성의 음식이라면, 여성의 음식은 탄수화물과 채소 위주로 구성된다. 더 정확히 말하자면 밥이나 국수, 빵 등의 탄수화물 주식과 그를 보충하기 위한 단백질과 염분 위주의 부식을 남녀 모두 기본으로 하되, 거기에 남성은 육류와 주류, 기호품이 허용되지만 여성에게는 금지된다. 다시 말해 배가 고파 먹는 음식이 아닌, 사교나 정신의 고양 혹은 이완을 위해 먹는 음식에 여성이 손을 대는 것이 금기이다. 그것이 대개 술과 담배이고, 요즘엔 커피도 한몫을 한다. 이 땅에 커피가 대중화되던 1960~70년대부터 여성의 다방출입은 백안시되던 행위였고, 물론 한 세대가 지난 지금도 '스벅걸'과 '된장녀'는 논란의 대상이다. 여성들이 커피전문점에서 주로 하는 일은 책을 읽고 자료를 검색하고 이야기를 나누는 일인데, 건전하고 바람직한 일이라 할 수 있는 그 행위가 허영과 겉멋의 소치로 비난받는 이유는, 기호품 음용과 정보의 습득 및 상호 교류라는 이제껏 남성이 전유해왔던 영역을 여성이 침범했기 때문이다.

그나마 음식은 남녀구별이 덜한 편에 속한다. 남자 밥상, 여자 밥상을 따로 차리던 시대도 있었지만, 그것은 음식의 차별이라기보다 공간별 남녀분리의 의미가 더 강했으니까. 그러나 복식만큼 남녀구분이 강한 것도 다시 없다.

전근대사회에서 남자의 옷과 여자의 옷은 하나에서 열까지 달라도 너무 달라서, 여자가 남자 옷을 입거나 남자가 여자 옷을 입는다는 것 자체가 불가능했다. 전 문화를 통틀어서 남성은 주로 바지를 입지만 여성의 복식은 아래위가 붙은 긴 원피스 형태거나 긴 치마 형태의 옷이 주를 이루었다. 하지만 19세기부터 유럽의 여성복에 서서히 변화가 일어난다. 커다랗게 부풀린 스커트 대신 폭이 좁은 스커트, 드레스 형태의 상하의 일체형 대신 블라우스와 스커트로 분리된 상하의 분리형이 나타나고, 아울러 블라우스

위에 남성의 전유물로 알려진 재킷을 착용하는 경우도 늘어난 것이다. 이리하여 20세기가 되면 블라우스에 스커트, 재킷이 현대 여성의 가장 대표적인 복식으로 자리잡게 되는데, 이와 여성의 교육기회 증가 및 사회참여와 시기적으로 맞물려 있다. 성별 직업분리가 명확하던 전근대사회에서는 복식의 성별분리도 명확했지만, 그러나 여성의 교육기회 확대와 사회참여가 높아질수록 복식은 남성적인 요소를 차용하여 진화되어간다. 그 남성적 요소 중 가장 극명한 것이 바지일 것이다. 유럽사회에서 19세기 이전까지 여성이 바지를 입는다는 것은 상상할 수 없는 일이었다.

복식의 근대화를 외세의 압력에 의해 강압적으로 경험해야 했던 우리에게는 '단발'의 충격에 가려 여성의 바지착용에 대한 충격이 희석되고 말았지만, 그러나 유럽에서 그것은 이슬람 여성이 베일을 벗어버리는 것만큼이나 용기를 건 행동이었다. 20세기부터 서서히 시작된 여성의 바지착용은 1950~60년대 미국에서 본격화되었는데, 당시 미국에서는 이것이 페미니즘과 맞물려 있었다.

사실 복식은 사회운동과 긴밀히 연관되어 있다. 우리나라에서도 20세기 초반 짧은 통치마 차림의 신여성이 등장했고, 최루탄 가스가 자욱하던 1980년대 대학가에서 개량한복이 유행했던 것과 마찬가지이다. 본디 페미니즘과 맞물렸던 여성의 바지는 1970년대가 되어, 정치적 의미가 완전히 사라지고 다만 패션으로 자리잡게 된다.

당연히 그즈음일 것이다. 이른바 '청.생.통'이라고 대학생들이 청바지에 통기타를 메고 생맥주를 마시던 때가. 남자선배를 형이라 부르며 잔디밭에 어울려 함께 생맥주를 마시기 위해서는 아무래도 바지가 편했을 텐데, 당시 여학생들이 입던 바지는 여러 번 빨아 하얗게 물이 빠진 청바지처럼 정치적 색채가 완전히 사라지고 말았다. 그리고 지금은 '바지정장'이라 하여 점잖은 자리에서 입어도 되는 옷으로까지 발전하였는데, 성균관에 입학하기 위해 입었던 남복과 비교하면 스펙트럼의 양 극단에 자리잡을 것이다. 남복과 바지착용, 거기에는 여성의 틀을 깨고 더 넓은 세계로 나아가고자 하는 공통된 욕망이 있다.

본업이 건축이지만 그러나 내가 건축보다 더 좋아하는 것이 옷, 정확히 말해 복식문화이다. 내가 그리된 데는 젊은 시절 의상실을 경영했던 어머니와 외할머니의 영향도 있지만, 무엇보다 지도교수님의 영향이 크다. 당신에게는 내 또래의 딸이 있었는데, 마침 그녀는 의상을 공부하는 중이라 딸을 자별히 사랑하시는 교수님은 어느새 건축과 복식 간의 시대적 연관성에 대해서까지 생각하고 계셨다. 세계대전이 일어나기 직전인 1930~40년대, 독일이 강성대국으로 성장하고 있을 그즈음 독일건축은 어떠했으며 동시에 여성복식은 어떤 가치를 지향하고 있었는가, 참으로 재미난 주제가 아닐 수 없다.

세계대전이 끝난 1950~60년대 유럽과 미국은 대대적인 재건 사업을 벌이게 되는데, 이때 건축은 기능주의 및 국제주의 양식이 유행하였고 당연히 복식도 국제주의 양식이 유행하였다. 이처럼 복식과 건축은 밀접한 동질성을 갖고 있지만, 그러나 내가 복식문화를 더 좋아하는 이유는 동질성이 아닌, 그 이질성에 있다.

인간이 만들어낸 문화 중에서 가장 둔중한 것이 건축일 것이다. 오늘 떠오른 영감을 천 위에 그려내어 바느질을 하면 내일 바로 입을 수 있는 것이 옷이지만, 그러나 건축은 아무리 짧아도 설계가 1년 시공이 2년, 도합 3년이 걸린다. 불현듯 떠오른 시상으로 원고지를 메우는 시인이라면 시를 쓰는 것 자체로는 돈이 들지 않지만, 그러나 우선 땅을 사야 하고 기초공사 후에 콘크리트를 타설해 건물을 올려야 하는 건축은 세상에서 가장 비용이 많이 드는 일 중 하나이다. 아울러 의상은 여름옷이라면 여름 대비, 겨울옷이라면 겨울 대비만 하면 그만이지만, 건축은 폭염부터 폭설까지 사계절 대비를 모두 해주어야 한다. 또한 입는 사람 한 사람의 마음에만 들게 해주면 되는 게 옷이지만, 그러나 집과 건물은 사용자가 한 명이 아니다. 수십 명에서 수백 명, 수천 명의 편의를 두루두루 고려해야 한다. 무엇보다 건물이 무너지면 설계자와 시공자 모두가 형사처벌을 받지만, 입던 옷이 찢어지면 그냥 조용히 버리면 된다. 기술력이나 중력, 재료의 영향을 받지 않고 생각대로 무한히 표현할 수 있는 능력, 표현재료가 저렴한 탓에 가능한 그 실행력, 1년 단위로 움직이는 빠른 유행. 그러나 무엇보다 복식이 흥미로운 것은 그것이 사회적으로 이슈화될 수 있다는 점이다.

19세기에서 20세기에 이르기까지 놀랍도록 성장한 여성의 지위를 복식으로 어떻게 표현할 것인가. 기존의 여성복에서 여성적인 요소를 강조하여 더욱 화려하게 치장할 것인가, 물론 그런 시절이 있기도 하였다. 코르셋으로 허리를 죄고, 그 하한선이 두려울 정도로 가슴을 파고 또한 버팀대로 치마폭을 부풀렸다. 머리를 올려 빗고 또한 트레인(train: 스커트 뒤쪽으로 길게 늘어뜨린 옷자락, 흔히 웨딩드레스에서 볼 수 있다.)은 얼마나 길었는가, 적어도 17~18세기까지 그런 옷차림을 하였다. 향상된 여성의 지위를 복식에 그대로 표현한다면, 20세기 여성의 옷차림은 더욱 화려해져야 한다. 머리는 50~60센티까지 올려 빗어야 하고 트레인도 2~3미터는 끌어야 하겠지만, 그러나 요즘은 웨딩드레스도 그렇게 입지 않는다. 오히려 남성복의 요소를 차용하는 방향으로 진화했다. 극단적으로 말해 현재 여성은 평생에 단 한 번 자신의 결혼식에만 여성복을 입을 뿐, 생애의 대부분을 변형된 남성복을 입고 지낸다. 그리고 이를 건축에 그대로 적용해보면 어떤 결과가 나오는가.

여성의 지위향상을 주택 내에 반영하기 위해 현재 아파트에서 주로 사용하는 방법은 본래 여성의 공간이라 여기는 곳을 더 크고 화려하게 꾸미는 것이다. 주방의 면적이 증가하는 것과 동시에 고급 가전제품이 들어차기 때문에 이제는 '주방'이라는 말조차 어울리지 않게 되어버렸고, 대면형 주방 및 아일랜드 식탁 등으로 거실의 영역까지 침범하고 있다. 물론 안방도 같은 방향으로 움직이고 있다. 안방 내 전용화장실은 물론, 과거 중대형 아파트에서나 가능하던 파우더룸, 드레스룸이 소형 아파트에까지 부가되고 있다. 다시 말해 안방과 주방을 강화하는 것으로 여성의 향상된 지위를 나타내고 있는데, 이는 결국 여성의 자리는 안방과 주방이요 그녀의 본질은 가사와 육아라는 것에 다름 아니다. 다산능력을 보여주는 가슴과 엉덩이를 상대적으로 크게 보이기 위해 코르셋으로 허리를 졸라매는 18세기 여성복식과 무엇이 다른가.

그러고 보면 서재는 서당에 다니기 위해 입었던 자청비의 바지가 아닐까. 지식과 정보의 습득장소인 서재는 그 사용자의 문자해독능력과 밀접한 관련을 갖는다. 그 능력은 남성의 전유물일 뿐 여성의 문자해독률이 현저히 낮았던 전근대사회에서 서재는 남성들의 전유물이었는데, 그런데 문자해독률에 있어 남녀의 차이가 무의미한 현대사회에서 왜 서재는 아직도 그들의 전유물인가. 어째서 여성 스스로 자신의 공간은 주방과 안방이라 생각하는가.

2

~

나의 천국,
커피 한 잔과 책 한 권

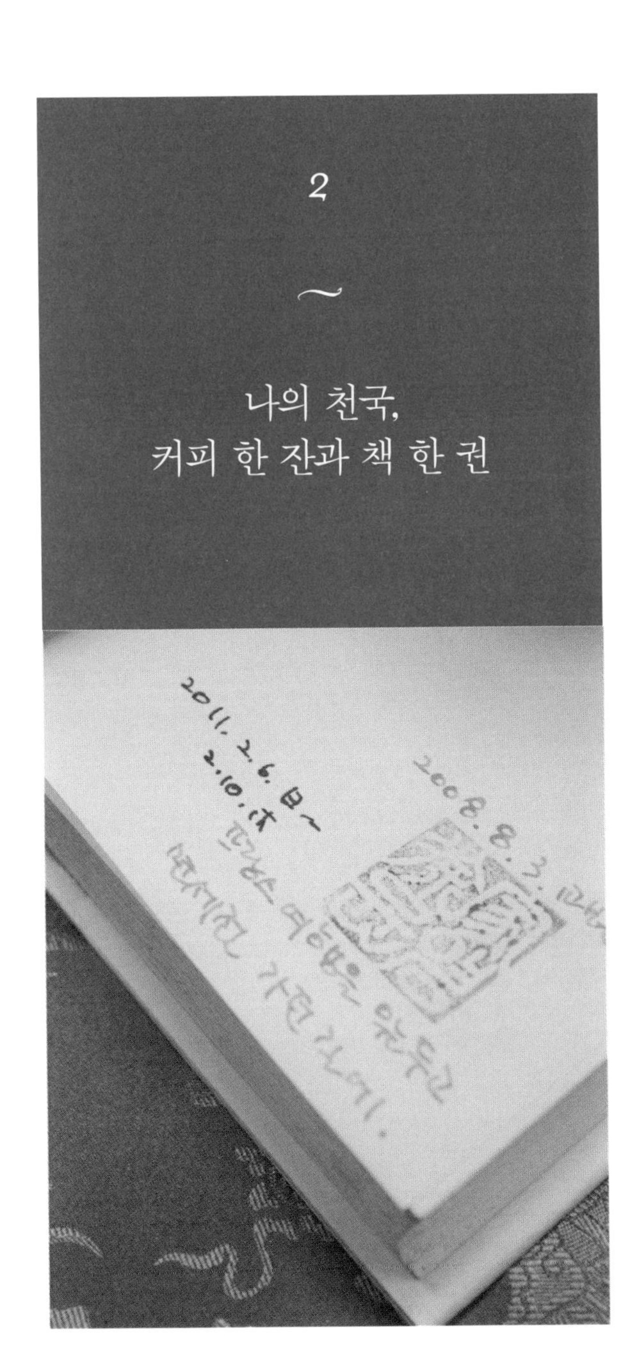

9

내 스스로 족두리를 벗고 기차를 타리니

'위 저작물을 출판함에 있어, 저작권자를 갑이라 하고, 출판권자를 을이라 하여 다음과 같이 약정한다.'

'갑은 을에 대하여 본 저작물의 출판권을 설정하고, 을은 본 저작물의 복제 및 배포에 관하여 전 세계에 걸쳐 한국어판에 대한 독점적이고도 배타적인 권리를 갖는다.'

생전 처음 접해보는 말들이 신기하여 손에 들린 계약서를 몇 번이나 되풀이하여 읽고 있었다. 출판사에 들러 출판계약서라는 것에 도장을 찍고 돌아오는 길, 전철 안에서도 슬며시 한번 꺼내 보았고, 집으로 돌아와 내내 되풀이하여 읽어도 알 듯 모를 듯 낯선 단어의 연속이었다. 그렇게 계약서에 얼굴을 박고 있는 내 이마 위로 남편의 말 한마디가 떨어진다.

"그래서 어떻게 할 거니?"

"뭘 어떡해? 이대로 해야지, 여기 적힌 대로 5월 31일까지 원고를 넘겨야지."

라고 대답하며 고개를 들고 보았더니, 웬걸, 그는 계약서가 아닌 내 얼굴만 여태 바라보고 있었던 모양이다. 어쩐지 코끝이 간질간질하더라니. 계약을 했으니 계약대로 해야지, 라는 말을 덧붙이려는데 그가 다시 묻는다

"이제 앞으로 어떻게 할 거야?"

내 눈 깊숙한 곳을 바라보며 묻는 그 얼굴을 보고 있자니, 데자뷔라고 하나, 예전에도 이런 상황에 맞닥뜨린 적이 있음이 불현듯 떠올랐다. 그때 나는 어떻게 행동했던가, 그리고 이제 앞으로 어떻게 해야 하나.

초등학교 시절, 동화책과 위인전을 손에 잡히는 대로 읽던 것이 중학생이 되어서는 특정 작가를 정해놓고 그의 작품을 집중적으로 읽는 버릇으로 바뀌기 시작했는데, 춘원 이광수도 그런 작가 중 하나였다. 『무정』, 『흙』, 『사랑』, 『유정』 등 많은 작품 가운데서 가장 좋아했던 것이 〈소년의 비애〉라는 단편이었다. 상당히 자전적이고 페미니즘적인 성향이 강한 작품으로, 서울에서 유학하고 있던 주인공 문호(이것이 바로 작가 자신일 것이다)가 고향 종

가에 내려오는 것으로 이야기는 시작된다. 작품 속에 여럿 등장하는 예쁘고 똑똑한 사촌누이들 중에 특히 친애하는 난수가 이번에 시집을 가는 까닭이었다. 종가는 혼인준비로 들뜨고 기쁘기만 한데, 한편으로 신랑이 천치라는 소문도 들리고 있었다. 혼인식이 있기 전날 저녁 신랑 일행이 신부집에 도착하고, 그와 겸상을 하여 본 문호는 마침내 그 소문이 사실이었음을 알게 된다. 그 길로 달려나가 급전을 구하여 온 다음 연지곤지에 족두리를 쓰고 앉아 신랑을 기다리는 난수의 신방으로 뛰어들어간다.

밤이 왔다. 문호는 어디서 돈 오 원을 구하여 가지고 가만히 난수에게

"얘, 이제 나하고 서울로 가자. 이 밤차로 도망하자. 가서 내가 공부하도록 하여 주마."

하였다. 그러나 난수는 문호의 말에 다만 놀랄 뿐이요, 응할 생각은 없었다. 서울로 도망! 이는 못할 일이라 하였다. 그래서 고개를 흔들었다. 문호는

"얘, 이 못생긴 것아. 일생을 그 천치의 아내로 지낼 터이냐."

하며 팔을 끌었다. 그러나 난수는 도망할 생각이 없다. 문호는 울며 쓰러지는 난수를 발길로 차며

"죽어라, 죽어!"

하고 꾸짖었다. 그리고 외따른 방에 가서 혼자 누웠다.

—이광수, 〈소년의 비애〉 중에서-

사실 난수의 아버지도 신랑이 천치라는 사실은 알고 있었으나 양반의 체모를 생각하여 약속한 혼인을 물릴 수는 없는 일이라 했고, 난수 역시 아버지의 명예를 생각해 도저히 그럴 수 없다고 사촌오빠 문호의 손길을 뿌리쳤다. 문호가 뛰쳐나온 그 방에 이제 천치 신랑이 들어가고, 이튿날 난수의 옷차림이 변한 것을 보고 문호는 씁쓸히 깨닫는다, 기어이 결혼을 하였음을. 그러나 그때 난수와 같은 나이였던 나는 다짐하고 또 다짐했다. 나는 절대로 난수와 같은 삶을 살지 않겠다고, 만약 내가 이 경우를 당한다면 나는 기필코 오빠의 손을 잡고 서울로 떠나겠다고. 양반의 체모며, 가문의 명예 따위는 생각하지 않고, 오로지 나 자신을 위해서 내 스스로 족두리를 벗고 기차를 타겠다고.

"그래서 이제 어떻게 할 거냐? 정말 그렇게 하고 싶으냐?"

12년이 지나 스물여덟 살이 된 나에게 아버지가 묻고 있었다. 대학에서 수학을 전공하고 그리고 대학원에서 세부전공으로 기하학을 전공하고 난 후, 이제 무엇을 하면 좋을까 망설이던 차에 지도교수님이 입학원서를 내밀었다. 어느 대학의 박사과정 지원서였다. 그곳은 박사과정이 갓 신설되어서 경쟁률도 심하지 않고, 무엇보다 그곳에는 당신의 후배가 교수로 있다고 하였다. 그게 망설일 것 없이 이름을 적고 사진을 붙여 제출한 뒤, 이제 이 곳을 떠나 그곳으로 가면 어떤 일이 벌어질까 생각하고 있었다. 그 후배교수가 나의 새 지도교수가 될 것인데, 나이도 젊고 그다지 엄격할 것 같지도 않아 내심 새로운 학교에서의 대학원 생활을 기대하던 참이었는데, 문득 아버지가 나를 학교 앞 찻집으로 불러 물었다. 이제 앞으로 어떻게 할 거냐고.

"너는 원래 수학을 좋아하던 아이가 아니었잖아, 너 기억나니? 네가 얼마나 건축을 공부하고 싶었는지, 그런데 어느 결에 모두 잊어버렸니? 자신의 길이 아니라는 걸 알면서도 왜 그 길을 계속 가려고 하는 거지?"

'건축'이라는 말을 듣는 순간, 가슴이 콱 막혀오는 느낌이었다. 그때만이 아니라 언제나 그러했다. 중고교 시절부터 나는 건축이라는 그 단어를 심장의 벅찬 감동 없이 무연히 발음할 수가 없었다. 그 시절 오로지 건축학과에 가고 싶어 다른 생각은 해본 적이 없었는데, 공부를 못 해서 대학에 떨어지고 재수해서 또 떨어지고 이제는 더 이상 갈 데가 없어서 아무데나 갔던 대학을 대학원까지 졸업하는 동안, 나는 정말 까맣게 잊고 있었다. 내가 얼마나 그 일을 하고 싶어했는가를.

"지금 박사과정에 입학하면 더 이상은 되돌릴 수 없게 된다. 정말 그 길로 가겠니? 지금이라도 건축으로 전과해라."

그러나 막상 그 이야기를 들었을 때, '군사부일체'를 말하는 문화권 안에서 교육받았던 나는 지도교수를 어느 결에 사부의 대열에 놓고 있었다. 며칠 전 원서를 써넣을 때 석사과정을 졸업시켜 박사과정에 입학시키는 것이 마치 딸자식 키워 시집 보내는 것 같다고 하셨는데, 내가 그 대학에 아니 가겠다고 하면 얼마나 실망하실까. 바로 그 순간 아버지의 번개 같은 일갈이 떨어졌다.

"뭘 망설이고 있니? 내가 이 이야기를 하면 네가 기뻐 날뛸 줄 알았는데, 이렇게 망설이고 주저하는 모습이 내가 키운 딸의 모습이냐?"

그때서야 문득 깨달았다, 10여 년 전 다짐했던 그 결심을 이제 결행할 순간이라고. 양반의 체모를 생각해서, 가문의 명예를 생각해서 천치인줄 알면서도 시집을 가는 일만은 절대 하지 않겠노라고 다짐하고 또 다짐했던 일을 이제 결행할 순간이라고. 내 손으로 족두리를 벗고 기차를 타야 하는 순간이 바로 지금이라고. 나는 그 다음날, 명지대학교의 건축학과 대학원에 입학원서를 넣었다.

거기서 6년이 더 지났다. 지하 2층의 회사 자료실에서 책을 읽으며, 지면만 있으면 아무데나 썼던 글을 보고 출판사에서 연락이 왔다. 그걸 모아 책으로 출판하자고. 계약서에 서명을 하고 돌아와 처음 보는 출판계약서가 신기해서 몇 번이나 다시 읽고 있을 때 남편이 물었다. 이제 앞으로 어떻게 할거니?

"계속 자료실에 있을 거니? 지금은 자료실이지만 내년에는 전산실로, 그리고 후년에는 비서실로 갈지도 모르는데. 너는 지금 무슨 일을 하고 싶은 거지?"

자료실이든 비서실이든 어쨌든 직장을 다니면 안정된 수입은 보장된다. 더구나 나는 내가 글을 쓰는 직업을 갖게 되리라고는 꿈에도 생각해본 적이 없었다. 하지만 바로 지금 이 순간이 족두리를 벗고 오빠의 손을 잡아야 할 때라는 것을 직감적으로 깨달았다. 그리고 결행했다. 사직서를 제출하고 작은 방에 들어앉아 책을 쓰기 시작한 것이 이럭저럭 10년이다. 그러고 보니 나는 두 번 진로를 바꾸었다. 스물여덟 살에 수학에서 건축으로 전과를 했고, 서른네 살에는 T자 대신 펜을 잡았다.

대개 그때라면 결혼을 하기 위해 혹은 아이를 키우기 위해 하던 일도 그만두는 나이인데, 오히려 나는 내가 정말 좋아하는 일을 찾을 수 있었다. 그리고 그렇게 할 수 있었던 것은, 그 어떤 순간이 오면 내 손으로 족두리를 벗고 오빠와 함께 기차를 타겠다는 어린 날의 결심 때문이었다. 천치인 신랑에게 아버지는 시집을 보내려고 하지만, 사촌오빠는 이 밤에 나와 함께 서울로 떠나자고 난수의 손을 잡아 이끈다. 그러나 막상 그 손을 뿌리치는 것은 난수 자신이다.

여성이 사회적 성취를 하자면 많은 제약이 따르고, 이미 남성들이 쌓아올린 아성 앞에서 무능하게 무너질 수밖에 없다고 생각하는 것이 일반적인 견해이다. 하지만 여태까지 살아본 바에 비추어보면 그 제약이 그렇게 강력하고 명확한 것은 아니었다. 오히려 세상에는 그 제약을 벗겨주려고 하는 남자도 분명 존재했다. 내게는 아버지가 그러했고 남편이 그러했다. 그러나 막상 그 제약을 걷어내지 못하고 스스로 그 제약 속에 갇혀버리는 것은 여성 자신이다. 이 세상에서 가장 강력한 제약은 남이 나에게 씌워놓은 굴레가 아니라, 그 굴레를 스스로 벗지 못하는 자기 자신이라는 것을, 나는 '소년의 비애'를 통해 배웠다. 그 책은 그렇게 나의 인생을 바꾸어놓았다.

10

나는 그대를 내 서재에서 맞이하리라

조용한 한낮 핸드폰의 벨소리와 함께 낯선 번호가 뜬다. 카드사나 보험사의 광고용 전화 아니면 원고청탁이나 강연의뢰 등과 관련된 전화 중 하나일 거라는 생각에 조심스레 받아든다. '안녕하십니까. 서윤영 고객님.' 이라는 인사말이 맑게 개인 가을 하늘마냥 청아하다면 그것은 분명 영양가 없는 광고용 전화, '서윤영 선생님 되십니까, 지금 전화 괜찮으시겠습니까.' 라는 첫인사가 늦가을 궂은 비마냥 낮게 깔려 나온다면 이것이 영양가 있는 전화임을 짧은 관록으로 터득한 터. 그런데 이번 전화는 4월에 내리는 보슬비마냥 사근사근 촉촉하다. 이러저러한 내용의 대본을 쓰려고 하는데 어떠어떠한 자료를 보면 좋을지 만나뵙고 자세한 말씀을 들을 수 있을까요, 라는 방송국 작가의 문의전화이다. 뭐, 그러시지요, 라고 흔연히 대답하니, 곧바로 약속시간과 장소를 잡자 한다. 시간은 그쪽에서 정하고, 장소는 그냥 저희집으로 오시지요, 라고 하니, 약간 당황하는 눈치. "그래도 될까요, 실례가 되지 않을까요."라는 말 뒤에 숨은 '따로 사무실이 없어요? 그럼 커피숍에서 만날까요?' 라는 속내를 애써 무시하며, 굳이 집으로 청한다. 며칠 뒤 약속시간이 돌아오고, 방송국 작가라는 서른 살 언저리의 젊은 여성을 맞이하기 위해 현관으로 나가 신발부터 정리하기 시작한다. 슬리퍼와 운동화, 외출용 구두가 함께 나뒹구는 그곳은 우리 집의 첫인상을 결정짓는 가장 중요한 곳이기 때문이다. 학교에서 돌아와보니 어머니의 머리모양이 달라져 있어 흠칫 놀랄 때가 있듯, 그 어느 세월의 저쪽, 갑자기 달라진 현관 분위기에 우리 집이 낯설어질 때가 있었다.

그날 학교에서 돌아와 현관문을 열고 보니 낯선 신발이 서너 켤레 놓여 있었다. 여자신발은 분명하되 처녀의 것보다는 한결 낮은 구두굽과 안쪽에서 수런수런 들려오는 말소리에 이웃집 아주머니들이 놀러 왔음을 알아차렸다. 뒷굽이 무지러진 구두와 발등에 비닐로 만든 꽃송이를 붙여놓은 슬리퍼 사이에 학생용 구두를 벗어놓고 들어서니 아니나 다를까, 집을 점령하고 앉은 미안함을 감추려는 듯 일시에 아주머니들의 칭찬이 쏟아졌다.

"지금 돌아오는구나, 그새 많이 컸구나."
"이제 중학생이지? 우리 큰애랑 한 동갑이니까."
"글쎄, 여자아이들은 금방이라니까, 벌써 처녀티가 나는 것 좀 봐."
주섬주섬 인사를 하고 방으로 돌아와 가방을 놓고 앉았지만 그러나 몇 번이고 귀가 쫑긋거리고 엉덩이가 들썩거려야 했다.

"이번에 진형이가 중학교에 가서 반장한다며? 커피 한 잔 더 해라, 진형아."
"그래도 윤영아, 자기는 딸이 있어 좋겠다. 나는 두 놈 다 아들이라서."
"그런데 요즘 윤영이 과외 뭐 시켜? 윤영아, 이 커피 맛있다, 이거 미제야?"
"우리 수현이는 아무래도 영어과외를 받았으면 좋겠는데, 윤영엄마, 적당한 과외선생님 없어요?"
"그거 그냥 국산이야, 그리구 수현엄마, 그냥 영어만 시킬 거예요? 수학은 안 하고?"
"진형엄마는 반장엄마니까 아는 사람도 많을 텐데, 영어과외 좀 소개시켜줘요."
"수현엄마, 과외 좀 그만 시켜요, 아예 애를 잡는다니까. 그 커피 나도 좀 줘봐, 윤영아."

수현이와 진형이는 같은 아파트 단지에 살면서 같은 피아노 선생님 밑에서 배웠던 초등학교 친구들이자 지금은 서로 다른 중학교로 배정받은 동갑내기들이었다. 지금 그 자리에 있지도 않은 수현이와 진형이를 비롯하여 내 이름도 간간히 불리는 것을 들으며, 아이 친구가 곧 엄마 친구라는 것 외에도 엄존하는 미묘한 질서를 깨달았다. 처음에는 서로를 윤영엄마, 진형엄마로 부르다가 점차 친해지고 나면 그냥 윤영아, 진형아라고 편하게 부른다는 것을, 아울러 그즈음 존칭 대신 말을 놓게 된다는 것을. 그러나 뒤늦게 그 부류에 뛰어든 이는 아직 윤영엄마, 진형엄마라 부르며 존대해야 한다는 것을, 그래서 한자리에 같이 앉아서도 존칭과 하대가, 윤영엄마와 윤영이가 혼칭되고 있음을. 그리하여 그날 나는 윤영아, 윤영아, 하는 소리가 나를 부르는 것인 줄 알고 내내 귀가 쫑긋거려야 했다.

"여성이 결혼을 하면 남편의 성을 따르는 미국과 달리, 한국에서는 결혼을 해도 여성의 성이 바뀌지 않는답니다. 그러니까 여러분도 나를 'Mrs 전'이라 부르세요. 미국식이라면 남편의 성을 따라 'Mrs 김'이 되겠지만, 여기는 한국, 나는 'Mrs 전'이랍니다."

그날 학교에서 영어선생님은 자랑스레 말했지만, 아주머니들의 수다소리를 들으며 가방 안에서 『Middle School English』를 꺼내던 나는 시니컬하게 웃고 있었다. 결혼을 해도 남편 성을 따르지 않는 한국여자? 끝까지 자신의 이름을 간직한 여자? 세상 어느 한국여자가 'Mrs 리'라고 불리는가, 그저 윤영엄마인 것을. 박수현, 권진형이라는 이름에 맞추어 수현엄마를 Mrs 박, 진형엄마를 Mrs 권이라 불러보던 나는 그만 고개를 절레절레 흔들었다. 그 호칭들은 결국 남편의 성을 따른 거였다. 아주머니들의 이름은커녕 성도 알 수가 없으니 도리가 없는 일이라 생각하고 맥없이 교과서를 내려놓는데, 때 맞추어 들리는 초인종 소리. 곧이어 '아빠 오셨네'라는 어머니의 목소리에 웃음소리가 뚝 그친다.

"이제 곧 가려던 참이었어요, 찬거리 사오다가 만났지 뭐예요."

"참 가정적이시네요, 퇴근도 일찍 하시구요."

"아니, 왜요, 천천히 더 놀다 가시지 않구."

평소보다 일찍 퇴근한 아버지의 모습에 아주머니들이 당황하여 자리를 뜨기 시작했다. 꽃송이 달린 슬리퍼와 뒷굽이 뭉개진 구두가 주방 한귀퉁이에 있던 장바구니와 함께 썰물처럼 밀려나갔지만, 그러나 식탁 위에 남겨진 커피잔들, 가장자리에 흐릿한 입술자국이 묻어 있던 하얀 찻잔들은 여태 내 기억 속에 뚜렷이 남아 있다. 아주머니들은 주방에 놓인 식탁에서 차를 마셨던 것이다.

무엇 때문이었을까, 어린 시절부터 유난히 예민한 것이 있었다. 맛있는 집이라고 아버지가 주말에 어머니와 동생을 데리고 갔던 음식점에서 나는 정작 음식맛보다 그곳이 신을 벗고 온돌방에 앉아 먹는 곳인지, 아니면 신을 신고 식탁에 앉아 먹는 곳인지를 더 선명하게 기억했다. 유치원 무렵 명동에 있던 어느 건물에서 엘리베이터를 처음 탔을 때의 기억을 비롯하여, 지금은 없어진 31고가도로를 자동차로 달릴 때의 아찔한 느낌과 그즈음 생기기 시작한 지하주차장으로 처음 들어갈 때 느꼈던 낯선 두려움들이 지금도 선연하다. 그 후 건축을 공부하면서 그러한 것들을 '공간에 대한 감수성'이라 말하는 것이라고 알게 되었는데, 돌이켜보면 바로 그 공간에 대한 감수성이 유난히 예민했다.

아주머니들이 식탁에서 차를 마셨는데, 그 식탁은 주방 한켠에 놓여 있었다, 그렇다면 주방에서 차를 마신 것이 된다. 전기밥솥과 전자레인지가 앙증맞게 놓여 있어 주방 대신 '키친'이라 부르는 이도 있지만, 그러나 그곳은 명백히 부엌이었고 거기서 아주머니들이 차를 마셨다. 자신의 이름 대신 서로를 아무개 엄마라 부르다가, 아무개 아버지가 일찍 귀가한 탓에 서둘러 돌아갔다. 신기할 것도 이상할 것도 없는 일상적인 풍경이었지만, 그러나 만약 거기서 남녀의 성별이 바뀌면 어떻게 될까. 어머니의 손님이 아닌, 아버지의 손님이 오면 그 풍경은 어찌 변할까.

나는 아직도 아버지와 손님들이 앉았다가 일어선 빈자리의 그 어른스런 분위기를 또렷이 기억하고 있다. 재떨이와 담뱃갑, 간단한 다과, 그리고 그들이 남기고 간 어른의 체취와 낯선 대화의 여운은 그 자리를 지성소(至聖所)와도 같이 느껴지게 했다. 그것은 지금도 분석과 해설을 허용하지 않을 만큼 신비하고 인상적이고 또 직접적이었다.

—이수태, 『어른 되기의 어려움』 중에서

아버지의 손님들이 머물다 간 자리를 비의적 수준으로까지 끌어올린 이수태의 수필을 읽지는 못했어도, 그러나 어머니의 손님과 아버지의 손님은 분명 차이가 있으며 그것이 공간의 차이로도 나타난다는 것을 어렴풋이 깨닫기 시작했다. 그때 아버지의 손님이 방문했다면 결코 부엌 옆 식탁에 자리를 잡는 일은 없었을 것이다. 급한 대로 차 한 잔에 사과 한 쪽을 내올지언정 다과상에 다소곳이 담아 거실에 앉은 이에게 가져갈 것이며, 아무것도 준비를 하지 못해 죄송하다는 손비빔도 함께 내놓을 것이다. 아마 그러한 감수성이 나는 이 다음에 반드시 두 개의 사랑이 있는 집에서 살고 싶다는 생각을 갖게 했을 것이다.

아내의 사랑과 남편의 사랑이 따로 마련되어 있어, 아내의 손님은 그녀의 사랑에서, 남편의 손님은 그의 사랑에서 맞이할 수 있는 집. 남편의 손님을 거실에서 치르느라 아내는 부엌에서 분주하고 아이들은 자신의 방에서 나오기가 어려운 집이 아닌, 또한 아내의 손님을 부엌에서 치르다가 남편의 때 이른 귀가에 서둘러 돌아가는 집이 아닌, 서로에게 방해주지 아니하고 방해받지 아니하고 손님을 맞이할 수 있는 집, 그런 집에서 살고 싶다는 것이 당시 나의 소망이었다.

아울러 그 집으로 가끔은 아내의 손님들이, 다시 말해 나의 손님들이 찾아와 주었으면 좋겠다는 생각도 하였다. 시장을 다녀오던 길에 만난 아주머니, 아이를 유치원 버스에 실어 보내고 난 뒤 우르르 몰려가 차를 마시는, 아이친구로 인해 엄마친구가 되어버린 이들이 아닌, 특별한 목적이 있어 나를 찾아오는 손님, 아무개 엄마가 아닌 서윤영 씨라 불러줄 그 손님이 왔으면 좋겠다는 것도 나의 소망이었다.

세월이 훌쩍 지나 어느새 그때의 어머니만큼 나이를 먹었다. 자주 있는 일은 아니지만 오늘처럼 손님이 올 때가 더러 있다. 근처의 찻집을 마다하고 굳이 집으로 청한다. 그쪽에서 부탁을 하는 입장이니 이쪽에서는 뭐 오든가 말든가 심드렁해도 되련만, 그러나 새삼 집을 치우고 테이블보를 씌우고 다과를 준비하며 공연히 들뜨고 기쁘다. 우리 집에는 두 개의 서재가 있으니 나는 그녀를 나의 서재에서 맞이하리라. 집 안에 남편의 사랑과 아내의 사랑이 따로 마련되어 있고, 그리고 가끔 나를 찾는 손님이 방문했으면 좋겠다는 소원, 나의 가장 오래된 그 소원을 이루어주기 위해 지금 그녀가 나를 방문한다.

11

건축과 도시를 선물한 남자

서른 살에 학교를 졸업한 뒤 이러저러한 일을 하다가 마흔 살이 되어 다시 박사과정에 입학하는 것으로, 나는 또 한 번 학생이 되었다. 10년 만에 다시 학교로 간 느낌이 어떠냐고 묻는다면, 글쎄, 깜깜한 밤중에 홀로 등불을 들고 어디가 어딘지도 모르는 채 길을 걷다가 홀연 동녘 하늘에 여명이 번지는데, 마침 그때 저편에서 버스 한 대가 새벽을 뚫고 달려오는 것을 보고 반가운 마음에 손을 들어 그 차를 세우는 느낌이었다고 할 수 있으려나. 이제 버스를 탔으니 틀림없이 목적지까지 데려다 줄 것이라는 안도감이 들기도 하지만, 그러나 대중교통이라는 것이 정해진 정거장에 정차를 해야 해서 성가시기도 하다.

제도권 공부라는 것도 졸업이라는 목적지까지 가기 위해 거쳐야 하는 일련의 과정들이 있는데, 중간고사와 기말고사도 그중 하나이다. 대학원생은 시험 대신 과제물로 대체하는 경우가 많은데, 그 준비를 위해 책장 안에 있는 책을 꺼내 펼치던 순간이었다.

가을날의 단풍잎마냥 찬연하게 떨어지는 명함 한 장, '서윤영'이라는 이름자도 선명한 석사 시절의 명함이었다. 책을 읽다가 책갈피 대신 끼워넣은 것이 분명한 명함, 그제야 생각났다. 10년 전 석사졸업학기에 이 책을 읽겠노라 달려들었다가 서너 장도 읽지 못한 채 명함을 꽂아두었고, 읽다 말았다는 미진함마저 거기에 꽂아둔 채 지금까지 단 한 번도 펼쳐보지 않았음이. 그리고 거기에 딸린 모든 기억들이 작은 명함 한 장으로 낚여 올라오고 있음이.

그날 아침은 책가방을 들까 핸드백을 들까 망설이다가 새로 장만한 서류가방을, 정말 A4용지 몇 장밖에는 들어가지 않을 듯한 얄팍한 서류가방을 챙겨 들었다. 선배오빠가 주선하는 소개팅 자리, 그러나 막상 그 자리에 선배는 빠진다고 했다. 차라리 잘되었다 생각하며 지갑과 핸드폰, 명함, 대학원에 입학하면 명함이 나오지만 그러나 정작 쓸데는 별로 없었던 그 명함을 챙겨넣고, 아울러 책 한 권도 집어넣었다. 작은 책상과 책 한 권. 커피 한 잔이 놓여 있으면 그곳이 곧 천국이라는 지론대로, 강남역의 커피숍을 천국으로 만들어놓고 앉았는데, 그러나 천국은 오래가지 못했다.

곧 남자가 도착했으니까. 주섬주섬 책을 가방에 넣으며 책갈피가 없어 대신 명함을 꽂아두었는데, 어느 결에 그걸 눈여겨본 것일까, 며칠 후 다시 만난 그는 단정한 종이가방 안에 책 두 권을 담아 내게 선물했다. 난감하기 이를 데 없었다.

구애를 위해 남자는 여자에게 소소한 선물을 얼마나 많이 하는가, 그러나 그 선물 중에 가장 싫은 것이 책이었다. 그것은 일반인의 기준을 훨씬 뛰어넘는 섬세하고도 극명한 호오 때문에 와인 애호가에게 정작 와인을 선물하기 어려운 이유와는 또 다른 까닭이었다. 현재 『춘희』라고 번역하지만 실은 '동백꽃 여인'이 더 알맞을 듯한 뒤마 피스 원작의 『La Dame aux Camelias』는 '책 마농 레스코를 선물한 남자'와 동백꽃 여인과의 애절한 사랑 이야기이다. 그가 여인에게 『마농 레스코』를 선물한 이유는 '마농처럼 난잡하게 살면 끝내 유배되어 죽음을 면치 못하리니 부디 정숙하게 살아라, 네가 아무리 화려한 삶을 산다 하더라도 너를 진실로 사랑하는 남자는 나밖에 없으리니.'라는 강력한 메시지를 전달하기 위함이었다. 아닌 게 아니라 주인공 남자는 그 책을 선물하며 책머리에 '부디 겸양의 덕을 지니소서.'라고 적어놓는다. 바로 이것이다. 내가 책 선물을 싫어하는 이유가.

책을 선물한다는 것은 내가 이 책을 읽었으니 너도 함께 읽고 내가 느꼈던 감동을 함께 공유하자는 뜻일 텐데, '내 느낌을 함께 공유하자.'는 것이 결국 내가 이렇게 느꼈으니 너도 그렇게 느끼라는 강요의 완곡적 표현이기에 싫어한다. 부모가 자녀에게, 교사가 학생에게라면 그러한 강요는 범연하다. 그러나 평등해야 할 남녀관계에서 이 책을 읽고 여기 적힌 교훈과 감동을 너도 나처럼 느끼라고 말하는 것은 사랑이라는 이름으로 강요된 폭력이 아니고 무엇이랴. 젊은 시절의 나는 그처럼 단호해서 실제 결행으로 이어지기도 했다.

스무 살 언저리였을 것이다. 미팅에서 만난 지 얼마 안 된 남자로부터 『젊은 시인에게 보내는 편지』(릴케)를 처음 받았을 때만 해도 크게 신경 쓰지는 않았다. 당시에는 그런 책이 유행하기도 했고, 나는 그렇게 젊었고 또한 릴케가 여성 지인들에게 보내는 편지의 형식을 빈 책이었으니까. 그러나 얼마 뒤엔 『말테의 수기』(릴케)를 선물하고, 그 다음엔 『독일인의 사랑』(뮐러)까지 건네는 것을 보고서야, 거기에 존재하는 강한 방향성을 깨달았다. 한결같이 독일계 시인의 회상기이자 수필이라는 공통점을 알게 되자, 자신의 취향을 내게 강요하는 것이 분명하다는 생각이 들었다. 불쾌함을 너머 분노의 감정까지 느꼈던 데는 당시의 치기도 한몫했을 것이다. 내가 어떤 책을 읽을 것인가는 철저히 내가 계획하고 주도해야 하는 것인데, 그 일에 남자가 틈입해 들어온다는 것을 도저히 용납할 수 없었다. 남자와 결별한 것으로도 모자라 그 이후 릴케든 헤세든, 독문학과는 담을 쌓고 산 지가 10

년인데, 그런데 이 남자 지금 내게 책 선물을 하고 있다. 『하늘 아래 도시, 땅 위의 건축』(김정동, 가람기획)이라는 건축기행문이었다.

하긴 기행문 정도라면 어여쁜 수필집이나 달달한 시집처럼, 그저 초콜릿 한 상자나 꽃다발처럼 남자가 여자에게 흔히 하는 선물일 것이다. 무엇보다 이건 자신이 먼저 읽고 건네는 책이 아니라는 생각에 그것을 받았다. 그리고는 책장에 꽂아두기만 할 뿐 읽을 생각은 하지 않았다. 솔직히 그럴 짬이 없었다. 처음에는 별생각 없이 남자를 소개받았다가, 얼마 후부터 그 남자 때문에 눈코 뜰새 없이 바빠질 때가 있다. 그때가 꼭 그러했고 그 황망한 분주함 끝에 나는 그의 아내가 되었다.

그러면서 알게 된 것 한 가지는 나와 그의 결혼을 필두로 그에게 속해 있던 것과 나에게 속해 있던 것이 차례로 결합을 한다는 것이다. 24평 아파트에서 신접살림을 차렸을 때는 서재가 하나뿐이어서 서로의 책들을 섞어 주제별로 다시 정리해야 했다. 그리하여 고려대학교의 『대학국어』와 한국외국어대학교의 『대학국어』가, 아울러 두 학교의 『Freshman English』들이 나란히 꽂히는 것으로 그들은 결합했다. 옷장 안에는 나의 옷과 그의 옷이 함께 걸리고, 아울러 화장대 위에서도, 신발장 안에서도 여태 단 한 번도 섞인 일이 없던 물건들이 서로 섞이면서 그들끼리 결합을 했다.

서너 권의 책을 쓰고 난 뒤 더 좋은 글을 쓰고 싶어 박사과정 공부를 생각하고 있을 때, 그는 나와 동문이 되고 싶다고 했다. 그래서 그의 모교에 내가 입학을 함으로써 이제 학교도 결합을 했다. 새로 발급된 학생증이 신기해서 지하철 개찰구 같은 곳을 통과해 들어간 도서관. 책을 내고 난 뒤에는 새로운 도서관에 갈 때마다 여기에는 내 책이 있을까 궁금해지는 버릇이 생겼다. 건축 코너를 샅샅이 뒤지다가 책장 구석에서 먼지 쌓인 그 책을 발견했을 때의 심정은 온 풀밭을 헤집어 네잎 클로버를 찾아낸 기쁨과 비슷한데, 그러나 그 도서관에는 조금 더 묘한 것이 있었다. 『세상에서 가장 아름다운 집』이라는 내가 낸 첫 책이, 『하늘 아래 도시, 땅 위의 건축』이라는 그가 선물한 첫 책과 나란히 꽂혀 있는 광경. 도서관에서 두 책이 나란히 꽂혔다는 것은 그 내용과 관점이 유사하다는 뜻일 텐데, 그러나 저자로서 독자로서 아무리 보아도 그 책들은 전혀 다르다. 솔직히 그 책이 나란히 꽂혀 있는 곳은 내가 알기로 고려대학교 도서관이 유일한데, 그곳 사서는 왜 그 책을 같은 내용으로 보았을까. 내가 선물받은 책과 내가 쓴 책은 나도 모르는 사이에 이상한 인연으로 그곳에서 결혼해 있었다.

박사과정 4학기의 마지막 수업은 현대건축의 디자인 경향에 관한 내용이었다. 중간고사는 과제물 발표로 대체되었고, 내가 맡은 주제는 히틀러 치하의 독일건축이었다. 박사든 석사든 공부란 매한가지여서, 예전에 공부하던 책을 찾아 책장을 뒤지니 용케 『독일공작연맹과 건축』이라는 책이 보였다. 그리고 바로 그때 거기 꽂혀 있던 명함이 단풍잎처럼 떨어진 것이다. 서너 페이지도 채 읽지 못하고 명함을 꽂아놓은 걸 보니, 남자는 예상보다 빨리 도착했던 모양이다. 그가 도착한 것을 보고 곧바로 책을 집어넣었는데, 며칠 뒤 『하늘 아래 도시, 땅 위의 건축』을 선물한 까닭은 그때 빠르게 각인되었던 독일, 건축, 이라는 낱말 때문이었을까. 명함이 꽂혀 있던 페이지부터 다시 읽기 시작했다. 석사과정의 마지막 학기에 읽던 책을 박사과정의 마지막 학기에 다시 읽는데 10년의 시차에도 불구하고 바로 어제 읽다 만듯 선명한 까닭은, 작은 책상이 있어 그 위에 읽을 만한 책 한 권과 커피 한 잔이 놓여 있다면 그곳이 곧 천국이라는 지론 때문인가. 하긴 천국에서는 10년도 찰나에 불과할지니.

12

거짓말, 새빨간 거짓말이었어

이제부터 1주일에 꼭 한 권씩 책을 읽자. 무슨 일이 있어도 반드시 읽는 거다. 1년은 52주로 되어 있으니까 1년이면 50권을 읽을 수 있고, 4년이면 200권…….

손가락 셈을 해보던 나는 맥이 탁 풀려버리고 말았다. 1주일에 책 한 권을 읽기가 결코 쉽지 않다는 것을 알고 있었기에 1년에 50권도 불가능할지 모른다고 생각했는데, 그 불가능을 이루어도 대학 4년 동안 고작 200권을 읽을 뿐이라니. 청춘이란 이리 짧고 허망한 것이었나. 나는 그만 책 읽기를 포기해버렸다. 아니 아예 놓아버렸다. 그것이 대학 1학년 시절이었다.

남아수독 오거서. 남자아이는 모름지기 다섯 수레의 책을 읽어야 하느니.

초등학교 6학년, 한문도 잘 모르는 아이들 앞에 담임 선생님은 일곱 글자를 적어놓고 말씀하였다.

"남아는 다섯 수레의 책을 읽어야 어른이 되어서 제대로 사람 구실을 할 수 있다는 말인데, 정말 여러분들은 어릴 때 책을 많이 읽어야 해요. 선생님도 초등학교 때 물론 많이 읽었고, 중학교와 고등학교 때에도 학과 공부하면서 많이 읽었지. 대학교 때에도 정말 많이 읽었어. 그런데 학교 졸업하고 나니까 사회생활 하고 직장생활 하느라고, 정말 책을 읽고 싶어도 읽을 시간이 없고, 잠을 줄여가면서 저녁에 시간 내서 읽어봐도 머리가 굳어서 그런지 하나도 기억이 나지 않아. 책을 읽는 것은 대학교 졸업 전까지가 마지막 한계선인 것 같아요. 그러니까 여러분들, 책 많이 읽어요. 남아수독 오거서. 남아는 다섯 수레의 책을 읽어야 하는데, 물론 요즘 세상에는 남학생 여학생 구별 없이 많은 책을 읽어야 해요."

어른이 된다는 것이 온통 검은색 신비에 쌓여 있던 시기, 나는 정말 그 말을 곧이 믿었다. 아울러 4학년 때 담임 선생님(김완기 선생님, 현 한국아동문학회 회장)의 말씀도 생각이 났다.

"우리 학교 도서실은 정말 많은 책들이 있는, 아마 서울 시내에서 가장 좋은 도서실일 것이다. 여러분이 이 학교에 입학한 것은 정말 행운인데, 그러니 우리 도서실에 있는 책을 한 권도 빼놓지 않고 다 읽고 졸업하겠다는 결심을 세운 어린이, 누구 없니?"

한 학급에 100명에 가까운 학생을 받는 것으로도 모자라 2부제 수업을 하던 시절이었건만, 운 좋게 사립학교에 입학했던 터라 학교 안에는 도서실이 있었다. 거기에 있던 책들은 지금 생각해도 몇천 권을 헤아리니 졸업할 때까지 다 읽는다는 것은 불가능했다. 그러나 그 이야기를 듣고 천진하게도 그 결심을 세우고서 점심시간은 물론 방과 후 도서실이 문을 닫는 시간까지 쉬지 않고 읽으며 4,5,6학년을 보냈는데, 졸업을 앞둔 지금 돌이켜보니 반의 반도 못 읽었다. 그런데 이제 6학년 선생님은 더욱 엄청난 말씀을 하신다. 대학 졸업 전까지 다섯 수레의 책을 읽으라고, 어른이 되면 책을 읽고 싶어도 시간이 없어서 읽을 수가 없고, 또한 머리가 굳어져서 아무리 읽어도 책장을 덮는 순간 하나도 기억이 나지 않는다고, 그러니 나이가 들기 전에 책을 읽어야 한다고. 그 말을 종합해보면 중고등학교 6년에 대학 4년까지, 10년 동안 다섯 수레의 책을 읽어야 한다는 결론이 나온다.

그리하여 중학교와 고등학교 때는 정신 없이 읽었던 것 같다. 하지만 대학에 입학하였을 때는 남아가 읽어야 한다고 했던 다섯 수레의 책이 과연 몇 권을 말함인가, 의문에 사로잡혔다. 어디에도 정답이 나와 있지 않은 의문, 아무도 가르쳐주지 않는 화두였기에, 나는 그걸 자의적으로 풀어버렸다. 책을 담는 수레라 하면 소나 말이 끄는 짐수레가 아닌, 사람이 직접 끄는 조그마한 손수

레일 것이며, 거기에 한 사람이 운반할 수 있을 정도의 책을 채우면 대략 100권이 될까. 한 수레의 책을 짐짓 100권으로 정하고 나니 다섯 수레면 500권이다. 그걸 책 읽기의 마지막 시한인 대학 4년 동안 다 읽어야 한다. 1주일에 한 권씩, 1년이면 50권, 4년이면 200권. 나는 정말 맥이 탁 풀렸다. 두 수레도 못 읽고 졸업을 하는구나.

꿈과 이상이 청죽(靑竹)마냥 푸르던 스무 살 시절이었다. 『정신분석입문』(프로이트), 『꿈의 해석』(프로이트), 『국가』(플라톤), 『종의 기원』(다윈), 『자본론』(마르크스), 『사기』(사마천), 『군주론』(마키아벨리), 『리바이어던』(홉스), 『신곡』(단테)은 물론, 도스토옙스키, 에밀 졸라, 빅토르 위고, 발자크, 스탕달의 주요 작품들까지 고루고루 갖추갖추 정해놓은 필독도서를 1주일에 한 권씩 무슨 일이 있어도 읽어내겠다고 당시 나는 결심했다. 이런 책이라면 학교 대신 차라리 산속으로 들어가야 계획대로 읽을 수 있을 텐데, 사실 대학공부라고 하는 것이 고교공부 못지 않게 힘에 벅차다. 여기에 MT 가랴, 미팅 하랴, 친구 만나랴, 어느 틈에 정신분석을 입문하고 꿈을 해석한단 말인가. 포기해버렸다, 아예 손을 놓아버렸다.

솔직히 너무 바빠 책을 읽을 틈이 없기도 했다. 아동기의 놀이가 학습인 것처럼 청년기의 연애와 여행은 중요한 체험인데, 그걸 하자면 돈이 들고 그 돈을 벌기 위해 아르바이트를 해야 했다. 대학을 졸업한 후에는 이럭저럭 6년 동안 대학원을 다녔는데, 알다시피 이공계 대학원은 업무량과 학습량이 상당하다. 그 뒤엔 졸업을 하여 취직을 하고 또한 남자를 만나 결혼을 하느라 분주했다. 공교롭게도 나는 1999년에 졸업과 취업, 결혼을 동시에 치르느라 그 해는 정말 정신이 없었다. 그리고 한숨 돌릴 만한 2000년 12월, 새로운 밀레니엄이 다가오고 있을 때이자 만 서른두 살이 되기 하루 전의 일이었다.

생일을 맞은 사우를 위해 사우회에서 준비한 작은 선물이라고 해서 봉투를 열어보니, 만 원짜리 도서상품권이 달랑 한 장 들어 있었다. 정말 작은 선물이구나, 이것으로 대체 무엇을 할 수 있을까 생각하며, 상품권을 허공에 대고 부채처럼 펄럭이면서 시시한 농담을 하기 시작했다.

"정말정말 재미없고 아주아주 어려운 책을 사는 거야. 365페이지짜리 책을 말이야. 그래서 하루에 꼭 한 페이지씩 읽는 거야. 다음 생일이 돌아올 때까지. 그게 바로 만 원을 가지고 1년 내내 즐길 수 있는 방법이지. 이걸로 영화를 보면 두 시간이면 끝나지만, 책을 사면 1년 동안……."

순간 나는 펄럭이던 손을 멈추었다. 무엇인가 뒤통수를 세게 치고 지나가는 느낌이었다. 그래, 나에게도 책을 읽던 시절이 있었지, 얼마나 열심히 읽었던지 시간에 쫓겨 읽던 기억만이 가득하다. 4시 30분에 도서실 문을 닫는 것이 아쉬울 정도로 책을 읽던 초등학교 시절은 그렇다 치고, 중학생이 되어서는 한밤중 스탠드에 종이갓을 씌워 불빛이 새어나가지 못하게 한 채 책을 읽어야 했다. 학교에서 돌아와 숙제와 공부를 마치면 대개 9~10시, 그 이후에 책을 읽기 시작하여 새벽 1시가 되고 2시가 되도록 그치지 않으니 아버지가 그 일을 단속할 수밖에 없었던 것이다. 지나친 독서를 경계하기 위해 12시가 넘으면 불을 끄고 잠을 자도록 했는데, 불빛이 새어나가지 않게 하기 위해서는 스탠드에 종이갓을 씌우는 수밖에 없었다. 사실 내게 처음으로 독서를 가르친 사람, 더 정확히 말해 독서습관을 들여준 사람은 아버지였다.

요즘과는 달리 내가 어릴 때는 웬만한 집에는 가정부가 있었다. 때로 식구가 많거나 아이를 키우는 집에서는 두세 명까지 고용하기도 했는데, 그때 아버지는 내게 책을 읽어주는 역할을 하기 위한 여학생을 두었다. 저녁에는 야간고등학교에 다닌 것으로 보아 나이도 어렸던 모양인데, 대개 아이들이 아이를 좋아하듯, 나는 그녀를 친언니처럼 따르며 매일매일 동화책 한 권씩을 읽었다. 학교에 다니기 전이라서 글을 읽을 수 없었고, 누군가가 전담해서 읽어줄 사람이 필요했기 때문이다. 그리고 초등학교에 입학해서는 동생과 나의 독서지도를 위해 영문학과에 다니던 여학생을 가정교사로 들였다. 그때는 국내에 마땅한 어린이 백과사전이 드물던 시절이라 영문판 브리태니커 백과사전의 어린이본을 들여놓고 가정교사가 아이들에게 읽어주게 하였는데, 영어책을 직독직해하는 그 모습은 어린 내가 넋을 잃고 바라보기에 충분했다.

유치원생과 초등학생의 독서지도를 위해 별도의 과외선생을 두는 것이 요즘에야 흔한 일이지만, 당시로서는 드문 일이었다. 독서습관을 들이기 위해 그토록 애썼던 아버지조차 중학생이 되어서는 책 읽기를 단속해야 할 정도로 나는 그 일에 심하게 편력되어 있었다. 그런데 종이갓을 씌운 스탠드의 불빛도 귀신 같은 아버지의 눈을 피해갈 순 없었고, 그래 생각해낸 방법이 야광(夜光)을 이용하는 거였다.

요즘도 시계바늘에 야광을 칠해놓아서 밤에도 시계를 볼 수 있게 해놓은 것들이 있는데, 당시에는 십자가나 기도하는 손, 성모마리아, 부처님 등을 야광으로 만든 것이 많았다. 밤에 전등을 모두 끈 뒤에도 성모와 부처가 어둠 속에서 홀로 빛나는 효과를 노린 것인데, 바로 거기에서 힌트를 얻었다. 아버지에게 들켜 스탠드마저 끄고 난 뒤에도 유일하게 빛나는 불빛, 그 야광불빛에 비추어 읽던 책을 마저 읽을 수 있었다.

형설지공이라고, 진 나라 때 차윤(車胤)이라는 소년이 집안이 너무 가난하여 기름을 구할 수 없게 되자 반딧불을 여러 마리 잡아 비단 주머니에 넣어두고 그 불빛으로 책을 읽어 마침내 벼슬이 이부상서에까지 이르렀다는 고사가 있다. 그때 그 반딧불의 밝기가 야광불빛과 비슷했을까. 그런 이야기는 주로 초등학생용 동화책에 많이 나오기 때문에 친절한 삽화가 함께 그려져 있기 마련인데, 반딧불을 넣은 비단주머니를 마치 전등처럼 천장에 매달아놓고 책을 읽는 모습이 대부분이다. 하지만 형광 대신 야광으로 직접 체험을 해본 결과에 의하면 그 방법은 조도가 현저히 떨어지기 때문에, 야광이든 형광이든 직접 책에 대고 한 줄 한 줄 밑줄을 그어가듯이 불빛을 비춰 볼 수밖에 없다는 것을 깨닫게 된다.

그러고 보니 차윤의 형공(螢功)뿐 아니라 손강(孫康)의 설공(雪功)도 경험한 바 있다. 회사에서 점심시간을 이용해 책을 읽던 시절이 있었는데, 그런데 그때가 외환위기가 닥친 직후라서 에너지 절약을 한답시고 겨울에 난방온도를 낮추더니 점심시간에는 전등과 난방을 아예 꺼버리곤 했다. 깜깜한 사무실에서 책을 읽을 수 있는 방법은 단 하나, 모니터의 바탕화면을 하얀색으로 바꾸어놓고 그 빛에 비추어 읽는 것이다. 춥고 어두운 사무실에서 외투를 껴입고 바탕화면의 불빛으로 책을 읽다 보면 또 한번 동화책의 삽화가 잘못 되었다는 걸 알게 된다. 눈 쌓인 창가에서 책을 읽는 장면까지는 좋은데, 그런데 그 눈(雪)의 반사도가 그렇게 강하지 않기 때문에 그 빛에 비추어 책을 읽으려면 창호지 문을 활짝 열고 있어야 한다. 그럼에도 불구하고 한결같이 창문을 닫은 채 책을 읽는 모습을 그리고 있는 것을 보면 역시 체험이라는 게 얼마나 중요한지, 눈 내린 겨울밤에 창을 열고 독서를 한다는 것이 얼마나 추운지 온몸으로 느끼게 된다.

여기에 그치지 않고 고등학생 때에는 분서갱유 사태를 겪기도 했다. 학교에서 돌아오면 책꽂이가 헐렁하게 비어 있을 때가 가끔 있었다. 이건 분명히 내가 없는 사이에 어머니가 내 책을 모조리 치워버린 것이리라. 독서일기로 유명한 장정일의 시 〈삼중당문고〉에는 "처음 파출소에 갔다 왔을 때 모두 불태우겠다고 어머니가 마당에 팽개친 삼중당문고"라는 구절이 있는데, 정말 딱 그대로였다. 공부는 아니하고 책만 읽는 꼴이 보기 싫어서 어머니가 교과서 이외의 책들을 전부 치워버린 것이다. 그때 우리 집은 아파트라서 마당이 없었고, 그래서 그 책들이 어디로 팽개쳐졌는지는 아직도 의문이다. 그 정도라면 그 놈의 책, 대학교에 가서 실컷 읽으면 될 것을 오히려 대학생이 되어서는 손에서 책을 놓아버리고 12년이 지났다. 그리고 서른두 살을 하루 앞둔 날, 도서상품권 한 장이 무도회의 초대장마냥 주어졌다.

그날 퇴근 무렵 서점에 가서 고른 책이 『천년의 왕국 신라』(김기흥, 창작과비평사)였다. 2,000년 전에 흥기해 1,000년을 지속하다가 쇠망해버린 고대왕국 신라의 역사는 또 한 차례의 밀레니엄이 오고가고 있던 때에 딱 읽기 좋은 책이었다. 본래의 계획대로

라면 한 페이지씩 1년에 걸쳐 읽어야 했지만, 그 계획은 이루어지지 못했다. 병상에 누운 아버지의 임종이 임박했음을 이제는 담당의사까지 내게 범연히 말할 정도가 되었으니까.

양과자에 장어덮밥에 평소 좋아하는 음식을 사 들고 병원을 찾았지만 끝내 아무것도 못 드시는 양을 지켜보느라, 그때 회사에서 무슨 일이 일어나고 있는지를 미처 못 보고 말았다. 이듬해 1월 아버지가 돌아가시고 초상 뒤에 출근을 하고 보니, 내 자리는 자료실로 옮겨져 있었다. 컴퓨터와 전화기가 연결되지 않아 집에서 쓰던 노트북을 가져올 때 함께 가져온 책이 그 책이었을까. 읽다보니 재미가 있어 1년치 즐거움을 닷새 만에 소진하면서, 낮게 중얼거렸다. 거짓말, 새빨간 거짓말이었어. 어른이 되고 나면 책을 읽을 시간도 없고, 읽고 나도 기억에 남지 않는다는 그 얘기는 거짓말, 그저 아이들에게 책 읽는 버릇을 들이기 위한 하나의 방편이었어. 오히려 책 읽을 시간은 많아지고 머리에도 쏙쏙 들어오는 걸.

내 경우를 보면 취직과 결혼을 하고 보니 시간은 학생 시절보다 오히려 더 많아졌다. 공대 대학원은 머슴 대학원이요, 석사과정은 솔거노비, 박사과정은 외거노비라는 자조적 농담을 머슴들이 즐겨하듯이, 대학원 재학 시절은 무척 바빴다. 그렇게 바쁜 이유 중 하나가 학업 외에 프로젝트를 수행하기 때문인데, 회사는 학교와 다르게 학업은 아니하고 프로젝트만 하면 되기 때문에 물리적 시간은 많아진다. 내가 입사해서 가장 신기했던 것 중 하나는 대학원과 비교해 여유시간이 많다는 거였다.

또한 결혼도 연애의 졸업이기 때문에, 결혼 직전과 직후가 조금 바쁠 뿐 익숙해지고 나면 시간적 · 심리적 여유는 많이 생긴다. 톨스토이의 역작 중 하나인『안나 카레니나』에는 결혼을 망설이는 친구에게 먼저 결혼한 주인공이 조언을 하는 장면이 나온다.

> "먼 길을 걸을 때 무거운 가방을 손에 들고 걷는 것이 연애라면, 결혼이란 그 가방을 등 뒤에 짊어지고 걷는 것과 같다. 걸어야 할 길과 가방의 무게가 줄어드는 것은 아니지만, 그러나 손에 들고 있던 가방을 등에 맴으로써 양손을 자유롭게 사용할 수 있는 것이다."

과연 대가의 통찰력이 돋보이는 대목이다. 결혼을 하고 나서 가장 좋았던 점 중 하나는 이제 더 이상 남자를 만나기 위해 휴일에 외출을 할 필요가 없어졌다는 것인데, 이것이 바로 시간적 · 심리적 여유이다.

아울러 머리가 더 좋아졌음도 느낀다. 나이가 들면 머리가 굳어져 책을 읽어도 무슨 소린지 알 수가 없고 책장을 덮으면 하나도 생각이 나지 않는다는 얘기를 어려서 여러 번 들었다. '나이가 들면' 이라고 할 때의 그 나이가 과연 몇 살을 말하는지는 모르겠지만, 나이가 들면서 이해력과 추리력, 종합사고력이 증가하여 책 읽기가 훨씬 수월해졌다. 다만 기억력이 감퇴하여 책장을 덮으면 하나도 생각이 안 난다는 얘기를 일견 수긍도 하는 터라, 그것을 만회하기 위해 중요한 내용, 기억해야 할 내용을 모범생이 노트 정리하는 것처럼 적어두었더니 나중에는 책 대신 노트를 읽는 재미가 더 쏠쏠하기도 했다. 무엇보다 나이가 들어 더 좋아진 것은 읽었던 책들이 많아짐에 따라 지식의 축적과 함께 인식의 그물이 훨씬 조밀해져 같은 책을 읽어도 예전보다 훨씬 더 많은 것을 얻을 수 있고 그리하여 훨씬 더 재미있다는 것이다.

중고교 시절 책을 읽을 때면 휘몰아치는 감동에 벅찬 숨을 내쉬면서 이제 나이가 들면 이 감동은 없을 텐데 그땐 정말 어떡하나, 걱정도 했다. 하지만 서른두 살이 되어 다시 읽기 시작하니 가슴이 아닌 머리로 읽는 재미가 새로 생겼다. 이런 재미도 모르고 예전에는 무슨 책을 그리 읽는다고 했을까. 어른들이 흔히 하는 말, 너 술맛이나 알고 마시냐? 너 담배맛이나 알고 피우냐? 라는 그 말을 이제 나도 소녀 시절의 나에게 할 수 있을 것 같다. 너 책 읽는 재미나 알고 읽었니?

그 재미에 빠져 자료실 생활이 오히려 즐거울 때, 어느 날부터인가 낯선 메일들이 하나둘 오기 시작했다. 스팸인가 지워버리려 했지만 '준정' 이라는 내 필명을 붙여 오는 제목들이 심상치 않았다. 열어보면 대개 건필하십시오, 곧 등단하실 거예요 혹은 저서가 있습니까, 라는 내용인데, 등단은 무엇이고 건필은 무엇인지 처음 들어보는 말들에 어리둥절했다. 500원의 적립금을 받기 위해 인터넷 서점에 서평을 쓰고, 5,000원의 도서상품권을 받기 위해 포털 사이트에 칼럼을 쓸 때 사용했던 필명이 준정인데, 그렇게 날아오는 메일들을 보며, 아 이게 바로 그 팬레터라는 거구나, 생각할 무렵, 조금 낯선 팬레터가 와 있었다. 인터넷 신문의 시민기자가 되어 건축 관련 칼럼을 연재해줄 수 없겠느냐는 한겨레신문의 메일이었다. 정식 기자가 아닌 시민리포터의 자격으로, 자신의 일터에서 일어나는 일이나 평소 느끼는 단상을 자유로이 기고하면 된다는 내용에 덧붙여, 고료는 14,000원이라 했다.

책 한 권을 살 수 있는 돈, 글 한 번을 쓰면 책 한 권이 생긴다는 생각에 그 제안을 수락했다. 한 달 뒤 은행계좌로 들어온 10만 원 남짓한 돈, 그걸 돈이 아닌 '고료'라 부르기 시작했던 날은 2002년 5월 무렵이었나. 월드컵을 앞둔 때라 강남역 근처에서는 붉은 티셔츠를 길거리 노점에서 팔고 있었고, 점심을 먹으러 나갔던 직원이 돌아오는 길에 그걸 사 입고 오던 때이기도 했다. 아울러 『왼손과 오른손』(주강현, 시공사)을 100번째 책으로 읽어낸 참이었다. 작년부터 시작한 책 읽기가 이제 100권에 이르렀다고 그날 일기에는 그 얘기만 적혀 있었지만, 지금 돌이켜보니 글을 쓰고 첫 고료를 받은 때이기도 했다.

그 해 여름은 참 뜨거웠다. 유래 없는 4강 신화를 이룩하느라 전국민이 붉은 티셔츠를 입고 시청 앞 광장이나 올림픽 광장으로 뛰어나갔고, 대중음식점에서라도 대형 TV만 있으면 모여 앉아 응원을 했으니까. 거기에 고료를 받고 팬레터를 더 많이 받으며 나의 여름도 뜨거웠다. 그 뜨거움이 사위어가던 날이자, 노점에서 급히 사 입었던 빨간 티셔츠가 몇 번의 세탁 끝에 허옇게 빛이 바래기 시작하던 가을이었다. 이러다가 내년 여름에는 빨간 티셔츠가 하얀 티셔츠가 되는 게 아니냐고 너스레를 떨며 빛 바랜 셔츠를 베란다에 널었고, '색깔 있는 티셔츠를 물이 빠지지 않고 오래 입는 법' 을 검색하기 위해 인터넷을 켠 순간 낯선 메일이 하나 들어와 있었다.

'님이 연재하던 글을 신문에서 읽었습니다. 그걸 모아 책으로 출판하고 싶습니다.' 라는, 출판사로부터 온 메일이었다. 그리고 그 이듬해 정말로 책이 나왔다.

책을 내기 위해 원고를 넘기고 난 뒤 가장 지루한 때가 내 책이 대체 언제쯤 나오나, 조바심을 치는 시기인데, 책표지에 넣기 위한 프로필 사진을 찍고 나면 다 끝난 거나 다름없다. 그 사진을 찍고 꼭 1주일 뒤에 잉크냄새도 빠지지 않은 새 책을 받을 수 있으니까. 내가 그 사진을 찍은 날이 2003년 9월로, 『색의 유혹』(에바 헬러, 예담)을 200번째 책으로 읽을 무렵이었다. 솔직히 내게는 그 책이 100권째 책보다 더 의미가 있었다. 스무 살 시절 1주일에 한 권씩 읽겠다고 손꼽아 헤아렸던 대학 4년치의 책이었으니까. 2001년 3월부터 시작해서 2003년 9월까지 2년 7개월, 예상보다 빨리 읽은 셈이었다.

색채가 갖는 사회문화적 의미를 밝힌 그 책은 표지가 빨간색, 아주 새빨간 색이었다. 돌이켜보니 내게 독서를 가르친 이는 아버지였고, 또한 오래도록 손을 놓았던 책을 다시 잡게 한 이도 아버지였다. 100권을 읽었을 때 내가 쓴 글이 고료가 되어 돌아왔고, 200권을 읽었을 때 그것들이 묶여 책 한 권이 되었다. 글을 쓰고 싶다, 저서를 갖고 싶다는 생각을 단 한 번도 해본 적이 없었는데, 책 읽기가 나를 예상치 못한 방향으로 이끌었다. 또한 지금 다시 생각한다, 어른이 되면 책 읽기가 어려우니 어려서 많이 읽으라는 얘기는 독서습관을 들이기 위한 방편을 넘어서, 어쩌면 나를 이 길까지 오게 한 선생님의 혜안이 아니었을까를. 처음엔 그것이 새빨간 거짓말이라고 생각했는데, 그 붉은 빛이 천천히 바래고 바래어 이제는 아주 새하얀 거짓말이 되고 말았다.

13

됫박같이 작은 서재, 둥지같이 좁은 서재

2002년 뜨거운 월드컵을 경험하고 그 해 가을 종암동으로 이사를 온 이래 여태 살고 있으니 어느덧 10년이다. 물론 한 집에서 계속 살았던 것은 아니고 두 번 이사를 다녔다. 처음에는 S아파트 24평에 살다가 같은 단지에서 평수만 늘려 가느라 세상에서 가장 가까운 이사를 하였고, 지금은 걸어서 10분 정도 떨어진 K아파트에 살고 있다. 가끔 시간이 날 때면 해질녘에 옛 동네를 산책해보는 기회를 가진다. 해거름처럼 사람의 상념을 자극하는 시간이 또 있을까. S아파트의 두 집 중에서 내가 더 좋아하는 집은 처음 살았던 24평 아파트이다. 복도식인데다가 1층이라서 집값이 저렴했고, 서울 하늘 아래 첫 내 집을 마련하기 딱 좋은 바로 그런 집이었다. 첫 내집마련이었기 때문에 기억에 많이 남는다고 할지 모르겠지만, 그러나 내게는 더 특별한 의미가 있다. 그 집에서 첫 책이 나오고, 그로 인해 방향수정이 이루어진 곳이기 때문이다.

어린이 놀이터의 벤치에 앉으면 그 집의 베란다가 맞바로 보이고, 혹여 커튼 닫기를 깜박 잊었다면 거실이 손에 잡힐 듯이 훤히 보인다. 그 집은 거실과 부엌이 바로 붙어 있어 주부가 저녁준비를 하느라 싱크대 앞에서 왔다 갔다 하는 양이 어항 속에서 금붕어가 헤엄치는 것 같다. 아마 8년 전 나도 그 모습으로 그렇게 분주했을 것이다. 집에 손님이 몇 명 오기로 되어 있었기 때문이다.

"어떡하죠? 카메라 앵글이 나오지 않는데요, 아무래도 다른 방을 좀…….”

우르르 들이닥친 장정 서너 명이 난처한 표정을 짓고 있었다. 봉고와 트럭의 중간쯤 되는 낯선 차량에서 내린 젊은 남자들이 커다란 가방들을 들고 입구로 들어오는 통에 '어딜 가세요? 누구 집을 찾으세요?' 라고 물었던 경비아저씨가 그예 우리 집까지 따라와 현관 앞에서 기웃거리고 있는데, 난데없이 카메라 앵글 이야기가 나온다.

책이 세상에 나오고 나니, 그것도 '세상에서 가장 아름다운 집' 이라는 아름다운 제목을 달고 보니, 이 글을 쓴 사람은 얼마나 아름다운 집에서 살고 있는지가 궁금한 모양이다. 건축을 하는 사람은 어떠한 집에서 사는가라는 궁금증을, 솔직히 나 자신도 갖고 있던 때가 있었다. 학교에 다닐 때는 교수님의 집이 궁금했고, 사회에 처음 나왔을 때는 건축가들의 집이 궁금했는데, 그들 대부분이 남들과 다를 바 없이 아파트에 살며 강북에서 강남으로, 작은 평수에서 큰 평수로 옮겨 가는 것을 소망한다는 것을 알고 나서야 그 궁금증이 사라졌다. 그러니 세인들이 건축가, 특히 여성건축가는 어떤 집에서 사는지 궁금해하는 게 당연할지도 모르겠다. 그 궁금증을 풀어주기 위해 잡지사에서 인터뷰를 나오고 방송사에서 촬영을 나올 때가 가끔 있다. 그저 간단히 핸디 카메라만 있으면 될 것을, 그날은 조명에 삼각대까지 들고 왔으니 경비아저씨가 기웃거릴 만도 했다.

"이곳이 제 서재예요, 여기서 찍는 것이 좋겠어요."

블라우스에 스커트를 받쳐 입고서, '여기가 바로 그 책을 썼던 방이랍니다, 제게는 산실 같은 곳이지요.' 라는 말을 눌러 삼키느라 눈을 약간 내리깔고 말했다. 하지만 그 '서재' 라는 말에 문득 실소가 비어져 나오고 있었다. 작은 책상에 책장 몇 개가 놓인 그 곳은 영락없는 중학생 방이었다. 방 크기가 너무 작아서 삼각대가 들어올 수 없는 것을 보고, 그들은 카메라 앵글이 나오지 않는다고 에둘러 말했다.

"이 방이 좋겠어요, 여기가 더 넓으니까."

삼각대를 들고 이리저리 집을 살피던 이가 가리킨 곳은 남편의 서재였다. 함께 쓰려고 장만했던 신혼시절의 2인용 책상과 큰 책장이 여태 놓여 있고 노트북에 데스크탑에 프린터를 갖춘 그 방은 내 방보다 넓고 좋았다. 엉거주춤 일어나 자리를 옮겨 남편의 책상에 다시 앉았는데, 의자가 높은 것이 역시 불편했다. 누구나 유난한 습벽이 있기 마련인데, 내가 특히 민감한 것이 의자와 책상의 높이이다. 해서 내가 사용하는 의자는 내 키에 딱 맞게, 남편이 사용하는 의자는 그의 키에 딱 맞게 맞추어놓았던 것이, 그의 자리에 앉고 보니 이리 불편하다. 책상 위에는 장정이 화려한 양장본을 펼쳐놓고 앉았건만, 책상 아래 내 발은 바닥에 닿지 않고 있었다. 그것쯤이야 그 사람들 말대로 앵글이 잡히지 않는 범위였지만 그러나 그 불안했던 발돋움을 어린이 놀이터의 나지막한 벤치에 앉은 나는 상기도 기억한다.

출판계약서에 서명을 하고 돌아오던 지하철 안, 혼잡한 틈새에서 다시 한 번 그 서류를 꺼내보며 슬며시 웃었던 적이 있다. 이 책이 나오면 혹시 기자들이 우리 집으로 찾아오지 않을까, 라는 생각을 아니해본 것도 아니었고, 가끔씩 나를 찾는 손님들이 방문했으면 좋겠다는 어린 시절의 소원이 지금 이렇게 어수선하게나마 이루어지고 있는데, 그런데 남편의 의자에 앉은 내 발은 바닥에 닿지 않고 있었다. 내 방은 여기가 아닌데, 라는 마음을 성급히 양장본을 넘기는 손길에서 감지한 탓일까, 아름다운 집은 어떤 집이라고 생각하십니까, 라는 질문 뒤에 스태프가 다시 제안했다.

"집 안에서 좀 더 자유롭고 편안한 모습을 연출해도 좋을 것 같아요, 아무래도 여성작가니까."

그렇다고 침실을 공개할 수는 없는 노릇이라서 택한 곳이 거실이었다. 사람을 소파에 앉혀놓고 자기네들은 반대편에 나란히 서서 예의 그 양장본을 이제는 무릎 위에 펼쳐놓고 보라고 주문하는 양이, 마치 사진관에서 아이의 돌 사진을 찍는 것과 흡사하다. 고등학생 교복을 억지로 입혀놓은 채 부모는 저편에서 예쁘다 소리를 연발하는 것처럼, 고작 서른몇 살짜리 여자를 앉혀놓고 그들은 선생님 소리를 연발했다. 책장을 넘길 때마다 안도 다다오며 가우디가 나타났다 사라지는데, 카메라 렌즈를 이리저리 돌리는 이의 손놀림이 심상치 않음을 깨달았다. 커다란 카메라 뒤로 얼굴이 가려져 보이지 않았지만, 그러나 그 손놀림은 뒷배경을 어디로 잡아야 할지 고민하고 있었다. 분명 나의 뒷배경으로 주방이 잡히는 것이 거슬렸던 모양이다.

남편의 높은 의자에 앉아 바닥에 닿지 않는 발을 끝까지 닿게 해보려던 몸짓, 내가 한결같이 감추려고 했던 그 몸짓을, 사람보다 더 예리했던 카메라의 눈이 꿰뚫어본 것일까. 이제 그는 내 머

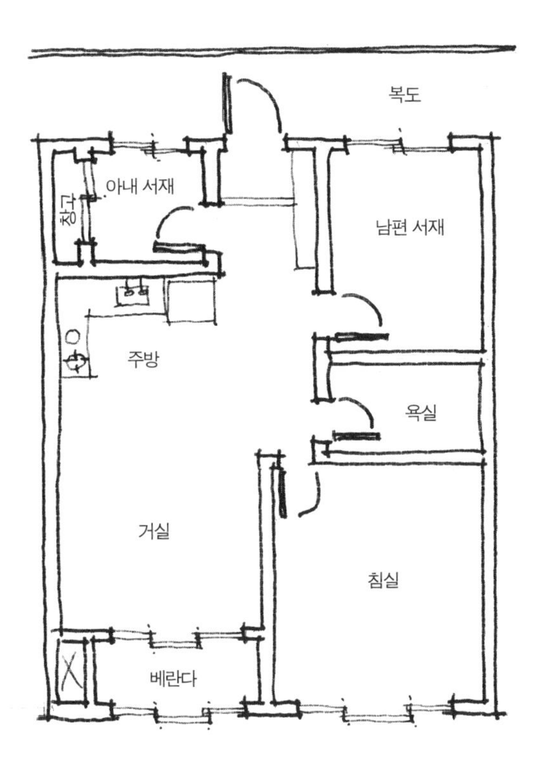

종암동 S아파트 (24평)

2002년 9월 ~ 2005년 4월

—

서울 하늘 아래 첫 내집마련을 한 집.
새둥지처럼 작은 서재에서 200권째, 300권째 책을 읽으며,
『세상에서 가장 아름다운 집』(2003, 궁리), 『집우집주』(2005, 궁리)를 낳았다.

리 뒤로 보이는 냉장고와 싱크대를 지우려 애쓰고 있었다. 시나 소설처럼 정통문학도 아니고, 고작 인터넷 신문에 칼럼을 쓰고 그것을 책으로 묶어내었을 망정 나는 글을 쓰는 이였다. 여성작가의 머리 뒤로 부엌의 그림자가 보이지 않게 하려던 그가, 문득 카메라에서 얼굴을 떼며 말했다. 저것 좀 치워주시겠어요. 식탁 위에 널린 커피 잔 서너 개였다. 손님이 왔으니 차를 대접하자고, 물 끓이랴, 커피믹스 뜯으랴 부산하게 움직였고, 그들은 미처 의자에 앉을 틈도 없이 후루룩 마신 뒤 빈 잔을 식탁 위에 놓고 아내의 서재로, 남편의 서재로 따라나섰던 모양이다. 그렇게 제멋대로 널린 커피잔을 나는 어린 시절에도 한 번 본 적이 있었다.

갑자기 울린 초인종 소리에 커피잔을 내려놓고 황급히 일어나는 진형엄마와 수현엄마. 아주머니들은 거실 소파에 앉는 것도 미안하여 부엌 한켠에 마련된 식탁에 앉았다가, 아버지의 이른 귀가에 허둥지둥 당황한 기색이었다. 나는 앞으로 결코 아무개 엄마라 불리지 않을 것이며, 또한 내 손님들을 부엌이 아닌 거실에서 맞이하리라 생각했는데, 나를 서윤영 씨라고 분명히 부르는 이 손님들을 나는 지금 어디에서 맞이하고 있는가. 됫박같이 작은 서재는 카메라의 삼각대조차 들어오지 못하고, 남편의 서재를 내 것인양 의자에 앉은 나는 바닥에 발이 닿지 않아 까치발을 돋우어야 하고, 손님을 맞기 위한 거실에는 머리 너머로 싱크대와 냉장고가 보인다. 바로 그것이 내가 그날 하루 종일 불편했던 이유였다. 또한 그 일 때문이기도 했다. 내가 유난히 서재라는 작업공간과 응접실이라는 접대공간에 집착하는 이유가.

집이란 먹고 자기 위한 최소한의 공간만 있으면 된다고 현자는 말하지만, 그러나 아직 그 경지에 도달하지 못한 나는 서재와 응접실을 유난히 좋아한다. 첫 책을 내고 난 후 찾아온 첫 손님을 맞이할 때의 황망함, 내 방이 너무 작아 남편의 방에서 대신 사진을 찍어야 했던 부끄러움, 여성작가의 머리 뒤로 국자와 프라이팬이 주렁주렁 걸린 장면을 보여야 했던 민망함, 아마 그것이 내 집마련을 하고도 두 번 더 이사를 감행케 한 원인이었을 것이다. 그새 하늘빛은 더 어두워졌고, 커튼을 닫지 않았음을 깨달았는지 주방과 거실을 오가던 주부가 베란다 앞으로 다가와 커튼을 친다. 이제 나도 집으로 돌아가야 할 시간이다.

종암동 S아파트 110동에서 읽은 책

- 두 번 읽은 책은 ●표시를, 세 번 읽은 책은 ▲표시를 했습니다.

131 · 이문열 세계명작산책1; 사랑의 여러 빛깔 (샤토 브리앙 외, 살림)
132 · 21세기엔 이런 집에 살고 싶다 (김진애, 서울포럼)

2002.10
133 · 색의 유혹1 (에바 헬러, 예담)
134 · 옛날 신문을 읽었다 (이승호, 다우)
135 · 이야기 세계사1 (청솔역사교육연구회, 청솔) ●
136 · 이야기 세계사2 (청솔역사교육연구회, 청솔)
137 · 청소년을 위한 세계사 (박문영, 동해)
138 · 말하는 꽃 기생 (가와무라 미나토, 소담)

2002.11
139 · 시시한 것들의 아름다움 (강홍구, 황금가지)
140 · 서양건축사 (정영철, 세진사)
141 · 한국최초 101장면 (김은신, 가람기획)
142 · 공동주거의 역사적 발달과정 (이현호 박사학위청구논문)
143 · 하늘 아래 도시, 땅 위의 건축; 서양으로 가는 길 (김정동, 가람기획)
144 · 죽어도 나는 양반, 너는 상놈 (이규태, 조선일보사) ●
145 · 가난한 날의 행복 (김소운, 범우사) ●
146 · 도시주거형성의 역사 (손세관, 열화당)

2002.12
147 · 일본엽기동화 (나카미 도시오, 현대문학북스)
148 · 욕망, 광고, 소비의 문화사 (제임스 트위첼, 청년사)
149 · 넓게 본 중국의 주택 (손세관, 열화당)
150 · 흥남부두의 금순이는 어디로 갔을까 (이영미, 황금가지)

151 · 깊게 본 중국의 주택 (손세관, 열화당)

152 · 소설 속 공간산책1 (박철수, 시공문화사)

153 · 색의 유혹2 (에바 헬러, 예담)

154 · 옛날의 사금파리 (박완서, 열림원)

2003. 1

155 · 레디메이드 인생 (채만식, 범우사)

156 · 세계의 유사신화 (J.F. 비얼레인, 세종서적)

157 · 서가에 꽂힌 책 (헨리 페트로스키, 지호) •

158 · 한길 사람 속 (박완서, 작가정신) •

159 · 기호인가, 기만인가; 한국대중문화의 가면 (김광현, 열린책들)

2003. 2

160 · 대중문화의 겉과 속1 (강준만, 인물과사상사)

161 · 사이버문학상 수상작 (국민은행 주최)

162 · 건축, 음악처럼 듣고 미술처럼 보다 (서현, 효형출판)

163 · 시시한 것들의 아름다움 (강홍구, 황금가지) •

164 · 나도 너에게 자유를 주고 싶다 (홍신자, 안그라픽스) •

165 · 서울 에세이 (강홍빈, 열화당)

166 · 자유를 위한 변명 (홍신자, 정신세계사)

167 · 한국사회 풍속야사 (임종국, 서문문고)

2003. 3

168 · 방망이 깎던 노인 (윤오영, 범우사) •

169 · 보이지 않는 차원 (에드워드 홀, 세진사)

170 · 그대가 본 이 거리를 말하라 (서현, 효형출판)

171 · 프로이트식 치료를 받는 여교사 (김종회, 최혜실, 김영사) •

172 · 근대적 주거공간의 탄생 (이진경, 소명출판)

2003. 4

173 · 한국3대 문학상 수상소설집2 (이호일 외, 가람기획)

174 · 우리생활 100년; 집 (김광언, 현암사)

175 · 김약국의 딸들 (박경리, 나남) •

2003. 5

176 · 어른 되기의 어려움 (이수태, 생각의나무)

177 · 사랑, 그 딜레마의 역사 (볼프강 라트, 이끌리오) •

178 · 왼손과 오른손 (주강현, 시공사) •

2003. 6

179 · 여성시대에는 남자도 화장을 한다 (최재천, 궁리)

180 · 낯선 곳에서 나를 만나다 (한국문화인류학회, 일조각)

181 · 하리하라의 생물학 카페 (이은희, 궁리)

182 · 아버지의 뒷모습 (주자청, 범우사) •

183 · 안데르센의 절규 (안나 이즈미, 좋은책만들기) •

2003. 7

184 · 서양문화의 수수께끼1 (찰스 패너티, 일출) •

185 · 이기적 유전자 (리처드 도킨스, 을유문화사)

186 · 책은 나름의 운명을 지닌다 (표정훈, 궁리)

187 · 이타적 유전자 (매트 리들리, 사이언스북스)

188 · 서양문화의 수수께끼2 (찰스 패너티, 일출) •

189 · 털없는 원숭이 (데즈먼드 모리스, 영언문화사)

190 · 새들이 떠나간 숲은 적막하다 (법정, 샘터) ▲

2003. 8

191 · 버릴 줄 아는 사람이 크게 얻는다 (가와기타 요시노리, 북스캔)

192 · 제3의 침팬지 (재레드 다이아몬드, 문학사상사)

193 · 나의 아름다운 이웃 (박완서, 작가정신)

194 · 인류 최초의 문명들 (마이클 우드, 중앙m&b)

195 · 흑설공주 이야기 (바바라 G. 워커, 뜨인돌) •

196 · 번쩍 하는 황홀한 순간 (성석제, 문학동네)

197 · 한설야 단편선 (한설야, 범우사)

2003. 9

198 · 작지만 강한 나라, 네덜란드 (김신홍, 컬처라인)

199 · 인연 (피천득, 샘터) ▲

200 · 색의 유혹1 (에바 헬러, 예담) •

201 · 색의 유혹2 (에바 헬러, 예담) •

202 · 교양 (디트리히 슈바니츠, 들녘)

203 · 출산과 육아의 풍속사 (카트린 롤레 외, 사람과사람)

2003.10

204 · 선비와 피어싱 (조희진, 동아시아)

205 · 삼국시대 사람들은 어떻게 살았을까 (한국역사연구회, 청년사) •

206 · 장씨 일가 (유주현, 범우사)

207 · 이브의 천형 (김남조, 범우사)

208 · 빵의 역사 (하인리히 야콥, 우물이있는집)

209 · 천년의 왕국 신라 (김기흥, 창비) ▲

210 · 살며 생각하며 (미우라 아야코, 범우사)

211 · 한국인이 잘 모르는 뜻밖의 한국 (김경훈, 가서원) •

2003.11

212 · 목마른 계절 (전혜린, 범우사)

213 · 먹거리의 역사(상) (마귈론 투생 사마, 까치글방)

214 · 고려시대 사람들은 어떻게 살았을까1 (한국역사연구회, 청년사) •

215 · 먹거리의 역사(하) (마귈론 투생 사마, 까치글방)

2003.12

216 · 마녀의 문화사 (제프리 버튼 러셀, 르네상스)

217 · 우리의 주거문화, 어떻게 달라져야 하나 (김진애, 서울포럼)

218 · 한국주거문화와 역사 (백영흠, 안옥희, 기문당)

219 · 고려시대 사람들은 어떻게 살았을까2 (한국역사연구회, 청년사) •

220 · 우리시대의 소설가 박완서를 찾아서 (박완서, 웅진닷컴)

221 · 젊은 여성을 위한 인생론 (펄 벅, 범우사)

222 · 사회와 건축공간 (최윤경, 시공문화사)

223 · 삶과 죽음의 공간양식 (오홍석, 북메이트)

224 · 중국인의 에로스 (장기근, 범우사)

225 · 이 집은 누구인가 (김진애, 한길사)

226 · 집들이 어떻게 하늘 높이 올라갔나 (수잔나 파르취, 현암사)

227 · 신과 거인의 이야기;북유럽 신화 (에드거 파린 돌뢰르, 시공주니어)

2004. 1

228 · 북유럽 신화 (케빈 크로슬리 홀런드, 현대지성사)

229 · 바보네 가게 (박연구, 범우사)

230 · 이야기 인도신화 (김형준, 청아출판사)

231 · 옛날 신문을 읽었다 (이승호, 다우) •

232 · 천상에서 내려 온 갠지스강 (하진희, 여름언덕)

233 · 옛 사람 59인의 공부산책 (김건우, 도원미디어)

2004. 2

234 · 한국 주거문화의 역사 (강영환, 기문당)

235 · 이사도라 던컨의 무용에세이 (이사도라 던컨, 범우사)

236 · 집 없는 아이 (엑토르 말로, 궁리)

237 · 궁중문화; 조선왕실의 의례와 문화 (신명호, 돌베개)

238 · 굿으로 보는 우리문화 이야기 (주강현, 웅진닷컴)

239 · 우리가 정말 알아야 할 우리신화 (서정오, 현암사)

240 · 시장으로 보는 우리문화 이야기 (정승모, 웅진닷컴)
241 · 살롱 문화 (서정복, 살림출판사)
242 · 호판 댁 나귀는 약과도 싫다 하네 (이규태, 조선일보사)

2004. 3
243 · 사대부 소대헌 호연재 부부의 한 평생 (허경진, 푸른역사)
244 · 홀로 벼슬하며 그대를 생각하노라 (정창권, 사계절)
245 · 우리생활 100년; 집 (김광언, 현암사) •
246 · 고전 소설 속 역사기행 (신병주, 노대환, 돌베개)
247 · 명정 40년 (변영로, 범우사)
248 · 한옥의 재발견 (주택문화사 편집부, 주택문화사)

2004. 4
249 · 조선의 뒷골목 풍경 (강명관, 푸른역사)
250 · 번쩍 하는 황홀한 순간 (성석제, 문학동네) •
251 · 탈출기 (최서해, 범우사)
252 · 야생초 편지 (황대권, 도솔)
253 · 집으로 보는 우리문화 이야기 (강영환, 웅진) •

2004. 5
254 · 보리 (한흑구, 범우사)
255 · 나의 아름다운 이웃 (박완서, 작가정신) •
256 · 마을 신앙으로 보는 우리문화 이야기 (이필영, 웅진)
257 · 문학 속 우리도시 기행 (김정동, 옛오늘)
258 · 재미나는 인생 (성석제, 강)
259 · 한옥으로 다시 읽는 집 이야기 (최성호, 전우문화사)
260 · 중국의 신화; 천지개벽과 삼황오제 (장기근, 범우사)
261 · 개화는 싫어, 개국은 더욱 싫어 (이규태, 조선일보사)
262 · 오로지 교육만이 살 길이라 (이규태, 조선일보사)

2004. 6

263 · 중국의 신화; 후편 (장기근, 범우사)

264 · 소 죽으면 며느리 얻는다 (이규태, 조선일보사)

265 · 세계의 민속주택 (폴 올리버, 세진사)

266 · 잘 돼도 못돼도 다 조상 탓 (이규태, 조선일보사)

267 · 조선의 왕세자 교육 (김문식 외, 김영사)

268 · 딸깍발이 (이희승, 범우사)

269 · 궁중문화; 조선왕실의 의례와 문화 (신명호, 돌베개) •

270 · 중국신화전설1 (위앤커, 민음사)

2004. 7

271 · 바리공주 (김선우, 열림원)

272 · 그리움을 위하여; 황순원 문학상 작품집 (박완서 외, 중앙m&b) •

273 · 서울에서 서울을 찾는다 (홍성태, 궁리)

274 · 동문서답 (조지훈, 범우사) •

275 · 한국3대 문학상 수상소설집7 (김원우 외, 가람기획) •

2004. 8

276 · 달콤한 잠의 유혹 (폴 마틴, 북스캔)

277 · 바비 이야기; 플라스틱 여신의 탄생과 성장 (스티븐 G. 더빈, 새움)

278 · 패스트푸드의 제국 (에릭 슐로서, 에코리브르)

279 · 튤립, 그 아름다움과 투기의 역사 (마이크 대시, 지호)

280 · 상식의 오류사전2 (발터 크래머, 경당)

2004. 9

281 · 인간의 내밀한 역사 (시어도어 젤딘, 강)

282 · 학문의 즐거움 (히로나카 헤이스케, 김영사)

283 · 한설야 단편선 (한설야, 범우사) •

284 · 한국사회 풍속야사 (임종국, 서문문고) •

2004.10

285 · 빵의 역사 (하인리히 야콥, 우물이있는집) •

286 · 목마른 계절 (전혜린, 범우사) •

287 · 출산과 육아의 풍속사 (카트린 롤레 외, 사람과사람) •

288 · 제3의 침팬지 (재레드 다이아몬드, 문학사상사) •

289 · 바보네 가게 (박연구, 범우사) •

290 · 이브의 일곱 딸들 (브라이언 사이키스, 따님) •

291 · 클릭, 미래 속으로 (페이스 팝콘, 21세기북스) •

292 · 총, 균, 쇠 (재레드 다이아몬드, 문학사상사)

2004.11

293 · 패션의 역사1 (막스 폰 뵌, 한길아트)

294 · 세계의 유사신화 (J.F. 비얼레인, 세종서적) •

295 · 한국3대 문학상 수상소설집6 (손영목 외, 가람기획)

2004.12

296 · 중국의 신화; 천지개벽과 삼황오제 (장기근, 범우사) •

297 · 한국3대 문학상 수상소설집5 (정소성 외, 가람기획)

298 · 패션의 역사2 (막스 폰 뵌, 한길아트)

299 · 한국3대 문학상 수상소설집3 (조세희 외, 가람기획)

300 · 여성들은 다시 가슴을 높이기 시작했다(잉그리트 로셰크, 한길아트)

2005. 1

301 · 안개너머의 나라 켈트의 속삭임(레이디 그레고리, 여름언덕)

302 · 유럽 신화 (재클린 심슨, 범우사)

303 · 살아 있는 신화 (J.F. 비얼레인, 세종서적)

2005. 2

304 · 살롱 문화 (서정복, 살림출판사) •

305 켈트족 옛이야기 (조지프 제이콥스, 현대지성사)

2005. 3

306 · 집; 6,000년 인류주거의 역사 (노버트 쉐나우어, 다우)

307 · 클릭, 미래 속으로 (페이스 팝콘, 21세기북스) ▲

2005. 4

308 · 세계의 주거문화 (윤복자, 신광출판사)

309 · 탐서주의자의 책 (표정훈, 마음산책)

310 · 서재 결혼시키기 (앤 패디먼, 지호)

311 · 현대의 섬 (정호경, 운디네)

312 · 세계 도시사 (L. 베네볼로, 세진사)

313 · 우리시대의 소설가 박완서를 찾아서 (박완서, 웅진닷컴) •

14

밥을 짓고 글을 짓고, 웃음 짓고 눈물짓는 공간

"물론 그 집이 복도식이고 또 1층이라서 불편할 수도 있지만, 바로 그거 때문에 집값이 싸다는 장점이 있으니까. 솔직히 서울에서 그 가격에 그런 집을 살 수 있다는 것이 흔치 않은 일이지, 아무래도 나는 그 집이 마음에 드는데."

딱 시간에 맞추어 가면 혼잡하다는 이유로 10분 전에 미리 나와 회사 앞 식당에서 비빔밥을 비비고 나니 점심시간이 아직도 한 시간 가까이 남았다. 낄낄거리며 편의점으로 우르르 달려가 아이스크림에 음료수를 손에 들고 쇼윈도에 붙어 앉아, 정작 제 자신이 구경거리가 되는 줄도 모르고 다른 회사 여직원의 모습을 구경하는 우리 회사 남자직원의 모습을 나는 편의점 밖에서 구경하고 있었다.

남편과 긴히 할 애기가 있어 편의점 밖으로 나와 핸드폰으로 통화를 하던 참이었다. 전세금을 빼어 집을 사자니, 역시 돈이 부족했다. 하지만 그는 1층의 복도식 아파트가 아무래도 떨떠름한 모양이었다. 그 가격에 구할 수 있는 집이 그거밖에 없다, 몇 년만 고생하다가 다른 데로 이사 가자, 설왕설래를 하는데, 눈앞에서 무언가가 계속 떨어지고 있었다. 나무젓가락, 어묵 꼬챙이, 이쑤시개, '하드' 라 불리는 막대 아이스크림의 막대들이 자꾸만 머리 위에서 떨어지고 있었다. 이건 분명히 2층에서 아이가 장난을 하는 거라는 생각에 고개를 들고 보니, 웬걸, 까치가 두 마리 있었다.

도심의 풍경이 흔히 그러하듯 전봇대가 솟아 있고 그 옆으로 전깃줄이 복잡하게 얽혀 있는데, 그 전깃줄 위에 까치 두 마리가 집을 짓고 있었다. 대개 까치는 나뭇가지를 물어다가 나무 위에 집을 짓는다. 그런데 서울하고도 강남에 사는 까치는 나무 대신 전깃줄 위에, 나뭇가지 대신 편의점에서 버린 나무젓가락으로 집을 짓는데, 미끄러운 전깃줄 위에서 나무젓가락이 흘러내리는 거였다. 전화기 저편에서 남편의 목소리가 먼뎃소리처럼 멀어지는 가운데, 그 자리에 서서 그 모습을 한참이나 지켜보았다. 그리고 퇴근 무렵 다시 가보았던 그 자리에 까치집 대신 나무젓가락에 이쑤시개는 물론 몽당연필까지 바닥에 수북이 떨어져 있었던 것이 선명히 기억난다. 결국 집을 짓지 못한 모양이다. 두 마리가 함께 노력했던 것을 보니 한 마리는 수정상태였을까, 알을 낳기 위해 집이 간절히 필요하기도 했으리라.

인간도 아이를 낳을 때가 되면 집이 필요하고, 임신과 출산이 온전히 여성의 몫이듯 집을 짓는 것도 대개 여성의 몫이다. 집 짓는 일을 남성들이 전담하기 시작한 것은 청동기나 철기시대의 일로, 농경의 시작과 함께 정착생활을 하면서 보다 내구력 있는 집을 짓기 위해 고도의 건축기술과 높은 노동강도가 요구되었기 때문이다. 하지만 그 이전 분명 그것은 여성의 일이었다. 집을 짓는 것은 말 그대로 집안일이기 때문에, 아마존, 아프리카, 이누이트, 몽골 등의 유목민은 아직까지 여성이 집을 짓고 있다. 물론 이는 현대의 문명사회에서도 흔적이 남아 있다.

대학의 건축학과는 여학생의 비율이 매우 높고 대학원의 경우에는 과반을 넘기기 일쑤이며, 설계업무에서도 주택설계는 대개 여성건축가가 담당한다. 전 세계 재화의 80퍼센트를 남성이 소유하고 있다고 하지만, 그러나 그 소비의 80퍼센트를 여성이 하고 있다. 인간이 소비하고 구매할 수 있는 가장 큰 재화 중 하나인 주택 역시 여성의 결정권이 크기 때문에 동네의 부동산소개소는 물론 대기업의 모델하우스까지 여성의 눈높이에 맞추어 마케팅을 한다.

그런데 주택의 설계, 소유, 매매뿐 아니라, 집에서 작업을 하는 비율도 남성보다 여성이 월등히 높다는 연구결과가 있다. 물론 이는 남성이 직장으로 출퇴근을 하는 정규직 일자리를 갖는 것에 비해, 여성은 이른바 '가정부업'으로 대표되는 비정규적인 일자리를 주택 내에서 갖는 경우가 많기 때문이기도 하겠지만, 그러나 동일한 직종이라 해도 남성은 주택 외부에, 여성은 주택 내부에서 일하는 것을 선호한다.

'건축칼럼니스트'라는 직업의 특성상 T자를 잡는 사람들과 펜을 잡는 사람들을 모두 알고 있는데, 흥미로운 것은 건축가든, 작가든, 남성은 외부에 별도의 사무실을 마련해놓고 출퇴근하는 것을 좋아하는 반면, 여성은 집 안에서 일하는 것을 좋아한다는 점이다.

"집에서 작업을 한다고요? 그게 일이 돼요?"

어느 자리에서 우연히 만났던 남성작가가 내게 의아하다는 듯이 물었다. 그러면서 자신은 오피스텔을 빌려 작업실로 이용하는데, 물론 그 비용을 감당하기 위해 다른 작가 두 명과 방을 함께 쓴다고 했다. '그럼 셋이서 한 사무실을 같이 쓰는 거예요? 그게 일이 돼요?'라고 묻고 싶은 것을 눌렀다. 솔직히 그의 처지가 이해되지 않는 것도 아니었다. 내가 남자라도 차라리 다른 작가랑 함께 방을 쓰는 것이 낫지, 아내와 아이들이 있는 집에서 작업을 하기가 어려웠을 것이다.

건축가는 어떤 집에서 사는지 궁금하다, 작가의 서재는 어떤 모습일까 궁금하다, 라는 세인의 궁금증을 풀어주기 위해 그들의 집을 직접 탐방해 엮은 책들이 있다. 『작가의 방; 우리시대 대표작가 6인의 책과 서재이야기』(박래부, 서해문집)에 등장하는 작가는 여성 세 명, 남성 세 명. 그런데 남성인 이문열, 김영하, 김용택 제씨는 주택과 분리된 별도의 서재를 가졌고, 여성인 강은교, 공지영, 신경숙 제씨는 한결같이 주택 내에 서재가 있다. 물론 이러한 유명작가는 아니어도 알음알음 만나는 다른 작가들도, 남성은 주택 외부에, 여성은 주택 내부에 서재를 마련하는 경향이 있다. 그렇다고 남성작가들의 서재가 대단하거나 멋진 곳은 아니고, 그저 작은 오피스텔, 그것도 비용을 줄이기 위해 두서너 명이 공동으로 사용하기도 하지만, 어쨌거나 그들은 집 밖에서 일을 하고자 한다. 반대로 여성작가들은 집 안에 서재를 두지, 외부에 오피스텔을 얻는 경우는 매우 드물다. 물론 건축가도 마찬가지이다.

『건축가는 어떤 집에서 살까』(김인철 외, 서울포럼)라는 책에는 13명의 건축가와 그들의 집이 공개되어 있다. 그중 세 명의 여성 건축가, 박헬렌주현, 서혜림, 김진애 제씨는 모두 자신의 주택 내에 사무실이 있다. 박헬렌주현 씨는 아파트를 반으로 나누어 한쪽은 사무실로, 나머지 한쪽은 주거용으로 사용하는 경우였고, 서혜림, 김진애 제씨는 3~4층짜리 집을 지어 층별로 집과 사무실을 분리한 경우였다. 재미있는 것은 남성건축가 최욱 씨의 경우, 자신은 외부 사무실로 출퇴근을 하지만 화가인 그의 아내는 집이 곧 작업실이라는 점에서, 역시 여성은 집에서 작업을 한다는 사실을 뒷받침한다. 어쩌면 이것이 여성 직업인의 보편적인 모습이 아닐까. 아내를 일러 집사람이라 하듯, 어쩌면 여성은 이리도 집과 긴밀히 연결되어 있을까.

아침 7시, 남편과 고교생인 두 아이가 서둘러 집을 나가면 우선 커피를 한 잔 만들어 들고 내 방으로 들어온다. 재작년 겨울, 아파트 평수를 늘려 이사 오면서 가장 넓고 채광과 전망이 좋은 방은 내 차지가 되었다. (중략) 밖에 나갔던 가족들이 돌아오는 저녁 6시경까지 방해 받지 않고 오롯이 쓸 수 있는 내 시간이라는 것이 곳간에 쟁여둔 곡식 가마처럼 든든하고 대견하여 한껏 부자가 된 기분이다.

— 오정희, 『내 마음의 무늬』 중에서

1984년 겨울인가, 강남의 그 연립주택에 간 적이 있었다. 집들이와 막 발행된 장편소설 『영웅시대』 출판기념회를 겸한 잔치였다. (중략) 작가 치고 담배 안 피우는 이가 드문 당시였지만, 어지간히 피워 대는 담배연기와 술 냄새, 두서 없는 잡담으로 좁은 방안이 온통 뿌옇고 매캐했다. (중략) 여하튼 그 집이 작가의 어머니를 비롯해서 일곱 명이 살기에는, 또한 글 욕심 많은 전업작가 이문열이 글쓰기에 몰입하기에는 너무 비좁은 것이 분명했다. 집필실을 간절히 원할 만도 했다.

—박래부, 『작가의 방』 중에서

이것이 바로 남성과 여성의 차이고, 당연지사 여성인 나는 외부가 아닌 내부에 서재와 작업실을 둔다. 그리고 그곳에서 하는 일은 글을 지어내는 일이다. 아울러 나는 내가 살고 있는 이 집과, 거기서 지어내는 모든 것들이 명확히 구분되지 않고, 그저 혼합되기를 바란다. 아침에 눈을 떠서 밤에 자리에 들 때까지 나는 이야기를 짓고, 글을 짓고, 밥을 짓고, 또한 웃음 짓고, 눈물 지으며, 한숨지었다. 나는 이야기를, 밥을, 글을 지어내는 사람이고, 이 집은 그것을 지어내는 사람이 사는 집이다. 이처럼 집과 작가, 작품이 완연히 합일되는 이 순간이 흔연하며, 그래서 나는 결코 외부에 따로 작업실을 두지 않는다.

전깃줄 위에 까치가 집을 지으려 하는 그 모습에 나는 종암동 집으로 이사를 결심했다. 복도식에 1층이라 남편은 꺼리고 있었지만, 그러나 소형 평수임에도 방이 세 개 나왔고, 그래서 서재를 두 개 둘 수 있다는 사실이 가장 반가웠다. 책상과 책꽂이를 놓기 위해 작은 방을 줄자로 재어보니 가로가 2.4미터, 세로가 2.4미터였다. 인간이 사용할 수 있는 가장 작은 방의 크기가 그것이라고 건축계획학에서 배운 적이 있다. 그리고 나는 그 방에서 책을 두 권 낳았다. 천적으로부터 몸을 숨기기 위해 새는 둥우리를 되도록 작게 만들어 알을 낳는데, 그 모습이 궁금하다고 인간들은 면봉만한 소형 카메라를 들이밀어 흐릿한 영상을 찍고 다큐멘터리를 만든다. 그러고 보니 책을 낳은 방이 궁금하다고 기자들이 찾아왔을 때, 막상 그 방에는 카메라 삼각대가 들어가지 못했다. 그 후로 나는 이사를 두 번 더 하였지만, 지금 살고 있는 아파트에서도 그 옛날 집이 훤히 보인다. 밥이든, 글이든, 생활이든 짓는 것이 힘들어질 때 문득 그 집을 쳐다본다, 초심을 잃지 않기 위해.

3

~

응접실, 내가 소망한 공간

15

세상에서 가장 무거운 베일

박사과정에 입학을 함으로써 다시 학생이 되고, 10여 년 만에 다시 가본 학교는 풍경도 많이 달라져 있었다. 내가 대학을 다니던 1980년대 끝자락은 학내에서 시위를 많이 하느라 아래로는 청바지에 운동화를 신고 위로는 개량한복을 저고리만 입고 다니는 학생들이 남녀불문하고 많았다. 그리고 가끔 검정색 양복바지에 흰색 와이셔츠, 넥타이까지 맨 채, 검정 두루마기를 바바리 코트처럼 휘날리고 다니는 학생회 간부들도 있었다. 청바지와 개량한복, 양복과 두루마기가 묘하게 공존했던 캠퍼스와 달리, 요즘은 조금 생소한 모습이 눈에 띈다. 청바지에 하이힐을 신고 유행하는 가방을 든 것이 여느 여학생과 다름없지만 페이스라인만 선명히 남긴 채 머리카락 한 올 보이지 않고 온통 베일로 둘러싼 모습, 국제화 시대에 발 맞추어 서남아시아에서 유학 온 여학생들이라 했다.

과거에는 주로 한국학생들이 외국으로 유학을 나가던 것이 최근에는 외국학생들이 한국으로 유학을 오는 경우가 많아졌는데, 특히 고려대학교 공과대학에는 이슬람 여학생들이 유난히 많다. 그리하여 해마다 3월이 되면 갓 입학한 그녀들이 색색가지 베일을 쓴 채 저희끼리 몰려다니는 모습이 여기저기 눈에 띈다.

이슬람 문화를 가장 특징적으로 나타내는 것이 여성의 신체를 감싸는 베일일 텐데, 그것은 지역과 문화에 따라 부르카, 니캅, 차도르, 히잡, 샤일라 등으로 세분된다. 머리에서 발끝까지 온몸을 완전히 감싸고 눈 부분만 모기장 같은 망사로 뚫어놓은 것이 부르카, 형태는 부르카와 같되 눈 부분의 망사를 없앤 것이 니캅, 얼굴 부분을 동그랗게 내어놓은 것이 차도르이다. 그 외에 긴 수건으로 머리와 목을 가리는 것이 히잡, 그리고 스카프를 머리에 두른 것처럼 가벼운 것이 샤일라이다. 베일 중에서도 부르카나 니캅이 신체를 완전히 감싸는데, 물론 이런 복장을 하는 곳일수록 여성에 대한 차별이 심할 것이다. 한국으로 유학 온 여학생들이 둘렀던 것은 차도르나 히잡 정도일까. 부르카나 니캅을 쓰는 문화권이라면 아예 유학조차 어려운 것이 아닐까, 혼자 생각해본다. 그러나 나는 니캅을 쓴 여성을, 머리부터 발끝까지 완전히 검은색 천으로 가리는 그 옷차림을 한 여성을 실제로 본 적이 있었다.

계절학기가 한창이던 한여름의 캠퍼스, 나무그늘 아래 모여 앉은 여학생들 사이에서 까르르 웃음이 터지고 있었다. 여섯 살과 네 살 배기 두 아이가 나무그늘 주변을 뛰어다니고 있었는데, 가무잡잡한 피부에 검은 머리, 주먹만한 눈을 가진 인형 같은 그 아이들의 국적은 중동의 어디쯤이었을까, 아이들이 여학생들과 무어라 이야기를 하며 뛰노는 모습을 옆에서 바라보며 환하게 웃고 있는 외국인 남자는 아랍어과 교수님이 분명해 보였다. 한가한 틈을 타서 아버지가 일하는 학교에 아이들을 데리고 온 것은 동서양이 다르지 않구나, 유럽 아이들보다 더 예쁜 게 아랍의 아이들이구나, 생각하던 나는 순간 흠칫 놀라고 말았다. 나무그늘 아래 시커먼 그림자를 발견한 까닭이다.

너무 놀라 처음에는 유령인가 생각했다. 머리부터 발끝까지 온통 검은 천으로 두르고 얼굴조차 검은 천으로 완전히 감싼 그것, 미동도 하지 않고 조용히 앉아 다만 얼굴 부분에 칼집을 낸 것처럼 눈 부분만 잘라낸 좁다란 틈으로 아이들의 모습을 빈틈없이 좇고 있는 커다란 눈동자, 순간 교수님의 아내일 거라는 생각이 퍼뜩 들었다. 반바지 차림의 남자아이, 짤막한 원피스 차림의 여자아이, 양복 차림의 교수님, 그러나 그녀는 홀로 검정색 니캅을 입고 앉았다.

1990년대 외국어대학의 캠퍼스는 진정 글로벌했다. 각자 자기 나라의 언어와 문화를 가르치기 위해 유럽과 미국에서 온 여자교수들은 맨발에 샌들을 신고, 아울러 한국 여학생들도 무릎 위로 한 뼘씩은 올라간 미니 스커트에 핫팬츠를 입고 캠퍼스를 활보하는데, 작열하는 8월의 태양 아래 교수님의 아내가 머리끝에서 발끝까지 새까만 니캅을 쓰고 앉아 있었다.

"여자는 무조건 그걸 써야 한대는 거야, 외국인도 예외는 없다니까."

"안 쓰면 어떻게 되는데?"

"글쎄, 아마 여자가 윗도리를 훌렁 벗고 돌아다니는 것과 같은 느낌인가봐. 길에서 남자들이 쳐다보고 손가락질하고 휘파람 불고 아주 난리가 났었다니까."

중동 특수가 한창이던 70~80년대, 사우디아라비아에 파견근무를 나가는 남편을 따라 온 가족이 2년간 그곳에 머물다 온 진형엄마가 미제커피 한 통과 연필 한 다스를 들고 다시 우리 집을 찾았다. 그리고는 예전과 다름없이 부엌 옆 식탁에 앉아 자신은 외국인 여성이라 차도르를 아니 써도 되는 줄 알고 외출했다가 망신당한 이야기를 하고 있었다. 그 나라에서 그걸 벗으려면 윗도리를 벗어던지는 것만큼이나 용기를 필요로 하는 일일지 몰라도, 그러나 이 나라에서 그것을 벗는 일이란 봄이 되어 겨울 외투를 벗는 것만큼이나 손쉬운 일이다. 평화로운 캠퍼스에 아무도 교수의 부인에게 위해를 가할 사람은 없는데도, 그녀는 그것을 굳건하게 쓴 채 칼집으로 잘라낸 것 같은 작은 창을 통해 세상을 엿보고 있었다.

니캅이나 부르카를 착용한 여성을 TV나 인터넷을 통해 접하면서 저것이 얼마나 여성을 억압하는 복장일까 생각하지만, 그러나 그것을 눈 앞에서 실제로 보았을 때 가장 먼저 드는 생각은 '얼마나 더울까' 이다. 그런 옷을 입는 나라들은 대개 40도가 넘는 열사의 땅이고, 샤일라나 히잡같이 비교적 가벼운 베일이 색상도 밝고 화사한 경우가 많은 반면, 온몸을 감싸는 니캅과 부르카는 검은색이 대부분이다. 백열하는 태양 아래 검은색 옷은 그 자체만으로 고통일 텐데, 그것은 단지 여성에게만 국한된 일일 뿐, 남성의 옷은 한결같이 새하얀 색이다. 그러고 보니 그때 교수님의 양복은 멋지고 세련된 은색이었고, 여섯 살 남자아이의 셔츠도 흰색이었지만, 네 살 딸아이의 원피스는 팔다리를 드러냈을망정 검은색이었다. 그 아이는 지금쯤 니캅을 쓰고 있을까. 그보다 교수님의 부인은 언제 처음으로 니캅을 썼으며, 맨 처음 그걸 입혀준 사람은 누구였을까.

이것이 이슬람 여성의 정체성이자 너를 더욱 아름답게 만드는 것이라고, 그녀의 어머니가 처음 씌워주었을 그 베일을 이제는 그녀 자신이 매일 아침 굳건히 새로 쓰고 있다. 세상에서 가장 견고한 규율이 바로 이것이리라. 본디는 타율이었지만 끊임없는 교육과 훈련을 통하여 마침내 스스로 내재화해버린 자율. 남성에 의해 타율로 규정되었던 규칙을 여성 자신이 스스로 자율로 내재화하는 우를 나는 결코 범하지 않으리라. 만약 누군가가 내 머리 위에 베일을 씌운다면 나는 반드시 그것을 내 손으로 벗으리라, 대학교 4학년 무렵의 결심이었다.

눈앞이 온통 안개에 둘러싸인 듯 뿌연 가운데, 거울 속에 비친 내 모습이 아무래도 이상했다. 그것은 화장 때문이 아니었다, 그날 아침 나는 여느 때와 다름없이 손수 화장을 했으니까. 눈을 감은 채 내 얼굴을 남에게 내어 맡기는, 그래서 마침내 도깨비 같고 가부키 같은 얼굴이 되고 마는 신부화장이라는 걸 하기 싫어 결혼식 아침에는 내 손으로 화장을 했다. 메이크업 전문가의 손을 빌면 더 예쁘게 보일 거라는 이유로 제 얼굴을 남에게 맡기는 행위가, 내가 결혼을 함으로 겪게 될지도 모르는, 자신의 의도와는 상관없이 가부장적 질서 속으로 편입되는 그 행위를 연상시켰기 때문이다. 결혼식 당일 아침에 제 얼굴을 남에게 맡겨버리니 일평생을 그저 수동적으로만 살게 되는 거라고 생각하며, 근처 꽃집에서 장미꽃을 한 다발 사서 들고 갔더니 예식장 도우미들은 못내 탐탁지 않은 표정이다.

“아니 세상에 신부화장을 직접 하는 사람이 어디 있어요. 정말 그걸 들고 신부 입장을 할 거예요? 그냥 동네 꽃집에서 사온 꽃을 들고?”

놀람인지 핀잔인지 모를 말을 잔뜩 늘어놓으며, 도우미는 코르셋을 조이고 웨딩드레스를 입혔다.

“머리도 그냥 자기가 빗고 왔나봐요. 따로 머리손질 안 하실 거죠?”

마침내 그녀는 치렁치렁하고 기다란 베일을 내 머리 위에 얹었다. 그리고는 한 움큼이나 되는 머리핀을 집어들어 하나하나 꼽으며 고정시키더니, 커다란 선물포장이라도 하는 듯이 그 베일로 내 얼굴을 가려버리고는 쌩 하니 나가버렸다. 사방에 달린 거울밖에는 아무것도 없는 좁다란 신부대기실에서, 나는 난생처음 죄여본 코르셋에 가쁜숨을 몰아쉬고 있었다.

대체 무엇 때문에 나를 여기에 가두어두는가, 지금 로비에서는 신랑이 그의 부모와 함께 손님을 맞이하고, 또한 나의 부모도 손님을 맞이할 텐데, 어째서 나만 여기에 숨어 있어야 하는가. 거울 속의 내 모습이 낯설었던 이유는 바로 그 때문이었다. 그 행사에서 내가 주체가 아닌 객체가 되어야 한다는 사실, 베일로 감싼 채 신부대기실에 숨겨놓았다가 신랑이 그 베일을 벗겨 하객에게 보여주는, 마치 깜짝쇼와도 같은 그 행사에서 내가 그 보여주는 대상물이 된 듯한 느낌.

코르셋으로 옥죄이고 면사포로 얼굴이 가리인 채 아버지의 손에 이끌려 들어가 신랑의 손에 인계됨으로써 Miss Seo에서 Mrs Kim이 되는 행사에서, 철저히 객체로 예정된 내 모습이 나를 견딜 수 없게 했다. 나는 객체가 아닌, 이 행사의 주체가 되리라, 나도 신랑과 다를 바 없이 로비에 나가 나를 축하하러 온 나의 손님을 맞이하리라, 그러자면 이 베일부터 벗어야 했다. 내 눈앞을 안개처럼 가리고 있던 그것을 힘껏 뒤로 젖히니 일순간 밝아지는 시야. 꽃다발을 의자 위에 두고 일어서려는 찰나, 무엇인가 내 뒤통수를 잡아당기는 것이 있었다. 급히 걷어올리느라 의자 손잡이에 휘감겼던 베일 자락. 신부대기실 밖으로 나가려는 나를 이처럼 질기게 붙잡고 있는 신부의 면사포라는 것이었다.

한 움큼이나 되는 머리핀으로 오랜 시간 정성 들여 붙였던 그 베일은, 그러나 몇 번의 손놀림에 쉽게 떨어져 나갔다. 그리고 닫혀 있던 대기실의 문을 열고 나갈 때, 발목을 휘감으며 구두 끝에 밟히며 한 번 더 걸리적거리던 기억이 난다. 그 후엔 로비에서서 손님을 맞이할 때 드러난 뒷덜미에 느껴지던 상쾌하고 서늘한 바람과 '자네가 신부답지 않게 상당히 대범하고 여유가 있구나.' 라는 지도교수님의 덕담이 기억난다. 더불어 결혼식 전날까지 끝내 해결되지 않았던 프로젝트의 서류제출 건은 이 대리가 대신하기로 했으니, 걱정 말고 신혼여행을 다녀오라던 회사동료의 말도 기억난다.

이슬람 여성이 베일을 벗는 것은 여자가 윗도리를 벗는 것과 같아서 남자들이 쏟아내는 야유와 희롱을 견디기 어렵다는 이야기는 그저 이슬람의 경우일 뿐, 면사포를 벗어던지고 로비에 선 신부를 향해 야유와 희롱을 퍼붓는 이는 아무도 없었다. 다만 그 날 나를 귀찮게 한 것은 신부도우미였다.

"세상에 이런 법은 없습니다, 신부님, 빨리 대기실로 들어가세요."

떨어져 밟혔던 베일을 주워 들고 기어이 나를 신부대기실로 밀어넣으려는 그녀의 손길은 생각보다 거세었다.

"흙이 묻어 아주 못 쓰게 되었네. 도대체 누가 이걸 밟았어요?"

울상이 된 그녀는 지하철의 푸시맨이라도 된 것처럼 내 등에 손을 대고 대기실로 밀어넣고 있었고, 나야말로 세상에 이런 법이 어디 있냐고, 나는 신부이고 너는 나의 도우미라고 버럭 화를 내고 말았다. 그 통에 신부의 의견을 존중해달라고 신랑이 나서야 했는데, 그때 문득 바라본 시부모님의 얼굴, 웃고 계셨다. 정말로 환하게 웃고 계셨다. 하지만 신부는 신부대기실에서 기다려야 한다고 생각하는 그녀의 손아귀 힘은 참으로 완강했다. 그것은 어쩌면 거센 인습의 힘이었으리라.

신부가 혼수로 장롱과 화장대를 해가지 않으면 흉이 잡히는 줄 알았던 것이 한 세대 전인데, 요즘은 거기에 더해 소파와 TV를, 식탁과 냉장고를 해가지 않으면 큰일이 나는 줄 안다. 두 식구 사는 집에 양쪽으로 문이 열리는 대형 냉장고와 김치냉장고를 장만해놓고서, 그걸 두기 위해 주방은 되도록 넓어야 한다고 생각한다. 정해진 아파트 면적에서 주방을 넓히는 방법은 단 하나, 거실과 주방을 한데 붙여 계획하는 것이고, 그리하여 대면형 주방이니 개방형 주방이니 하면서 집안에서 부엌이 가장 크고 화려하다. 현관문을 열자마자 바로 보이는 곳에 커다란 주방을 만들어놓고 가전제품을 잔뜩 늘어놓고, 이제 남편도 가사분담을 해줄 것이고 이것이 여성의 지위향상을 반영하는 것이라 생각한다.

어쩌면 이것은 우리 사회에서 강요되고 있는 니캅이 아닐까. 누가 최초로 씌워주었는지 모르는 그것을 이슬람 여성의 정체성이라 여기며 스스로 무한한 자부심을 갖고 매일 아침 제 손으로 굳건히 쓴다는 점에서, 아울러 그것을 벗으면 큰일이 나는 줄 알지만 그러나 벗어버려도 아무 일도 일어나지 않는다는 점에서 부엌은 우리 사회의 니캅이다.

가족수가 줄어들고 가공식품이 늘어나기 때문에 부엌은 작을수록 좋고, 혼자 사는 사람이라면 굳이 부엌이 필요하지 않을 수도 있다. 나 역시 12년의 결혼생활을 돌이켜보면 부엌이 클 필요가 없었는데, 그럼에도 불구하고 이사를 하는 집마다 부엌은 놀라울 정도로 거대했다. 도대체 이 넓은 공간이 무엇 때문에 필요한지 알 수가 없었는데, 마침 전등을 수리하기 위해 왔던 인테리어 업자가 양문형 냉장고에 김치냉장고, 와인냉장고 등을 갖추고 전기오븐에 대리석 식탁을 두면 좋을 거라고 말했다. 그러나 나는 부엌이 잘 갖추어진 집보다 서재가 잘 갖추어진 집에서 살고 싶었다. 대리석 식탁에서 ○○엄마를 맞이하는 □□엄마가 되기보다, 서재에서 내 이름을 부르는 나의 손님을 맞이하고 싶었다. 아울러 나는 세상에서 가장 아름다운 베일을 쓴 신부보다 그 베일을 벗어버린 여자가 되고 싶었다. 그것이 바로 내가 스스로 면사포를 벗어던진 이유였다.

16

101동 1404호, 내가 너의 이름을 불렀을 때

우리나라에서 짜장면을 처음 만들어 먹던 곳이 인천 부둣가라고, 원래 짜장면은 중국에는 없는 음식이라고, 그래서 최초로 짜장면을 만들어 팔았다고 알려진 인천 차이나타운의 그 중국집에 도착한 때가 토요일 오전이었다. 점심시간이라고 하기에는 아직 일렀지만 그러나 막상 그때가 되고 보면 줄을 서서 기다려야 할 거라는 생각에 이른 점심을 먹기로 하고 그곳에 들어가보니, 웬걸 짜장면 한 그릇의 값이 제법 비싸다. 이윽고 대령한 짜장면의 맛은, 과연 짜장면 맛이었다. 더도 덜도 아닌 순수하고도 수수한 짜장면 맛. 누구는 세상에서 가장 맛있는 짜장면이 당구장에서 먹는 짜장면이라 하고, 또 누구는 남자고등학교 앞 중국집에서 먹는 짜장면이라고도 하는데, 당구장 짜장면도 남자고등학교 앞 짜장면도 모르는 내가 가장 맛있다고 생각하는 짜장면은 빈 집에서 먹는 짜장면. 그것도 이사를 앞두고 빈 집을 청소하다가 갑자기 '아, 배고파' 하면서 먹는 짜장면이다.

너무나 아득하고 어슴푸레해서 꿈과 현실의 경계에 놓여 있는 것 같은 기억 중 하나는 외할아버지와 어머니가 빈 집에서 도배를 하는 장면이다. 인테리어 업자를 불러 도배장판을 한꺼번에 하는 요즘과 달리 예전에는 이사 갈 집의 도배를 직접 하였는데, 커다란 양은냄비에 밀가루 풀을 쑤어놓고 시꺼먼 시멘트 벽에 신문지로 초배 한 번 하고 그 다음 도배지를 붙였다. 그리곤 도배지가 잘 붙도록 빗자루로 쓸어내리곤 했는데, 그 일련의 공정을 외할아버지와 어머니가 하고 있었다. 그 옆에서 나는 한쪽 팔이 떨어져 나간 인형과 부서진 장난감 배를 가지고 놀던 기억이 난다. 전 주인이 버리고 간 것이리라. 당시의 관습대로 결혼 후 일정기간을 시댁에서 함께 살다가 아이가 태어나면서 분가를 하게 된 정황이라고, 몇 년이 지난 후 어머니는 아니 네가 그 일을 다 기억하는구나, 라는 말과 함께 이야기해주었다. 갓 태어난 동생은 외할머니께 맡겨두고, 아버지는 여러 일로 분주했으리라. 새 살림을 위해 어머니는 외할아버지와 함께 새집에서 도배를 하던 참이었다. 그러다 출출하던 중에 배달시켜 먹은 짜장면, 피자에 치킨에 물냉면까지 거의 모든 것을 배달해주는 요즘과 달리, 당시 배달을 해주는 유일한 음식이 짜장면이었다. 신문지로 초배가 된 방에 신문지를 깔고 앉아 밥상도 없이 손에 들고 먹는 짜장면, 단무지와 양파 옆에는 새로 살림을 난다는 청신함이 가득했다.

그리고 시간이 한참 흘러 이번에는 내가 빈 집에서 약혼자인 남자와 함께 짜장면을 먹고 있었다. 전 주인이 빠져나간 집을 구석구석 둘러보고 넓이를 가늠하며, 식탁은 4인용, 소파는 3인용을 놓을 수 있겠다고 말했을 것이다. 그리고는 3층 베란다에서 내려다 보이는 중국집의 전화번호를 갓 개통한 핸드폰을 꺼내 눌렀다. 그때도 역시 신문지를 깔고 앉아 그릇을 손에 들고 먹었을까. 도배는 어떻게 할 거냐고, 소독저를 꺼내며 묻는 내게 결혼을 두 달 앞둔 그는 인터넷을 통해 값싼 곳을 물색 중이라고 했다. 환기를 위해 열어둔 창문으로 2월의 늦추위가 바람을 타고 들이닥쳤건만 그것조차 오히려 4월의 훈풍마냥 감미로워서, 빈 집에서의 식사가 꽃밭 위에 펼쳐진 봄소풍 같았던 기억이 난다.

거기서 몇 년이 더 지났다. 이제는 남편이 된 남자와 함께 나는 다시 빈 집에 들어서고 있다. 진공청소기, 자루걸레, 고무장갑과 빨래비누를 현관에 부려놓으며, 아아 이 집, 이제 여기가 우리 집이야, 라고 말한다. 전 주인이 만들어놓았던 삶의 궤적이 고스

란히 빠져나간 빈 집, 이사가 1주일 남았다.

"지금 살고 있는 집이면 충분하지 않아요? 굳이 33평이 필요해요?"

S아파트, R아파트, K아파트 등 주변 아파트 단지의 평면도가 벽면에 가득 걸린 가운데, 부동산 중개업소의 실장이 눈을 동그랗게 뜨고 내게 묻는다. 2년 전 까치가 전봇대 위에 집을 지으려는 모습을 보고 사람이나 짐승이나 서울의 하늘 아래서 살아가기가 왜 이렇게 힘드나 하는 생각에 덜컥 계약을 해버린 집, 그때 중개를 해주었던 이가 그녀였다. 두 식구만 산다는 것은 알고 있었지만, 그러나 아내의 서재, 남편의 서재라는 멋쩍은 이름이 붙은 방에서 200권의 책을 읽고 두 권의 책을 써냈다는 것은 모르고 있었다. 카메라 삼각대조차 들일 수 없은 됫박 같은 작은 방이 책으로 넘쳐나고, 아울러 나는 수태 중인 까치처럼 세 번째 책을 쓰는 중이자, 네 번째 책의 약속까지 잡아놓은 상태였다. 솜털 대신 깃털이 제법 돋아난 날개를 자꾸만 펄럭이며 이소를 준비하는 새처럼 나 역시 더 넓은 집이 필요한 이 간절한 욕망을, 아이 둘을 키우는 여성 실장에게 어떻게 설명할 수 있을까 생각하며 33평 아파트의 매매계약서에 서명을 했다.

무엇에 대한 이끌림이었을까, 아니면 몇 푼이라도 아껴보자는 심산이었을까, 법무사를 시켜 대행하는 부동산 등기를 내 손으로 직접 하겠다고 나섰던 것은. 그러다가 큰일 나요, 여차해서 까딱 잘못하면 아예 집을 날린다니까요, 라며 실장은 손사래를 치며 말렸다.

"여기서 장사한 지 5년이 넘었지만 그걸 직접 하겠다는 사람은 윤영 씨가 처음이네요. 그냥 편하게 법무사에게 맡기세요. 신부 화장을 자기가 직접 하고 들어가는 신부 없듯이, 이거 직접 하는 사람 없어요."

나와 동갑내기라는 것을 알고 있기에 내 이름을 불러대는 실장의 말에 그만 피식 웃었다. 생전 처음 보는 생소한 서류들을 준비해 구청과 등기소를 번갈아 가며 일련의 절차를 수행하고 난 뒤 며칠 뒤에 등기내역을 확인해보는 일은, 신부화장을 직접 하는 일보다 훨씬 더 감동적이었다. 굳이 비유를 하자면 제가 낳은 아이의 탯줄을 제 손으로 직접 자르는 느낌? 그러고 보면 사람은 가장 감동적인 일은 자신이 경험해보지 않은 일에 빗대어 말한다. 미치겠다, 죽을 것 같다, 군대 두 번 가는 느낌이다, 생살에 칼을 대는 아픔이다. 아이를 낳아보지 않은 내가 탯줄을 자르는 비유를 할 만큼 나는 그 일에 감격해 있었다.

평수를 넓히기 위해 같은 아파트 단지에서 동만 옮기는 일, 그래도 이사는 이사였다. 아침 8시, 1층의 베란다 밖으로 트럭과 서너 명의 사람들이 보인다. 곧이어 초인종이 울리고 그중 하나가 들어와 나직이 읊조린다.

"곧 이사가 시작됩니다, 신발을 신어주십시오."

집 안에서 신을 벗는 문화를 가진 나라는 일본과 한국이 유일한데, 이때 신을 신은 채 실내로 들어온다는 것은 그 집을 모욕하는 행위이거나 혹은 그 집의 생명이 다했음을 고하는 행위이다. 그래서 그 일은 주인이 먼저 해야 한다. 현관에 다가가 신을 신은 채 그 발을 마루에 디딤으로써 이 집의 사용이 끝났음을 선고한다. 뒤이어 이삿짐 센터의 사람들이 신발을 신은 채 우르르 들어와 그것을 재차 확인하고, 생명이 다한 것에나 할 수 있는 일을 하기 시작한다. 중환자실에서 간신히 숨을 쉬던 환자에게 의사가 마침내 사망을 선언하면 그 뒤로 간호사들이 다가와 이것저것 달려 있던 생명줄을 떼어가듯, 가전제품의 전선을 뽑고 벽에 걸린 삶의 애착들을 걷어낸다. 이 집에서 살았던 2년간의 흔적은 시체 부검마냥 낱낱이 해부되어 트럭 두 대에 나누어 실렸고, 깊은 숨을 몰아쉬며 부검실을 빠져나와 장갑을 벗고 손을 씻는 의사마냥 이삿짐 센터의 직원들은 장갑을 벗고 점심을 먹으러 간다.

시체를 실은 영구차 뒤로 상주들의 승용차가 따라가듯, 짐이 실린 트럭 뒤로 사람이 탄 승용차가 뒤따라 가는 그 장면은 단지 내 이사인 까닭에 생략되고, 슈퍼마켓 옆 식당에서 칼국수를 먹고 나와 중앙광장에 대충 부려진 이삿짐을 행여 누가 훔쳐갈세라

벤치에 앉아 감시한다. 이사 가는 집은 14층, 사다리차가 미적미적 도착해 기다란 다리를 스멀스멀 꺼내놓는다. 저 사다리가 과연 저기에 닿을까, 혹여 남의 집 베란다를 건드리지는 않을까 조마조마한데, 촉수 같은 긴 다리가 14층의 베란다를 마침내 정확히 짚었다. 인제 됐어어, 올리어어, 하는 소리가 중간중간에 들릴 만도 한데, 시대가 변한 탓인지 14층이라는 높이 탓인지, 이쪽이나 저쪽이나 핸드폰을 볼에 댄 채 조용하니 말이 없다.

트럭 문이 열리고 가장 먼저 나온 것은 장롱이다. 24평의 신혼방에 간신히 들어가던 열 자짜리 장롱을 중앙광장에 앉아 다시 보니 조그만 상자곽 같다. 그것이 사다리를 타고 올라가 14층의 베란다를 통해 새집으로 들어간다. 그 다음으로 들어가는 것은 침대, 허연 매트리스가 초등학교 시절 필통 안에서 뒹굴던 지우개처럼 보인다. 6년 전 신혼살림을 차릴 때 부모가 가장 신경을 쓰던 것이 저 장롱과 침대였지, 라는 생각을 하며, 이것이 몇 번째 집인가 손가락을 꼽아보다가 흠칫 놀란다. 엄지부터 새끼손가락까지 다섯 개가 모두 접히는 까닭이다. 사당동의 24평 전세아파트에서 신혼살림을 시작해 종암동의 24평 아파트를 사고 다시 33평으로 넓히기까지, 중간에 성남과 성수동을 잠시 거치기도 했다.

1주일 간격으로 양가 식구들을 초대하고 남편의 회사동료에 내 친구들까지 몇 번의 집들이를 치르며, 수고했다, 축하한다, 소리를 거푸 듣는 것이, 마치 예전에 대학에 입학했을 때나 처음 결혼했을 때와 같은 느낌을 갖게 한다. 관혼상제라고 했나, 인간이 거쳐야 할 네 가지 절차, 관례는 대학입학으로 대체할 수 있겠고 혼례는 말 그대로 결혼인데, 이제 여기에 가례(家禮)가 첨가되는 느낌이다. 전세, 내집마련, 그 다음에 '갈아타기'를 하는 일련의 과정을, 양가 부모는 초등학교를 졸업한 아이가 중학교, 고등학교를 졸업하고 대학에 입학하는 것과 같이 대견해하고 또한 축하해주었다. 부모 앞에 100점짜리 시험지를 자랑스레 내 보이는 아이와 같이, 서른 살 중반의 부부는 33평 아파트를 부모 앞에 펼쳐 보이며 한바탕 칭찬을 듣는 것으로 길고 긴 갈아타기의 절차를 마쳤다.

아버지의 상례를 치러보았고 또한 남편과 혼례를 치러본 경험에 의하면, 그 상례와 혼례라는 것이 단 한 번의 행사만으로 이루어지는 게 아닌, 길고 긴 일련의 복잡한 절차라는 것을 깨닫게 된다. 예전에는 혼례를 육례라고 해서 여섯 번의 절차가 있다고 하였는데, 솔직히 요즘도 상견례에 결혼식에 신혼여행에 집들이까지 여러 절차가 있다. 돌이켜보면 나는 그 남자와 여러 번에 걸쳐 결혼의식을 치렀다. 청혼 뒤엔 언약식을 치렀고 그 뒤엔 양가 방문과 상견례를 치렀고, 결혼식과 신혼여행을 치렀고, 아울러 신혼집에서 첫 저녁상을 차리던 일조차 식탁 위에 어떤 그릇을 꺼내놓았나를 선연히 기억할 만큼 중요한 절차로 기억된다. 그리고 얼마 뒤 혼인신고를 하고 나서야 그와 내가 결혼을 했다고 느끼는데, 청혼부터 혼인신고까지 몇 달에 걸친 기나긴 어수선함과 분주함 속에 내가 그와 진정 결혼한 그 의식의 정점(頂点)은 어디일까.

가례(家禮)도 마찬가지였다. 이사를 가자고, 집을 옮기자고, 정말 청혼 같은 제안으로 그 일은 시작된다. 살던 집을 내어놓고 이사 갈 집을 구경하느라 발품을 팔다가, 어느 날 드디어 마음에 꼭 맞는 집을 찾아내어 계약을 한다. 계약서에 첫 서명을 하는 순간이 내가 그 집의 주인이 되는 순간인가, 제 손으로 탯줄을 자르듯 손수 등기를 하는 순간이 내가 그 집의 주인이 되는 순간인가, 촉수처럼 길게 뻗은 사다리차를 통해 장롱과 침대가 안방으로 들어가는 그 순간이 내가 그 집의 주인이 되는 순간인가, 아니면 전자열쇠의 비밀번호를 변경하는 순간이 바로 그 순간인가. 예식이 아무리 길고 화려한들 꽃잠을 자야 비로소 혼인을 했다고 선연히 느끼듯이, 바로 이 집이 내 집이구나, 온몸으로 느끼는 그 순간이 언제이던가.

"거기 중국집이죠? 여기 S아파트 101동 1404호인데요."

전 주인이 빠져나간 빈 집에 청소기와 자루걸레를 들고 들어와 한참을 쓸고 닦다가 문득 배가 고파져, 싱크대 안쪽에 붙어 있던 광고지를 찾아내 전화를 건다. 혀 끝에서 발음되는 101동 1404호라는 말이 생소하게 느껴진다. 짜장면 두 개에 군만두를 추가하며, 행여 집을 잘못 찾을까 끊기 전에 다시 한 번 확인을 한다. 101동 1404호예요. 여전히 낯설지만 묘하게 경쾌하다.

내가 그의 이름을 불러주기 전에는 한낱 이름 없는 몸짓에 지나지 않았다가 이름을 불러주었을 때 비로소 내게 다가와 꽃이 되었다는 김춘수 시인의 시처럼, 내가 그것을 처음 호명함으로써 그 사물은 나와 관계지워진다. 아비를 아비라 부르지 못하다가 아비로 부르는 것을 허락받음으로써 비로소 아들이 되는 홍길동처럼, 어린아이의 입에서 처음 나오는 '암마' 소리에 비로소 엄마가 되는 세상의 모든 어미처럼, 내가 그 집의 이름을 부르는 순간에 그 집이 내 집이 된다. 내가 내 집에 들어갈 때 '안녕, 반가워, 101동 1404호야.' 라고 첫인사를 건네는 일은 없고 물론 그 집에 아무리 오래 산들 그 이름을 직접 호명해보는 일은 없을 것이다. 그건 내가 나를 향해 윤영아, 라고 불러보는 일이 없는 것과 마찬가지로 집과 사람이 동일시되기 때문이리라. 대신 그 이름은 타인을 통해 불린다.

중국집에 전화를 걸어 여기 101동 1404호라고, 내가 내 집의 이름을 처음으로 불러보는 순간, 바로 그 순간에 그 집은 나의 집임을 확연히 느낀다. 그리고 그 호명의 순간이 결코 공허하지 않았음이 10분 뒤에 배달되는 짜장면으로 증명된다. 존재하지 않

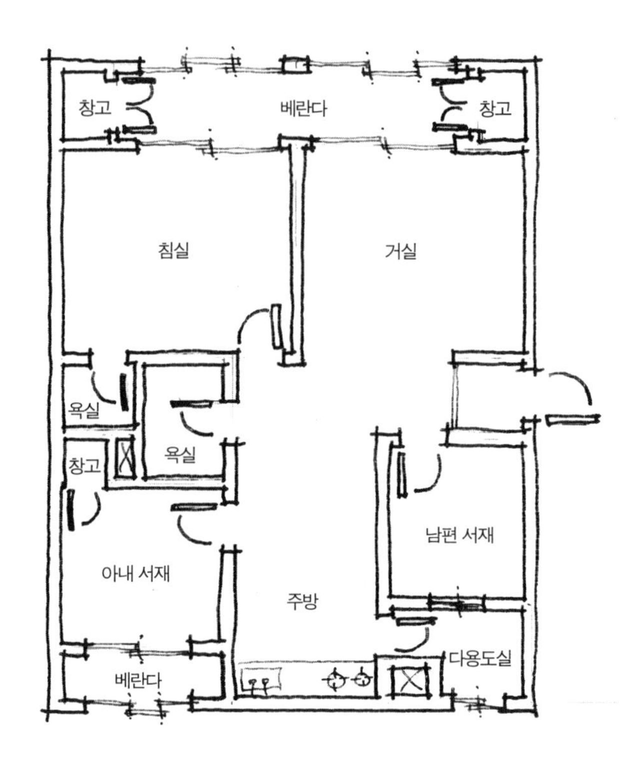

종암동 S아파트 (33평)

2005년 4월 ~ 2010년 11월

—

더 큰 서재를 위해 이사한 집.
고려대학교를 다니며 박사과정 공부를 했던 집.
조금 넓어진 서재에서 400권째, 500권째 책을 읽으며,
『사람을 닮은 집, 세상을 담은 집』(2005, 서해문집),
『우리가 살아온 집, 우리가 살아갈 집』(2007, 역사비평사),
『건축, 권력과 욕망을 말하다』(2009, 궁리)를 낳았다.

는 집이라면 아무리 호명을 해봐야 음식은 배달되지 않을 것이다. 경쾌한 초인종 소리 뒤에 철가방이 덜컥거린다. '이사 오는 집이구나', 집안 전체를 훑어보는 배달부의 재빠른 눈짓에도 청신함이 담겨 있다. 신문지를 주섬주섬 펴고 앉아 새하얀 소독저를 꺼낸다. 그리고 짜장면을 비비다가 문득 중얼거린다. 발이 아주 더러워졌네. 미처 의식하지 못했지만 나는 이 집에 들어올 때 이미 신발을 벗고 있었다. 그리고 한 입 베어 무는 면발, 바로 그때가 짜장면이 가장 맛있을 때이다.

종암동 S아파트 101동에서 읽은 책

- 두 번 읽은 책은 ●표시를, 세 번 읽은 책은 ▲표시를 했습니다.

2005. 5

314 · 소설 속 공간산책2 (박철수, 시공문화사)

315 · 계집은 어떻게 여성이 되었나 (이임하, 서해문고)

316 · 근대적 주거공간의 탄생 (이진경, 소명출판) ●

317 · 소설 속 공간산책1 (박철수, 시공문화사) ●

2005. 6

318 · 부엌의 문화사 (함한희, 살림문화사)

319 · 한국의 도시경관 (이규목, 열화당)

320 · 우리건축 100년 (신영훈 외, 현암사)

321 · 스위트홈의 기원 (백지혜, 살림출판사)

322 · 대중적 감수성의 탄생 (강심호, 살림출판사)

323 · 한국의 아파트 연구 (발레리 줄레조, 아연출판부)

2005. 7

324 · 따귀 맞은 영혼 (배르벨 바르데츠키, 궁리)

325 · 서울은 어떻게 계획되었는가 (염복규, 살림출판사)

2005. 8

326 · 그리스 신화 (에드거 파린 돌뢰르, 시공주니어)

2005. 9

327 · 시골에서의 1년 (수 허벨, 뜰)

328 · 사생활의 역사4 (필립 아리에스, 새물결)

329 · 조선시대 생활사1 (한국고문서학회, 역사비평사)

2005.10

330 · 이집트 신화 (조지 하트, 범우사) •

331 · 옛 사람 59인의 공부산책 (김건우, 도원미디어) •

332 · 조선시대 사람들은 어떻게 살았을까1 (한국역사연구회, 청년사)

333 · 조선시대 생활사2 (한국고문서학회, 역사비평사)

334 · 요로원야화기 (김승일 편, 범우사)

335 · 조선시대 사람들은 어떻게 살았을까2 (한국역사연구회, 청년사)

336 · 시장을 열지 못하게 하라 (김대길, 가람기획)

2005.11

337 · 우리 역사의 7가지 풍경 (역사문제연구소, 역사비평사)

338 · 관아를 통해서 본 조선시대 생활사1 (안길정, 사계절)

339 · 조선시대 조선사람들 (이영화, 가람역사)

340 · 정글북 (키플링, 창작시대)

341 · 관아를 통해서 본 조선시대 생활사2 (안길정, 사계절)

342 · 마야인의 성서 포폴 부 (고혜선 편, 여름언덕)

343 · 아즈텍과 마야신화 (칼 토베, 범우사)

2005.12

344 · 산수간에 집을 짓고 (서유구, 돌베개)

345 · 라틴 아메리카 신화의 전설 (박종욱, 바움)

346 · 인도, 신과의 만남 (스티븐 아펜젤러, 르네상스)

347 · 이야기 인도신화 (김형준, 청아출판사) •

348 · 세계의 불가사의 21가지 (이종호, 새로운사람들)

349 · 19세기 조선, 생활과 사유의 변화를 엿보다 (주영하 외, 돌베개)

350 · 인간은 왜 늙는가 (스티븐 어스태드, 궁리)

351 · 기재기이 (신광한, 범우사)

352 · 북학의; 시대를 아파한 조선선비의 청국기행 (박제가, 서해문집)

353 · 불량직업 잔혹사 (토니 로빈슨, 한숲)

354 · 조동관 약전 (성석제, 강)

2006. 1

355 · 어른 되기의 어려움 (이수태, 생각의나무) •

356 · 너는 누구냐; 신분증명의 역사 (발렌틴 그뢰브너, 청년사)

357 · 수원 화성; 실학정신으로 세운 조선의 신도시 (김동욱, 돌베개)

358 · 침실의 문화사 (빠스깔 디비, 동문선)

2006. 2

359 · 도시주거형성의 역사 (손세관, 열화당) •

360 · 고전 소설 속 역사기행 (신병주, 노대환, 돌베개) •

361 · 조선의 뒷골목 풍경 (강명관, 푸른역사) •

2006. 3

362 · 한국의 전통마을을 가다1 (한필원, 북로드)

363 · 사대부 소대헌 호연재 부부의 한 평생 (허경진, 푸른역사) •

364 · 조선후기 한옥 변천에 관한 연구 (김봉렬, 박사학위논문)

365 · 한국의 전통마을을 가다2 (한필원, 북로드)

366 · 홀로 벼슬하며 그대를 생각하노라 (정창권, 사계절) •

367 · 한옥으로 다시 읽는 집 이야기 (최성호, 전우문화사) •

2006. 4

368 · 한옥의 재발견 (주택문화사 편집부, 주택문화사) •

369 · 호열자, 조선을 습격하다 (신동원, 역사비평사)

370 · 조선시대의 음식문화 (김상보, 가람기획)

371 · 산수간에 집을 짓고 (서유구, 돌베개) •

372 · 의식주, 살아있는 조선의 풍경 (한국고문서학회, 역사비평사)

373 · 건축, 우리의 자화상 (임석재, 인물과사상사)

374 · 북학의; 시대를 아파한 조선선비의 청국기행 (박제가, 서해문집) •

2006. 5

375 · 19세기 조선, 생활과 사유의 변화를 엿보다 (주영하 외, 돌베개) •

376 · 옛집 기행 (이용한, 웅진지식하우스)

377 · 한옥의 공간문화 (한옥공간연구회, 교문사)

378 · 하룻밤에 읽는 물건사 (미야자키 마사카츠, 랜덤하우스코리아)

379 · 함께 사는 세상을 보여주는 일본신화 (이경덕, 현문미디어)

2006. 6

380 · 요재지이 (진기환 편, 범우사)

381 · 작가의 방 (박래부, 서해문집)

382 · 커피의 역사 (하인리히 야콥, 우물이있는집)

383 · 한옥의 향기 (신영훈, 대원사)

384 · 건축가는 어떤 집에서 살까 (김인철 외, 서울포럼)

2006. 7

385 · 마음; KBS 특별기획 다큐멘터리 (이영돈, 예담)

386 · 수원 화성; 실학정신으로 세운 조선의 신도시 (김동욱, 돌베개) •

2006. 8

387 · 브레인 스토리 (수전 그린필드, 지호)

388 · 궁 집 (주남철, 일지사)

389 · 일본의 신화 (요시다 아츠히코, 황금부엉이)

390 · 따귀 맞은 영혼 (배르벨 바르데츠키, 궁리) •

391 · 사화로 보는 조선역사 (이덕일, 석필)

392 · 처음 만나는 문화인류학 (한국문화인류학회, 일조각)

393 · 그림 속의 음식, 음식 속의 역사 (주영하, 사계절)

394 · 낯선 곳에서 나를 만나다 (한국문화인류학회, 일조각) •

2006. 9

395 · 이야기 일본사 (청솔역사교육연구회, 청솔)

396 · 하룻밤에 읽는 일본사 (카와이 아츠시, 랜덤하우스코리아)

397 · 유한계급론 (베블런, 우물이있는집)

398 · 고통 받는 몸의 역사 (자크 르 고프, 지호)

399 · 무서록 (이태준, 범우사)

400 · 증오에서 삶으로 (필리프 모리스, 궁리)

2006.10

401 · 설탕과 권력 (시드니 민츠, 지호)

402 · 공간 디자인의 원점 (오카다 고세이, 기문당) •

403 · 공간의 이해와 인간공학 (신태양, 국제)

2006.11

404 · 한국최초 101장면 (김은신, 가람기획) •

405 · 재미나는 인생 (성석제, 강) •

2006.12

406 · 호판 댁 나귀는 약과도 싫다 하네 (이규태, 조선일보사) •

407 · 잘 돼도 못돼도 다 조상 탓 (이규태, 조선일보사) •

408 · 작은 인간 (마빈 해리스, 민음사)

409 · 신은 왜 인간을 떠났을까; 아프리카 신화 (탁인숙, 여름언덕)

410 · 복덕방 (이태준, 범우사)

2007. 1

411 · 개화는 싫어, 개국은 더욱 싫어 (이규태, 조선일보사) •

412 · 아프리카 신화 (지오프레이 파린더, 범우사)

413 · 신비롭고 재미있는 동아시아 신화 (이경덕, 현문미디어)

414 · 그림으로 보는 세계신화사전 (아서 코트렐, 까치)

415 · 오로지 교육만이 살 길이라 (이규태, 조선일보사) •

2007. 2

416 · 우리 신화의 수수께끼 (조현설, 한겨레출판)

417 · 세계의 신화전설 (하선미 편, 혜원출판사)

418 · 서양 건축 이야기 (빌 리제베로, 한길아트)

2007. 3

419 · 왕릉일가 (박영한, 일송포켓북)

420 · 악마의 정원에서 (스튜어트 리 앨런, 생각의나무)

2007. 4

421 · 문밖을 나서니 갈 곳이 없구나 (최기숙, 서해문집)

2007. 5

422 · 자본론; 자본의 감추어진 진실 혹은 거짓 (칼 마르크스, 풀빛)

2007. 6

423 · 석류 (최일남, 현대문학)

424 · 한 권으로 보는 마르크스 (조너선 울프, 책과함께)

425 · 위대한 개츠비 (F. 스콧 피츠제럴드, 민음사)

426 · 파놉티콘; 정보사회 정보감옥 (홍성욱, 책세상)

2007. 7

427 · 유한계급론; 문화, 소비, 진화의 경제학 (베블런, 살림)

428 · 감금의 장치 (최정기, 책세상)

429 · 청소년을 위한 경제의 역사 (니콜라우스 피퍼, 비룡소)

430 · 청소년을 위한 이야기 정치학 (페르난도 사바테르, 웅진지식하우스)

2007. 8

431 · 코르셋에서 펑크까지 (엘리자베스 루즈, 시지락)

432 · 패션의 문화와 사회사 (다이애너 크레인, 한길사)

433 · 우리 역사의 여왕들 (조범환, 책세상)

434 · 인류 최초의 문명들 (마이클 우드, 중앙m&b) •

435 · 최초의 남자 (스펜서 웰스, 사이언스북스)

436 · 네안데르탈인, 지하철을 타다 (애덤 쿠퍼, 한길사)

2007. 9

437 · 경성기담 (전봉관, 살림)

2007.10

438 · 보드리야르와 시뮬라시옹 (배영달, 살림)

2008. 1

439 · 삐에르 부르디외와 한국사회 (홍성민, 살림)

440 · 럭키 경성 (전봉관, 살림)

441 · 이승과 저승을 잇는 다리 한국신화 (최원오, 여름언덕)

442 · 미셸 푸코 (양운덕, 살림)

2008. 2

443 · 인간적인 너무나 인간적인 한국신화 (최원오, 여름언덕)

444 · 우리 신화의 수수께끼 (조현설, 한겨레출판) •

445 · 이이화의 못다한 한국사 이야기 (이이화, 푸른역사)

2008. 4

446 · 사회학 (한국산업사회학회, 한울아카데미)

2008. 7

447 · 도시이론과 프랑스 도시사 연구 (민유기, 심산문화)

448 · 도시의 역사 (조엘 코트킨, 을유문화사)

449 · 뤼팽 베스트 걸작선 (모리스 르블랑, 동해출판)

450 · 도시, 인류 최후의 고향 (존 리더, 지호)

451 · 근원 수필 (김용준, 범우사)

452 · 청소년을 위한 이야기 정치학 (페르난도 사바테르, 웅진지식하우스) •

453 · 인류의 선사문화 (브라이언 페이건, 사회평론)

2008. 8

454 · 인류의 조상을 찾아서 (스펜서 웰스, 말글빛냄)

455 · 생활의 발견, 파리 (황주연, 시지락)

456 · 빛과 꿈의 도시, 파리 기행 (기무라 쇼우사브로, 예담)

457 · 자유와 낭만의 공간, 프랑스 기행 (이규식, 예담)

458 · 파리 산책 (박용수, 유비)

2009. 1

459 · 신은 왜 인간을 떠났을까; 아프리카 신화 (탁인숙, 여름언덕) •

460 · 부르주아 유토피아; 교외의 사회사 (로버트 피시만, 한울)

461 · 내일의 도시; 20세기 도시계획 지성사 (피터 홀, 한울)

462 · 건축의 사회사 (빌 리제베로, 열화당)

2009. 2

463 · 슬럼, 지구를 뒤덮다 (마이크 데이비스, 돌베개)

464 · 사회와 건축공간 (최윤경, 시공문화사) •

2009. 3

465 · 뮤지엄 건축 (서상우, 살림)

466 · 박물관의 탄생 (전진성, 살림)

2009. 7

467 · 아프리카 신화 (지오프레이 파린더, 범우사) •

468 · 문화와 권력으로 본 도시탐구 (존 레니에 쇼트, 한울)

469 · 커피의 역사 (하인리히 야콥, 우물이있는집) •

470 · 아파트에 미치다 (전상인, 이숲)

471 · 미시사의 즐거움 (위르겐 슐룸봄, 돌베개)

2009. 8

472 · 동물원의 탄생 (니겔 로스펠스, 지호)

473 · 철도여행의 역사 (볼프강 쉬벨부쉬, 궁리)

474 · 건축, 우리의 자화상 (임석재, 인물과사상사) •

475 · 남극의 대결; 아문센과 스콧 (라이너 K 랑너, 생각의 나무)

476 · 선물의 역사 (나탈리 제먼 데이비스, 서해문집)

2009. 9

477 · 불량주택 재개발론 (김형국, 나남)

2009.10

478 · 아빠랑 시골 가서 살래 (전남진, 좋은생각)

479 · 걸리버 여행기 (조나단 스위프트, 해누리) •

480 · 젠트리피케이션의 쟁점과 전망 (김 걸, 석사학위 논문)

481 · 해외 도시재생사례를 통한 강북도시재생의 방향성(강경연,학위논문)

482 · 시골에서의 1년 (수 허벨, 뜰) •

2009.11

483 · 유토피아 (토머스 모어, 서해문집)

484 · 야생초 편지 (황대권, 도솔) •

485 · 장미의 기억 (콩쉬엘로 드 생텍쥐베리, 창해) •

486 · 마음 (나쓰메 소세키, 대교베텔스만)

487 · 백화점의 탄생 (가시마 시게루, 뿌리와이파리)

488 · 파리의 노트르담 (빅토르 위고, 책만드는집)

489 · 첫사랑 (투르게네프, 대교베텔스만)

490 · 젊은 날의 초상 (헤르만 헤세, 빛과향기)

491 · 양자강 (펄 벅, 범우사)

2009.12

492 · 오페라의 유령 (가스통 르 루, 소담)

493 · 마녀의 문화사 (제프리 버튼 러셀, 르네상스) •

494 · 프랑켄슈타인 (메리 W. 셸리, 인디북)

495 · 드라큘라 (브램 스토커, 푸른숲)

496 · 지킬박사와 하이드씨 (로버트 루이스 스티븐슨, 책만드는집)

497 · 팔 거리의 아이들 (몰나르 페렌츠, 비룡소)

498 · 바다 너머 세상을 보여주는 남태평양 신화 (이경덕, 현문미디어)

499 · 자연의 소중함을 일깨워 주는 북아메리카 신화 (이경덕,현문미디어)

500 · 무진기행 (김승옥, 범우사)

501 · 불량직업 잔혹사 (토니 로빈슨, 한숲) •

502 · 모래톱 이야기 (김정한, 범우사)

503 · 살아 있는 신화 (J.F. 비얼레인, 세종서적) •

504 · 셜록 홈즈 단편 베스트걸작선 (코난 도일, 동해출판)

505 · 더버빌가의 테스 (토머스 하디, 대교베텔스만)

2010. 1

506 · 주홍 글씨 (호오손, 대교베텔스만)

507 · 책은 나름의 운명을 지닌다 (표정훈, 궁리) •

508 · 제인 에어 (샤롯 브론테, 대교베텔스만)

509 · 군주론 (마키아벨리. 서해문집)

510 · 위대한 유산 (찰스 디킨스, 대교베텔스만)

511 · 뱀파이어 걸작선 (브램 스토커 외, 책세상)

512 · 폭풍의 언덕 (에밀리 브론테, 대교베텔스만)
513 · 모파상의 행복 (모파상, 대교베텔스만)
514 · 아그네스 그레이 (앤 브론테, 현대문화센터)

2010. 2
515 · 사회지리학의 이해 (레이첼 페인, 푸른길)
516 · 이성과 감성 (제인 오스틴, 대교베텔스만)
517 · 서울 에세이 (강홍빈, 열화당) •
518 · 나의 인생; 자전적 소설집 (톨스토이, 인디북)
519 · 서울에서 서울을 찾는다 (홍성태, 궁리) •

2010. 3
520 · 아파트에 미치다 (전상인, 이숲) •
521 · 한국주거의 사회사 (전남일 외, 돌베개)
522 · 세바스토폴리 이야기 (톨스토이, 인디북)
523 · 유년 시절 (톨스토이, 인디북)

2010. 4
524 · 부활 (톨스토이, 태동)
525 · 이집트 구르나 마을이야기 (핫산 화티, 열화당)
526 · 안나 카레니나 (톨스토이, 인디북)
527 · 여성의 삶과 공간환경 (김대년 외, 한울)
528 · 금오신화 (김시습, 을유문화사)

2010. 5
529 · 작지만 강한 나라, 네덜란드 (김신홍, 컬처라인) •
530 · 아름다운 파괴 (이거룡, 거름)

2010. 6

531 · O.헨리 단편집 (O.헨리, 소담)

532 · 쏘가리 (성석제, 가서원) ▲

2010. 7

533 · 현대의 섬 (정호경, 운디네) •

534 · 보이스 오디세이 (김형태, 북로드)

2010. 8

535 · 이 집은 누구인가 (김진애, 한길사) •

536 · 알타이 이야기 (양민종, 정신세계사)

537 · 대중문화의 겉과 속1 (강준만, 인물과사상사) •

2010. 9

538 · 한국주거의 미시사 (전남일 외, 돌베개)

2010.11

539 · 탐서주의자의 책 (표정훈, 마음산책) •

540 · 한국의 아파트 연구 (발레리 줄레조, 아연출판부) •

17

왜 서재를 따로 쓰세요?

초인종을 누르고 기다린다. 대답이 없다, 다시 한 번 누른다. 그래도 대답이 없다. 아무도 없구나, 돌아서려는데 닫힌 철문 안쪽에서 인기척이 느껴진다. 사람은 있되 곧바로 문을 열지 않는 것이 초인종에 연결된 카메라를 통해 이편을 살피느라 지체되는 시간이라는 것을 알기에, 감시라도 당하는 듯 공연히 불편하다. 이윽고 들려오는 목소리, "누구세요?", "아랫집인데요."라는 대답에 마침내 현관문이 빼꼼히 열린다. 안녕하세요, 저희는 이번에 이사 온 아랫집인데요, 쭈뼛쭈뼛 건네는 인사에, 네, 그런데요? 라는 되물음이 돌아온다. 자리에 누워 있었던 모양으로 머리카락이 부스스한 50대 아주머니의 표정에는 층간소음이 심하다, 베란다를 통해 담배연기가 흘러 들어온다. 혹시 개를 키우냐라는 말을 하러 왔나, 염려하는 기색이 역력하다.

"이제야 인사 드리네요. 떡 조금 했어요."

쟁반 위에 있던 떡 상자 하나를 건네니 순간 표정이 확 변한다.

"아아니 요즘 세상에. 고마워요. 잘 먹을게요."

생각지도 않은 선물에 어찌할 줄을 몰라하는 양이 서로 불편해 재빨리 문을 닫고 돌아선다. 맞은편 앞집과 아래층 두 집, 위층 두 집에 차례로 떡을 돌리고 나니, 쟁반 위에는 이제 두 개가 남았다. 엘리베이터 안에서 쟁반을 머리 위에 이고 "떡 사세요, 떡 사세요." 장난을 하니, "할멈, 할멈, 떡 하나 주면 안 잡아먹지." 라고 남편이 받아친다.

"어머나, 정말 고마워요. 처음이네요, 개인 집이 이사를 했다고 떡을 돌리는 일은. 솔직히 요즘은 가게 오픈을 한 경우가 아니면 이런 일이 없잖아요. 가게는 장사를 해야 하니까 이웃간에 인사를 안 할 수 없어서 그런다지만, 개인이 이사해서 이런 경우는 정말 윤영 씨가 처음이에요."

하나는 경비실에 돌리고 나머지 하나는 이 집을 소개해준 부동산 중개업소에 돌리니, 그곳 실장이 호들갑을 떤다. 나와 동갑내기인 까닭에 언제나 친구처럼 이름을 부르면서.

새로 이사 갈 집을 청소하며 짜장면을 배달시켜 먹는 일이 그 집과 내가 첫 대면을 하는 것이라면 이사 떡을 돌리는 일은 나와 이웃간의 대면이기에, 나는 여태 그것을 잊어본 적이 없다. 새로 집을 산 기쁨에 집을 넓힌 기쁨에 하는 일이라기보다는, 내가 가진 양심이었다. 사라져가는 옛 문화를 누군가는 지키고 있어야 하는데, 주택에 관한 문화는 그중 내가 지키고 있겠다는. 그것이 『세상에서 가장 아름다운 집』을 배태했던 이가 끝내 가지고 있어야 하는 고집이라고 믿고 있다.

짜장면 먹기와 떡 돌리기가 끝난 뒤 하는 행사는 단연 집들이. 솔직히 집들이는 우리의 고유한 풍습이라기보다 1970~80년대 고도성장기에 생긴 과도기적 풍습이다. 새집에 들어가면서 부뚜막에 불을 피우는 전통적인 입택의례가 없는 것은 아니지만, 본래 그것은 주택을 새로 지은 경우에 하는 일이었다. 신혼살림을 차렸거나 집을 샀다는 이유로 또 그 집을 넓혔다고 사람들을 초대하는 집들이 풍습은, 이촌향도의 시대에 서울에서 집을 사고 넓히는 것이 얼마나 힘든 일인가를 반증하는 일이라 하겠다. 하지만 다섯 집과 가례를 치르며, 나는 그 행사를 여태 빠트려본 적이 없다. 갓 결혼을 했을 때는 양가부모에 남편의 고교동창, 대학동창, 직장동료에 내 친구들까지, 여섯 팀을 따로 부르느라 거의 두 달 동안 매주마다 집들이를 했고, 그 후로 횟수가 줄긴 했어도 이사 때마다 언제나 두어 번의 집들이를 했다.

탄생과 죽음을 병원에서 맞이하고 돌잔치와 부모생신을 식당에서 치르느라 이제는 침식의 공간으로밖에 인식되지 않는 집이, 드물게 축제의 장이 되는 그 화려한 행사를 나는 정말 좋아한다. 예전 내가 아주 어릴 때, 수유리 집에서 집들이를 할 때 성냥을 사오던 이가 있었다. 불이 붙듯 가세가 확 일어나라고 성냥을 선물하는 거야, 라고 어머니는 말했지만, 실상 그것이 부뚜막에 불을 붙이는 전통적인 입택의례가 성냥선물로 변형되었다는 걸 나중에 대학에서 배웠다. 그 다음 삼선교 집으로 이사를 했을 때는 두루마리 화장지를 선물하는 이가 있어 생소하고 낯설었던 기억이 난다. 아아 그래, 모든 일이 휴지처럼 술술 잘 풀리라고 이걸 선물하는구나, 라고 어머니가 말했던 그 휴지를 들고 그의 직장 동료들이 들이닥칠 것이다.

거실을 치우고 교자상을 펼친다. 12명의 손님을 치르자면 세 개의 상을 펴야 한다. 예전에 24평에서 집들이를 할 때면 소파를 안방으로 옮겨야 했던 이야기를 새삼 남편이 늘어놓고, 부엌에서 거실로 연방 접시를 나르던 아내는 33평이라 그런지 동선이 길다는 말로 화답한다. 결혼 6년차, 음식솜씨는 나아진 게 없지만 세상이 좋아져서 이제는 마트에서 생선초밥까지 팔고 있다. 접시째 사온 음식을 포장만 벗겨 늘어놓으니 금세 모양새가 갖추어진다.

"아파트 단지 안이라고? 그럼 다 왔네, 101동 1404호야."

핸드폰이 울릴 때마다 남편은 아이들 동요 같은 어디까지 왔니 놀이를 하더니, 마침내 초인종 소리와 함께 넥타이를 맨 사람들이 우르르 들어온다. 두루마리 휴지와 종이팩에 담긴 세제를 거실 구석에 쌓아두고 모델하우스 구경 온 사람마냥 이 방 저 방 집 구경을 나선다. 집 좋네요, 전망이 멋지네요, 이거 몇 평이에요, 왜 이렇게 넓어, 라는 집 칭찬 뒤에는, 뭐 이렇게 많이 차렸어요, 이거 아주 진수성찬이네, 음식칭찬이 이어지고, 그 다음으로는 장가 잘 갔네, 어쩜 결혼할 때랑 그대로예요, 아니 와이프는 어디 가고 처제가 대신 와 있어, 라는 농담까지 쏟아지는 통에; 공연히 냉장고 문을 열었다 닫았다, 생선을 꺼냈다 들였다, 신혼의 아내도 아니면서 황망하기 그지없다.

축하합니다아! 소리와 함께 모두들 유리컵을 높이 들어 쏘맥을 털어넣는다. 그 뒤엔 다 같이 젓가락을 들어 저 꽃밭 같은 손님상을 헐어내리라 생각하며, 때 맞추어 생선을 내놓기 위해 가스렌지에 불을 붙이는데, 굳이 날더러 그 자리에 청하는 이가 있다. 평소엔 형수님이지만 때로 기분이 좋아지면 누나라 부르기도 하는 남편의 후배이다. 그러고 보니 아까는 날더러 처제라 농쳤는가.

"여기다 사인 좀 해주세요, 작가 선생님."

종이 봉투에서 꺼낸 것은 나의 책이다. 회사 앞 서점에서 사온 모양인지 누런 봉투에는 교보문고 마크가 선명한데, 그 모습을 보고 서너 명이 덩달아 책을 꺼낸다. 젖은 손을 주섬주섬 앞치마에 닦고 방으로 들어가 펜을 찾는다. 아내의 서재라 이름 붙은 그 방에는 여태 사용하던 작은 책상 외에 이번에 이사 오면서 새로 장만한 티 테이블 세트가 놓여 있었다.

나는 그때 세 번째 책을 쓰는 중이면서, 네 번째 책도 약속하고 있었던가. 첫 책을 쓸 때보다 더 뿌듯하게 차오르는 감정을 갖고 있었다. 어쩌다가 책 한 권을 쓰고는 더 이상 후속작을 내지 못해 잊혀지는 이들을 더러 보았기에 나 역시 그리될지 모른다는 불안감이 항상 떠나지 않고 있었다. 그러나 이제는 그 '어쩌다가' 가 아닌 직업작가의 길로 간다는, 아마추어리즘에서 프로페셔널이 된다는 확신을 세 번째 책을 쓰면서 갖기 시작했던 터였다. 그리고 그에 걸맞는 모양새를 갖추기 위해 남편의 서재보다 더 큰 방을 나의 서재로 만들었다.

넓어진 방에 책장을 더 사다 넣고 거기에 더해 티 테이블 세트도 장만했다. 작은 탁자 하나에 의자가 두 개 딸려 있어 주로 안방에 놓고 부부가 사용하기 때문에 러브 테이블이라고도 불리는 그것은, 그러나 남편과 내가 마주하기 위함이 아니었다. 내 집으로 나를 찾아오는 손님을 위한 자리, 소녀 시절부터 꿈꾸었던 가끔 나를 찾아오는 손님이 있었으면 좋겠다는 소망을 이루기 위한 자리였다. 나를 ○○엄마가 아닌 서윤영 씨라 부르는 그 손님을 주방 한켠에 놓인 식탁이 아닌 이곳 서재에서 맞아야 하리라. 그러면 더 이상 기자들의 카메라 삼각대가 들어가지 못할 일도, 거실에 앉혀놓고 앵글을 잡다가 그 너머에 걸린 프라이팬에 민망해하는 일도 없으리라.

"요즘 또 다른 책을 쓰고 계세요? 내 생전 작가의 사인본을 받아보기는 처음이네요."

내 생전 내 책에 사인해보기는 처음이네요, 라는 말이 목 끝까지 차올라 온다. 이럴 줄 알았으면 사인이나 연습해볼걸. 신용카드 명세서에나 하던 것을 여기다 하고 있자니, 모양새가 우습다.

"여기다가도 해주세요, 언니."

서른 언저리의 여사원이 책을 한 권 더 꺼낸다. 다들 두 번째 책을 들고 왔는데 어떻게 저이는 첫 책까지 챙겨온 것일까, 이럴 줄 알았으면 앞치마나 벗고 앉을걸.

"오늘 무슨 작가 사인회 하는 거 같아요, 집들이가 아니라."

내 기분을 맞추느라 누나로, 처제로 부르던 후배가 이제는 작가라 추켜세운다.

"건배 한 번 더 해야겠어요. 아까는 집들이 건배, 그리고 이번에는 형수님의 출판기념 건배."

그것이 내 기분이 아닌 남편의 기분을 맞추어주기 위함이라는 걸 모르지도 않았지만, 그러나 알고도 속아주는 그 달콤한 거짓말에 나는 아주 흠뻑 취해버렸다. 쏘맥을 다시 만들어 높이 쳐들고 아까보다 더 크게 축하합니다아, 라고 외친 뒤에야 본격적으로 식사가 시작되는 양을 보고 있자니, 정말 이게 집들이인가 출판기념회인가 두 잔 거푸 마신 쏘맥에 정신이 어질어질하다.

말석에 앉아 가까운 반찬을 깨작거리자니 얼마에 샀어, 많이 올랐어? 아니 재미 못 봤어, 김 대리는 아직도 전세가, 박 대리는 가을에 결혼한다며, 집은 구했어? 간단없는 이야기들이 맥주잔 안에서 출렁거린다. 잡채를 뒤적이다가 앞에 놓인 생선초밥을 집는다. 하얀 속살 아래 연푸른 고추냉이가 비쳐 보인다. 이게 33평이에요? 그래서 방이 세 개구나, 라는 이야기가 귀에 들어올 무렵, 건너편에서 화살 같은 질문이 날라온다.

"그런데 왜 형수님은 과장님이랑 서재를 따로 쓰세요?"

갑자기 무언가가 뒤통수를 후려갈기는 듯한 아픔에 고개를 쳐들었다. 곧이어 입안 가득 퍼지는 매운 맛, 하필 고추냉이가 덩이째 들어간 초밥을 모르고 씹었던 것이다.

"하나는 침실로 쓰고 두 개는 서재더라고요. 과장님이랑 형수님이랑 서재를 따로 쓰는 거예요?"

그냥 뱉어내고 싶은 걸 손님 앞이라 참고 있자니, 입속은 뜨거운 화로라도 쏟아부은 듯 화끈거린다. 어쨌든 씹어 삼키려 하지만 눈물이 그렁그렁하다.

"나 솔직히 이런 집은 처음 본다, 집 안에 애들 방은 없고 서재만 둘이라니."

울며 겨자 먹기라고, 겨자가 매운 줄 알지만, 그러나 '와사비'

라 부르는 고추냉이의 맛은 훨씬 더 자극적이다. 겨자의 매운 맛이 몽둥이로 내리치는 둔중한 느낌이라면, 고추냉이의 맛은 칼로 혓바닥을 도려내는 예리한 느낌. 그 다음에는 뒷골을 송곳으로 쑤시는 듯한 아픔이 오고, 나중에는 마른 기침까지 올라온다. 기침을 하는 중에는 고추냉이가 콧속으로 들어가기도 하는데, 그 순간이 되면 콧속으로 일제히 화살을 쏘아대는 듯이 따갑다. 나는 그 말을 예전에도 들은 적이 있었다.

세상에 이런 집이 어디 있어. 도대체 어느 여자가 남편과 서재를 따로 쓴단 말이니?

이 집에 아이는 없는 거니? 왜 아이 방도 없이 서재만 둘이야?

집 안에 서재는 하나만 있으면 되고, 여자는 그냥 남편과 서재를 함께 쓰면 되는 거야. 집에서 살림하는 여자가 무슨 개인서재를 갖는다는 말이니?

꼭 10년 전 건축학과의 설계실에서였다. 설계지침에는 분명 그 사용자가 '자녀 없이 살며 각자 전문직을 가진 40대 부부'라 되어 있었지만, 그러나 크리티에 초대된 남성건축가들은 한결같이 '집에서 살림하는 여자가' 왜 개인서재가 필요하느냐고 물었다. 설계지침에 이렇게 쓰여 있는 걸 왜 이리 못 알아듣나, 그때는 의아했던 것이 불현듯 깨쳐지는 순간이었다.

내 생전 저자 사인본은 처음 받아본다고 좋아했던 저들은 내가 직업작가의 길을 가기 시작했음을 모를 리 없을 텐데도, 집에서 작업을 하는 탓에 그냥 집에서 살림하는 여자로 보인 모양이다. 주택사정이 좋아져 요즘은 대개 하나씩 있기 마련인 서재, 그러나 그것이 책을 읽고 공부를 하는 공간으로 쓰여지기보다는 그저 남자의 사실(私室)에 가까운 것이 현실이다. 직장에서 돌아와 조용히 휴식을 하기 위한 성격이 짙은 곳이 남편의 서재라면, 나의 서재는 글을 쓰고 책을 읽는 곳이자 생산을 위한 곳이다. 그렇다면 남편의 쉼터와 아내의 일터는 따로 마련되어야 하고 또한 쉼터보다는 일터가 더 넓고 좋아야 하지만, 그러나 여성의 직업은 특히 그것이 집에서 하는 작업이고 보니 아무래도 부업으로 혹은 취미로 느껴지는 모양이다.

10년이면 강산도 변한다고 설계실에 있던 스물몇 살의 애송이는 이제 제 집과 제 책을 가진 직업작가가 되었다. 세상에 이런 집이 어디 있냐는, 여자는 남편과 함께 서재를 쓰면 된다는 그 말은 크리틱에 교수 자격으로 온 사람에게만 들으면 되는 줄 알았지, 내 집에 찾아온 남편의 후배에게서까지 들을 줄은 몰랐다.

"언니, 괜찮으세요? 이거 좀 마시세요."

옆자리에 있던 여사원이 물잔을 건넨다. 초밥을 간신히 씹어 넘기고 눈물 맺힌 눈으로 건너편을 바라본다. 아까 그 말은 굳이 대답을 들으려 한 것이 아니었나, 이번 가을 결혼을 하는데 전셋

집 구하기가 어렵다는 하소연이 쏟아진다.

"그런데 주방에 한번 가보셔야 하지 않아요? 아까부터 냄새가 나는 게, 아무래도 뭐가 타는 거 같아서요."

그제야 퍼뜩 떠오른 생각, 생선을 굽고 있었지. 사인을 해달라는 통에 주저앉아 출판기념 건배를 하느라 잊고 있었다, 생선을 굽고 있었다는걸. 급히 일어나 부엌으로 달려가는 발걸음이 거푸 마신 쏘맥에 휘청거린다. 잠시 문설주를 잡고 기대선다. 하얀 책상과 테이블 세트가 놓인 그 방, 내 서재의 문설주를 잡고 보니 문득 여태껏 몰랐던 것이 하나 보인다. 거실과 부엌을 연결하는 통로 부분에 그 방이 놓여 있음을, 그래서 내 방은 결국 부엌 옆에 있었음을. 이 집뿐만이 아니었다. 그저 고만고만하게 생긴 중소형 아파트 다섯 집을 거치며, 신혼집을 제외하고는 항상 내 서재가 있었다고 좋아했는데, 돌이켜보니 그 위치는 한결같이 부엌 옆이었다. 그리고 남편의 서재는 항상 현관 쪽에 있었다.

열다섯 살 시절, 두 개의 사랑이 있는 ㄷ자 한옥에서 살고 싶어 모눈종이에 그림을 그려보곤 했다. 그런데 아무리 그려도 아내의 사랑은 부엌 옆에 그려졌다. 이런 집이라면 남편이 갓 배달된 신문의 잉크냄새를 맡을 동안 아내는 부엌에서 끓이는 찌개냄새를 맡아야 하고, 행여 생선이라도 타는 날이면 제일 먼저 달려가야 할 것이라고 생각하며, 그 종이를 구겨버리고 말았다. 그런데 지금 내 서재는 정말 부엌 옆에 있고, 생선도 아주 바싹 타서 먹을 수가 없게 되고 말았다. 이를 어쩌나, 걱정하고 있는데 마침 뒤따라온 남편의 목소리. 생선이 타도록 대체 무얼 하고 있었니.

18

다섯 수레의 책이 나를 이끈 곳은

"그 선생님도 오시나요? 오신다고 약속하셨어요?"

이번 송년회가 언제 어느 장소에서 열리는데 나올 수 있느냐는 출판사의 전화를 받으며, 나는 나의 참석 여부보다 오히려 그의 참석 여부를 몇 번이나 되묻고 있었다. 해마다 연말이면 벌어지는 출판사의 송년회, 거기에는 출판사 직원뿐 아니라 그곳에서 책을 냈던 저자들까지 모두 참석을 하게 된다. 연말이 되어 두서너 군데 불려다니다 보면 출판사의 성격에 따라 참석하는 저자들이 다르다는 것을 알게 되고, 운 좋게 정말 꼭 만나고 싶었던 이를 만나는 경우도 있다. 나 자신도 저자이기 전에 독자였기 때문에 정말 만나고 싶은 사람이 한 사람 있었다.

서점 매대에 가득한 책의 표지 디자인에도 유행이 있는데, 1990년대에서 2000년대 초에는 저자의 얼굴 사진을 표지로 쓰는 경우가 꽤 있었다. 전문작가라기보다는 아나운서, 변호사, 정신과 의사 등 일반인이 선망하는 직업을 가진 이가 펴낸 산문집이 주를 이루었는데, 어찌 보면 책 내용보다 저자의 소소한 일상이 더 궁금한 독자의 심리를 꿰뚫어본 전략이리라. 그래서 당시 대형 서점에 가면 손바닥 크기만한 얼굴들이 매대에 나란히 누워 있는 모습이 쉽게 눈에 띄곤 했다.

그 무렵이었을 것이다, 그의 책을 본 것은. 백화점 7층에 마련되어 있던 서적 코너, 매대에 가득 쌓여 있던 책은 신화학자가 풀어낸 사랑 이야기였다. 정사각형 판형에 저자 자신이 표지 모델이 된 그 책을 처음 보았을 때, 아이돌 가수의 앨범인가 생각할 만큼 인상적이었다. 그래서 정작 책 내용보다는 과연 이 사람이 누구일까가 더 궁금해지던 책, 그런데 바로 그 책의 저자가 이번 송년회에 온다고 했다.

약속된 그날은 공연히 아침부터 어수선하고 분주했다. 늦은 점심을 뜰 무렵 '오늘 참석하실거죠?' 라는 출판사의 문자 메시지에 '네^^' 라고 건성대답을 보내면서, '그분도 오늘 오시는거죠?' 라고 덧붙이려다가 그만두었다. 마침내 도착한 약속장소, 정말 올까, 초대했다고 모두 오는 건 아니지, 바쁘면 못 올 수도 있는데 정말 올까, 조바심을 칠 무렵, 누군가 넌지시 내 소매를 끌고 말했다. 저기 오셨네요. 돌아보니 있었다, 정말 있었다.

'아, 이렇게 생겼구나. 세상에, 움직이고 말도 하네. 어머나, 목소리는 저렇구나.'

사진으로만 보던 사람을 실제로 본 느낌이 꼭 그러했다. 말을 한번 걸어볼까, 뭐라고 해야 하나, 가까이도 가지 못하고 멀리서만 훔쳐보다가 잠시 혼자 있는 틈을 내어 다가간다. 용기를 내어 인사를 하고, 누구신지라고 묻는 말에 명함을 내미니 그도 따라 명함을 내민다, 주소와 전화번호가 적혀 있다. 이제는 나를 향해 조금 웃는다. 몇 마디를 나누고 돌아서기 전 머뭇머뭇 망설이다 마침내 말하고야 만다. 이 번호로 전화해도 될까요? 그럼요, 아무 때나.

그리고 며칠 뒤 정말 그 번호를 누른다. 신호음 한 번에 가슴은 서너 번씩 뛰는데 그런데 전화를 받는 쪽은 별로 놀라는 기색도 없이 기다렸던 듯하고, 바로 내일로 약속시간을 잡아준다. 인사동에서 만나 점심을 사주고 그 다음 찻집에서 커피를 사주고 미리 부탁했던 대로 자신의 책에 저자 사인을, 사인 정도가 아니라 이러저러한 말을 몇 줄 적어 선물해준다. 서너 시간의 만남 끝에 그가 잡아준 택시를 타고 돌아오며, 차 안에서 문득 생각한다, 내가 그를 궁금해했던 것처럼 그도 혹시 나를 궁금해하고 있었던 것이 아닐까 하고. 2004년 12월 29일의 일이었다.

그 전해 첫 책을 내고 이듬해 나올 두 번째 책을 기다리던 중이자, 300권째 책을 읽은 날이기도 했다. 『여성들은 다시 가슴을 높이기 시작했다』(잉그리트 로셰크, 한길사)라는 패션에 관한 책이었고, 또한 그 해 가을 내내 읽었던 『패션의 역사』(막스 폰 뵌, 한길아트)의 완결편에 해당하는 책이기도 했다. 아울러 그즈음이었을 것이다. 한 가지 주제를 천착해 그에 관련된 일련의 연작을 읽는 습관을 들이기 시작했던 것이. 그 이야기를 듣고 그가 "책을 참 꼼꼼히 읽는 편이네요."라고 했던 기억도 난다.

"오늘 연구실 송년회가 있습니다. 참석 가능하십니까. 선배님." 아침 산책길, 어제 만든 빵을 오늘 20퍼센트 할인된 가격으로 파는 빵집에 들러 크림빵을 베어물던 나는 갑자기 걸려 온 전화에 어리둥절했다. 누구보고 어디에 참석하라는 말인지, 혹시 전화를 잘못 건 게 아니냐는 말에 그 편에서 먼저 눈치를 채고 가르쳐주었다. 합격하였음을.

2006년 11월의 어느 날, 종암동 집에서 안암동 학교까지 걸어가던 참이었다. 박사과정의 입학시험을 치르기 위해 가고 있는 길, 그런걸 데자뷔라고 하나, 어디선가 본 듯한 느낌이 자꾸 드는 것을. 정문을 들어설 때까지만 해도 긴가민가했는데, 이제는 한결 낡은 이과대학과 유행이 지난 도서관 건물을 보고서야 퍼뜩 깨달았다. 이건 데자뷔가 아니라 정말 내가 겪은 일이라는 것을. 20년 전에도 나는 이곳에 입학시험을 치르러 왔던 적이 있었다.

1986년 11월에 학력고사를 보고 이곳에 원서를 넣었으며, 며칠 뒤 논술과 면접을 치르기 위해 그때도 종암동 집에서 안암동 학교까지 걸어왔었다. 어쩌면 그걸 그렇게 새까맣게 잊고 있었는지, 낙방의 기억마저 망각으로 묻어버릴 만큼 20년의 세월이 길었나. 시험을 치르고 돌아와 이번에도 또 낙방을 하면 어째야 하나, 그때처럼 또 재수를 해야 하나 고민하고 있었는데, 12월의 아침 산책길에서 전화를 받았다. 오늘 저녁 송년회에 참석하라고.

그때 읽고 있던 책이 『증오에서 삶으로』(필립 모리스, 궁리)였다. 빈민가에서 태어난 청년이 범죄에 연루되어 무기징역수로 복역하던 중, 우연히 책을 접하면서 박사학위를 받고 사면을 받는다는 실제 이야기였다. 주인공이 독방에서 책을 읽으며 지내는 모습이, 아내의 서재라 이름 붙은 방에서 책을 읽으며 지내는 나의 모습과 다르지 않다는 생각으로 읽었는데, 그러고 보니 그게 400권째 읽은 책이었다.

진달래와 개나리가 흐드러지다 지쳐 이울고 있었으니 5월 축제였을까, 꽃나무 그늘마다 흰 차양을 친 주점이 즐비했다. 공부하던 책상을 운동장까지 끌고 와서 그 위에서 파전을 부치고 막걸리를 파는 양이, 어머니의 손을 잡고 난생처음 대학캠퍼스에 놀러 간 아홉 살 여자아이의 눈에는 신기하기만 했다. 한참을 걷다가 다리가 아파 잠시 꽃그늘 아래의 테이블에 앉았을까, 벽에 걸려 있던 파전 1,000냥, 막걸리 300냥이라는 메뉴를 보고 요즘도 한 냥 두 냥이라는 돈을 쓰느냐고 어머니께 물었던 기억이 난다. 그냥 1,000원이라는 얘기지, 어머니가 대답을 하는데, 흰색 무명으로 바지저고리를 해 입은 대학생이 다가와 물었다. 주문하시겠습니까.

"잠시 다리가 아파서 앉았는데, 주문을 해야 하는 곳인가요?"

"네, 저희 과에서 운영하고 있는 주점이라서요."

벌건 대낮에 어린아이를 데리고 술집에 앉아 술을 마실 수는 없는 노릇이라, 어머니는 나와 동생의 손을 잡고 그곳을 빠져 나왔는데, 그러나 끌려가는 나는 그 300냥짜리 막걸리는 무슨 맛일까 궁금했다. 그리고 30년의 세월이 흘러 그때의 어머니만큼 나이를 먹은 내 앞에 커다란 사발이 놓여 있고 막걸리가 가득 부어져 있다. 단숨에 마시는 것이 학교의 전통이라 했다.

술에 못 이겨 토악질까지 해대는 어질어질한 행사는 그 후로도 여러 번 치러야 했다. 매 학기 신입생이 들어올 때마다 빠지지 않고 참석을 해야 하는데, 실상 술을 마시는 것보다는 먹은 것을 토해내는 데 더 큰 의미가 있다는 걸 차츰 알게 되었다. 2년의 수료 과정을 마치고 났을 때, 오늘도 그 행사가 있다는 말에 나도 이제는 나이가 먹어 그런 자리는 더 이상 못 가겠다고 제법 선배 티를 내면서 그날은 도서관으로 깊이 숨었다.

학기 중에는 수업으로 바빠서 꼭 필요한 책을 찾는 것 외에는 다른 서가에 갈 일이 없었는데, 그러나 수료기간이 끝나 여유가 생긴 그때 서가 이곳 저곳을 돌아다니고 있자니 세상에는 참 여러 책들도 많았다. 그중 신기한 것은 책을 쓰는 방법을 말하고 있는 책이 상당수 존재한다는 거였다. 동생이 속독학원에 다닌다는 이야기를 들었을 때처럼, 세상에 이런 책도 있나, 또 한 번 우두망찰했다. 출판사의 마음에 쏙 들 만한 출판제안서를 작성하는 방법과 그걸 들고 출판사의 문을 두드리는 방법에 대해 줄곧 설명하고 있는 책을 읽고 난 후, 깊은 안도의 한숨을 쉬었다. 다행이다, 내가 이 책을 읽지 않았던 것이. 출판제안서라니, 출판사 문 두드리기라니, 세상에 이렇게 복잡하고 어려운 일을 어찌 하나, 만약 내가 이 책을 먼저 읽었더라면 나는 절대 책을 쓰지 않았을 것이다.

내게 글쓰기란 뱃덧 뒤의 구토와 같은 거였다. 먹은 것이 없으면 구토도 나오지 않는다. 그러나 너무 많이 먹어 뱃덧이 나면 토해내는 수밖에 도리가 없다. 목구멍까지 차올라오는 토사물을 입안에 머금고 있기란 그보다 더한 고문이 없다. 아침 출근길에 길고양이 한 마리를 보았던 일은 이야깃거리도 되지 않아 잊혀지고 말지만, 그러나 코끼리를 한 마리 보았다면 너무나 신기한 나머지 그날 만나는 모든 사람을 붙잡고 그 이야기를 할 것이다. 입이 근지러워 참고 있을 수가 없기 때문이다. 책도 마찬가지였다. 열 권, 스무 권을 읽고 나면 그것이 머릿속에서 저희들끼리 중첩되고 재생산되어, 이 생각 저 생각이 자꾸 떠올라 입 밖에 내지 않고 가만히 참고 앉아 있을 수가 없었다. 그러나 자료실에 혼자 앉아 있다 보니 아무에게도 말할 사람이 없어 대신 글로 쓰는 방법을 택했고, 그걸 인터넷 사이트에 올리다가 지면이 넓어졌던 것뿐이다.

막걸리를 커다란 사발에 가득 부어 마시고 나면, 얼마 후 먹은 만큼 토해낼 수밖에 없다. 내가 굳이 하려고 하지 않아도 절로 그리되는 것이 글쓰기인데, 책 쓰는 방법을 가르치는 책에서는 먹은 것도 없는 빈속에 소금물을 마시고 목구멍에 손가락을 집어넣어 토하게 하는 방법을 가르치고 있었다. 세상에서 가장 고통스러운 그 일을 굳이 무엇하러 한단 말인가, 내가 그 책을 먼저 읽었다면 나는 책 쓰는 일을 결코 하지 않았을 것이다.

다섯 권의 책을 쓰기까지, 나는 단 한 장의 출판제안서를 써본 적도, 단 한 번도 출판사의 문을 두드려본 적도 없다. 오히려 출판사에서 먼저 나의 메일함을 두드렸고, 출판제안서를 그쪽에서 먼저 작성할 때도 있었다. 자신이 쓴 원고를 들고 이곳저곳을 전전하면서 숱하게 거절을 당하다가 마침내 어느 곳에서 출판을 해주었다는 이야기를 무용담 비슷하게 늘어놓기도 하지만, 그러나 나는 출판사의 출판제의를 이쪽에서 거절해본 적은 있어도 내 원고를 들고 출판사를 찾아갔던 일은 없다. 그것은 오로지 책 읽기의 결과라 생각한다.

2009년 12월의 일이다. 별다른 기대 없이 시작했던 책 읽기가 김승옥의 『무진기행』을 마침으로써 500권에 이르렀던 때가. 2001년 벽두에 시작했으니 9년 만에 이룬 일이다. 남아수독 오거서라, 사내아이라면 다섯 수레의 책을 읽어야 하는데, 1년에 50권씩 10년 독서의 분량을 9년 만에 마쳤으니 게으름은 부리지 않았다고 자부할 수 있겠다. 그러고 보니 남산골의 백면서생 허생이 아내의 성화에 못 이겨 책을 덮으며 '애석하구나, 내 본디 10년 동안 책을 읽으려 했거늘 이제 겨우 7년에 이르렀을 뿐인데.' 라고 탄식했을 때의 그 10년 독서가 오거서가 아닐까 생각해 본다.

다섯 수레의 책이 남아를 남자로 만들 듯, 9년 독서 500권의 책은 서른 살의 철부지를 마흔 살의 장년으로 성장시켜 놓았다. 한 수레를 마쳤을 때 내 생전 단 한 번도 해보지 않은 글쓰기를 하여 고료를 받았고, 두 수레를 마쳤을 때 그걸 모아 책으로 엮어내었다. 세 수레를 마쳤을 때 내가 예전에 독자의 자리에서 궁금해했던 저자가 오히려 나를 궁금해했다. 네 수레를 마쳤을 때 성적이 나빠 낙방했던 대학에 박사과정으로 입학했고 또한 어림없다는 생각에 원서조차 넣지 못했던 대학에서는 시간강사로 나를 불렀다. 그리고 다섯 수레의 책을 읽고 났을 때 독서백편 의자현의 의미가 비로소 보였다.

후한 말기에 동우(董遇)라는 사람이 있었는데, 집이 가난하여 부지런히 혼자 공부하여 벼슬이 황문시랑에까지 올랐다. 그러자 각처에서 그에게 글을 배우겠다는 사람이 몰려들었지만, 그는 "나에게 배우려 하기보다 집에서 그대 혼자 책을 몇 번이고 자꾸 읽어보게. 그러면 스스로 그 뜻을 알게 될 걸세." 하며 넌지시 거절하였다는 일화에서 비롯된 이야기다. 축약적이고 비유적 표현이 많은 한문의 특성상 한두 번 읽어서는 그 깊은 뜻을 모르지만 100번을 반복해 읽고 나면 그 뜻이 절로 보이리라는 것으로 해석하는 게 보통이다. 그러나 내 경우에 그것은 독서 100권 저자현(著自現)이라고도 말할 수 있겠다.

우연인지는 몰라도 다섯 수레의 책을 읽었을 때 다섯 권의 저서가 나왔고, 이제 여섯 수레의 책을 바라보는 지금 여섯 번째 책을 쓰고 있다. 이 정도라면 아무리 둔재라도 100권의 책을 읽으면 한 권의 저서를 낼 수 있다고 말해도 되려나. 9년 독서를 돌이켜보면 꼭 다음 두 마디로 요약할 수 있겠다. 남아수독 오거서, 독서 100권 저자현이라고. 내가 반드시 그렇게 하리라고 목표를 세워놓고 한 일은 아니었고, 다만 다섯 수레가 나를 태우고 스스로 그리 이끌었다고.

19

내게 금지된 서재, 내가 소망한 응접실

"응접실? 그게 뭐야? 그게 왜 필요한데?"

전화기 너머로 들리는 어머니의 목소리는 질문이 아닌 힐문에 가까웠다. 5년간 살던 이 집을 팔고 다른 집으로 이사를 가고 싶은 이유 중 하나가 응접실을 갖고 싶기 때문이라고 대답했더니, 멀쩡히 거실이 있는 집에 그게 무슨 필요냐는 이야기였다. 가족 단란행위가 일어나는 곳이 거실이라면, 손님접대행위를 하는 곳이 응접실이라는 대답에 어머니는 이 말을 남기고 전화를 끊었다.

"그럼 집안에 거실 따로, 응접실 따로 두겠다는 거니? 세상에 그런 집이 어디 있어."

거실과 분리된 별도의 응접실, 그 말은 어머니에게 분명 생소

했으리라.

아주 오래전부터 주택은 공/사(公/私)로 양분되어 있었다. 인류가 움집생활을 하던 신석기시대, 가운데 모닥불을 하나 피우고 온 가족이 둘러앉아 있는 것으로 묘사되고 있지만, 신석기 유적의 집터자리를 조사해보면 한 집에 모닥불을 두 개 피우는 경우가 더 일반적이다. 그중 출입구에서 가까운 쪽의 모닥불 근처에는 칼, 화살촉을 비롯한 석기의 무기들이 떨어져 있고, 안쪽에 마련된 모닥불 근처에는 토기로 만든 그릇들이 쌓여 있는 것을 볼 수 있다. 칼과 창, 도끼가 놓인 곳은 수렵을 담당하는 남성들의 영역이고, 토기 그릇들이 놓인 자리는 여성의 영역이라는 것은 쉽게 짐작할 수 있으리라. 물론 이는 지구상의 모든 선사시대 유적에서 동일하게 나타나는 현상이며, 아울러 고대와 중세, 근세를 거쳐 현재에까지 이어지고 있다. 주택은 생산/소비, 공/사, 남성/여성의 영역으로 양분되어 있고, 이것은 전 인류역사와 모든 문화권을 아울러 나타난다. 안채와 사랑채로 나뉘었던 조선의 사대부가에서, 사랑채가 생산을 담당하는 공적 영적이자 남성의 자리이고, 안채는 소비를 담당하는 사적 영역이자 여성의 자리라는 점과 같다.

이렇듯 본래 남편과 아내라는, 남녀 두 명을 위한 공간으로 계획되었던 주택은 근세사회로 접어들면서 주택 내에 하인이 감소

하고 부부와 어린 자녀로 구성된 핵가족이 일반화되면서 자녀의 공간이 확대되기 시작했다. 연애에 기초한 낭만적 결혼이 대두되면서 그 연애의 연장이라 할 수 있는 '가족단란행위'를 위한 장소로서 거실이 등장하고, 동시에 가장이 손님을 접대하기 위한 응접실이나 주부가 자신의 손님을 맞기 위한 여성 응접실도 사라졌다. 그리하여 이 시대에 태어나고 자란 우리들은, 집이란 침실과 거실로 이루어진 곳이자, 먹고, 잠자고, 휴식하고 가족끼리 단란행위를 하기 위한 장소로만 생각하고 있다. 돈벌이를 주거 외부에서 하고 친구를 만나고 사람을 만나는 일은 식당에나 찻집에서 하는 등 경제활동과 손님접대 등 과거 공적 영역에서 담당했던 생산활동은 주거 외부에서 하는 것을 당연하게 생각하고 있지만, 사실 이것은 생산활동이 결여된 현대주택의 전형적인 특징이다.

이처럼 현대주택에서 공적영역과 생산영역이 소멸된 것에 대한 아쉬움은 나 혼자만의 생각은 아닌 것 같다. '건축가는 어떤 집에서 살까'가 궁금해서 건축가 13명의 집을 직접 방문하여 만든 책을 보면, 그중 8명이 집과 작업실이 한데 붙은 형태로 살고 있다. 과반을 넘기는 비율이다. 그리하여 책 말미에 건축가들이 사는 집의 특징 중 하나가 '집과 일터가 같이 있는 집이 많다'는 것이라 말하면서, 시간에 쫓기는 건축가의 특성상 조금이라도 시간을 절약해보자는 노력이 아닐까라고 결론을 내리고 있다.

물론 그럴 수도 있을 것이다. 하지만 여성 건축가 3명에 남성 건축가 5명이 집과 일터를 한데 합친 이유는, 직주(職住)가 일치된 아니 합일된 주택 본연의 모습에 충실하고 싶었기 때문이 아닐까 생각한다. 아울러 주택 외부에 일터를 따로 둔 나머지 5명의 건축가들은, 대형 설계사무소에 근무하거나 대학의 교수여서 매일 출퇴근을 해야 하는 경우였다. 그러니 내가 주택 내에 별도로 마련된 남편과 아내의 서재는 물론, 거실 외에 별도의 응접공간을 갖고자 한 것이, 유난한 집치레나 호사가 아니라고 말할 수 있을런가.

지금 쓰고 있는 아내의 서재, 남편의 서재 외에 별도의 응접실을 마련하려면 네 개의 방이 딸린 아파트가 필요했고, 그러자면 또다시 이사를 해야 했다. 전화를 붙들고 그 이야기를 늘어놓으니 어머니가 대뜸 말을 자른다. '그럼 집 안에 거실 따로 응접실 따로 두겠다는 거니, 세상에 그런 집이 어디 있어.'

세상에 그런 집을, 그러나 용케 구했다. 거실과 주방을 가운데 두고 네 개의 귀퉁이에 방이 하나씩 있는 아파트에서, 네가 어느 방을 쓸래, 소꿉장난을 하듯이 남편에게 묻는다. 흔히 '안방' 이라 부르는 그 방을 침실로 쓰기로 하고, 그리고 안방에서 가까운 방을 자신의 서재로 쓰겠다고 선선히 대답한다. 그리하여 현관 쪽에서 가까운 두 개의 방을 나의 서재와 응접실로 쓰는 것으로,

본래 나의 의도대로 쉽게 결정되었다. 건축전공자가 아닌 그는 이러한 방 배치가 무엇을 의미하는지 모를 것이고, 그래서 이것은 나 혼자 누리는 은밀한 기쁨이 되었다. 나의 서재와 응접실을 가장 앞쪽에 둠으로써 주택 내에서 가장 공적인 공간이자 위계가 높은 공간으로 자리잡았음을, 뒤쪽에 위치한 그의 서재와 침실이 가장 사적인 공간이자 위계가 낮은 공간임을 그는 눈치채지 못할 것이다. 여성의 공간은 항상 뒤쪽에 위치하는 동서고금 만고불변의 그 진리를 내가 여기서 깨트렸다는 것을 그는 알지 못할 것이며, 그것이 바로 내가 누리는 가장 큰 기쁨이다.

그러고 보니 꼭 30년의 세월이 흘렀다. 두 개의 사랑이 있는 집에서 살고 싶다는 소망을 품었던 때로부터, 아울러 남편의 사랑은 바깥쪽에 있는 반면 어째서 아내의 사랑은 안쪽에 부엌과 가까이 있어야 하는가라는 의문을 품었던 때로부터. 남편이 갓 배달된 석간신문의 잉크냄새를 맡는 동안 아내는 부엌에서 끓이는 찌개냄새를 맡아야 하는 현실을 해결하는 방법은 단 하나, 남편의 사랑과 아내의 사랑을 맞바꾸는 일인데, 세상에 그런 남자는 없을 거라는 생각에 지레 포기해버린 꿈을 이루기까지, 참으로 오랜 시간이 걸렸다.

아침 7시쯤 눈이 뜨이면 제일 먼저 하는 일이 잠옷 차림 그대로 서너 발자국만 내디뎌 남편의 서재로 가는 일이다. 검정색과

갈색 가구가 들어찬 그 방의 높다란 의자에 앉아 역시 검정색인 노트북의 전원을 켜고 즐겨찾기를 클릭한다. 소녀 시절에 좋아했던 아이돌 가수의 콘서트 실황 동영상들이 유투브에 가득하다. 일곱 명으로 구성된 그들은 이제 오십줄에 접어들었을 테지만, 화면 속의 모습은 여태 20대 청년이다. 세상이 좋아져서 예전엔 상상조차 못했던 일이 지금은 가능하다. 사실 그들은 일본인이어서 복제한 카세트테이프로 노래를 들을 뿐이었지만, 그러나 지금 나는 여기서 이것을 보고 있다.

겨울 아침, 서늘한 기운이 밀려와 가운을 덧입는다. 이 방의 가구들은 철제로 만들어져 있어 맨발에 닿는 바닥의 감촉마저 차갑게 느껴진다. 새로 이사를 오면서 남자의 서재는 정말 남성스럽게 꾸미자고 꾸몄는데, 이 싸늘한 겨울 아침에 잠옷만 입고 남편의 책상에 앉아 그의 노트북으로 소녀 시절 좋아했던 외국 남자를 보는 데는 묘한 쾌감이 있다. 세수도 안 하고 밥도 안 먹고 거의 한 시간 가까이 그 방에서 뒹굴거리면서 커피만 거푸 서너 잔을 마신다. 그래야 정신이 드니까. 남편의 서재라 불리는 방, 그러나 이곳은 내게 놀이공간이며, 남편의 노트북은 내 장난감이다.

오전 9시, 화장을 하고 옷을 갖추어 입는다. 그날그날의 기분에 따라 블라우스에 스커트, 혹은 원피스를 입고 거실을 가로질러 나의 서재로 온다. 베이지색 책장이 놓이고 연보라색 커튼이 쳐진 그 방에서 '오전의 독서'를 해야 한다. 세 시간은 금방 흘러

간다. 이윽고 정오, 내가 스스로에게 허여한 작은 사치 중 하나는 정오에서 2시까지 두 시간의 점심시간이다. 걸어서 5분 거리에 있는 학교까지의 짧은 외출, 구내식당에서 밥을 먹고 도서관에 들러 책을 빌리거나 반납하고 남은 시간을 이용해 커피전문점에 간다. 대학가 주변인 까닭에 곳곳에 커피전문점이 많은데, 이 동네에서 어린 시절을 보냈던 나는 30년 전에는 그곳이 다방이었고 20년 전에는 카페였다가 지금은 커피전문점으로 이름을 바꾸어 달았다는 것을 알고 있다. 물론 인테리어도 바뀌었다. 카페 시절에는 창문을 온통 검정색으로 선팅을 하더니 요즘은 오히려 반대가 되었다. 창가에 놓인 테이블을 골라 테이크아웃 커피를 놓고 빌려온 책을 펼친 채, 정작 나는 창밖을 통해 지나가는 남자를 구경한다. 주로 젊거나 잘생기거나 매력적인 남자들만 골라서. 시간은 1시를 훌쩍 넘겼다. 늦지 않게 돌아가야 한다.

오후 2시부터 본격적인 작업이 시작된다. 하얀색 책상 위에 내가 쓰는 하얀색 노트북을 펼치고 앉아 정해진 내용의 글을 정해진 분량만큼 써내는 일은 창작의 고통 대신 약간의 단조로움을 느끼게 한다. 그 일을 하고 있으면 꼭 베틀 위에 앉아서 베를 짜는 것 같다. 어제 그려놓은 밑그림을 보고 오늘 그대로 무늬를 짜 넣는데, 5시에 작업이 끝나면 퇴근하는 직장인마냥 얼른 그 방을 빠져나온다. 가장 넓은 방을 가장 어여쁘게 꾸며놓고 '아내의 서재'라는 예쁜 이름까지 붙여놓았지만, 그 방은 오전과 오후,

하루 여섯 시간을 일해야 하는 나의 작업실, 퇴근은 언제나 즐겁다. 온종일 각성을 위한 카페인 음료를 마셨으니 이제 이완을 위해 알코올 음료를 마실 시간, 그런데 지금 맥주가 떨어지고 없다.

직장에서 퇴근한 남편과 마주하여 저녁을 먹고 그에 딸린 여러 일을 하는 '저녁 근무'가 끝나는 시간이 대략 9시, TV에서 뉴스를 시작하는 그 시간이 나의 두 번째 퇴근시간이다. 거실에 놓인 TV와 검정색 아이패드는 남편이 차지하도록 해주고 나는 하얀색 아이패드를 챙겨 응접실로 온다. 나를 방문하는 손님을 응접하기 위해 마련한 이곳, 그러나 방문하는 손님은 매우 드물기 때문에 늦은 저녁 나의 휴식공간으로 사용되는 경우가 더 많다. 이완을 위해서는 알코올 음료가 필요할 것이고, 저녁이 깊어 밤으로 가는 시간이니 알코올의 도수도 조금 깊어지면 좋으련만, 급히 사와서 꼭 한 모금 마시다 만 맥주는 이제 김이 빠져 밍밍하다.

그러고 보니 아침부터 밤까지 나의 하루는 공간에 따라 명확히 구분되었다. 오전과 오후의 작업시간은 서재에서 보냈고, 점심시간에는 대학의 도서관과 커피전문점을 이용했다. 그리고 아침 휴식시간은 그의 서재에서, 밤의 휴식시간은 응접실에서 보냈다. 아울러 해가 뜬 동안에는 각성을 위한 카페인 음료를, 해가 진 이후에는 이완을 위한 알코올 음료를 마셨으며, 그러는 짬짬이 아이돌 그룹과 지나가는 남자를 훔쳐보았다. 그리고 이 모두는 여성에게는 철저히 금지된 것들이었다.

임신과 육아의 장소인 침실, 가사의 장소인 주방 외에 정보와 지식의 습득을 위한 서재, 사회적 교류를 위한 응접실은 본디 여성에게는 금지된 공간이었다. 아울러 서재의 외연적 확장이라 할 수 있는 도서관, 응접실의 확장된 형태라 할 수 있는 다방과 찻집도 금지의 대상이었다. 또한 생존을 위해 필요한 정규적인 식사가 아닌, 사교와 교류 및 정신의 고양을 위한 식음행위(술, 담배, 커피, 차 등 모든 기호식품)도 여성에게는 금지의 대상이었다. 나아가 그 어떤 상황에서도 가정을 지켜야 하는 여성의 본분을 행여 망각할 수 있는, 남편이 아닌 남자를 유희의 대상으로 삼는 행위도 엄중히 금지되었다. 그러나 나는 오늘 여성에게 금지된 공간에서, 여성에게 금지된 음식을 먹으며, 여성에게 금지된 행위를 했다.

열다섯 살의 소녀가 마흔다섯의 장년으로 성장하기까지 30년의 세월을 돌이켜보면, 본디 여성에게는 금지된 공간의 확보와 그 영역으로의 틈입과정이었다고 할 수 있을 것이다. 물론 이 두 가지는 서로 긴밀히 교직되어 있다. 그리고 그것이 바로 내게 금지되었던 공간을 내가 그토록 소망했던 이유이자, 또한 나의 집에 서재와 응접실을 두려 했던 이유였다.

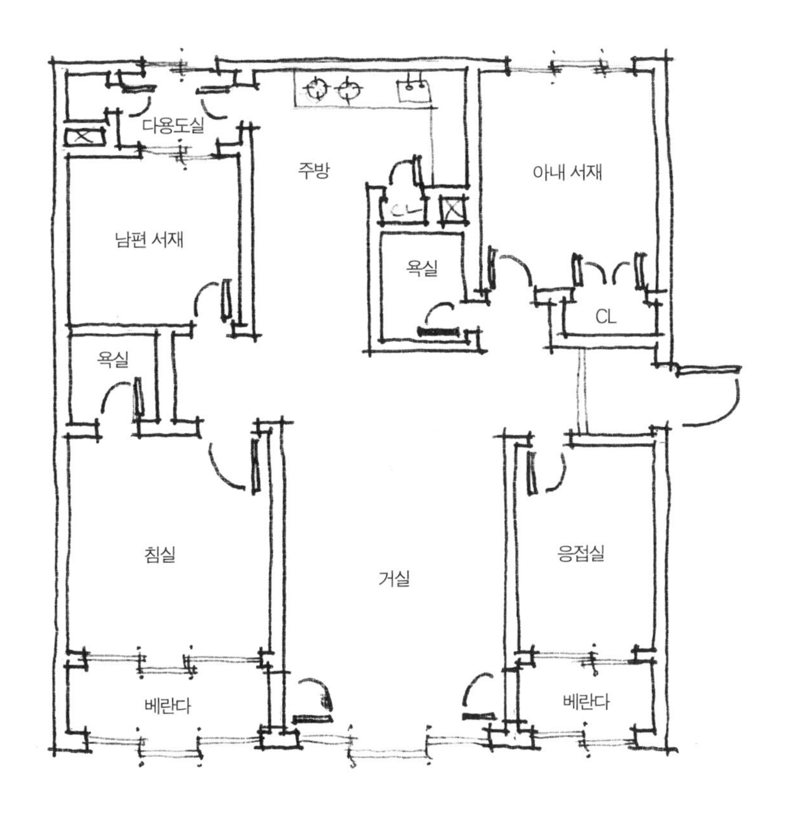

종암동 K아파트 (42평)

2010년 11월 ~ 현재

—

응접실을 마련하기 위해 이사한 집.
현재 살고 있는 집. 600권째 책을 읽으며,
『내게 금지된 공간 내가 소망한 공간』(2012, 궁리)를 낳았다.

종암동 K아파트에서 읽은 책

- 두 번 읽은 책은 ● 표시를, 세 번 읽은 책은 ▲표시를 했습니다.

2010.12

541 · 귀족의 보금자리 (투르게네프, 신원문화사)

2011. 1

542 · 전쟁과 평화 (톨스토이, 인디북)

2011. 2

543 · 아버지와 아들 (투르게네프, 하서)

544 · 꼬마 철학자 (알퐁스 도데, 책만드는집)

545 · 80일간의 세계일주 (쥘 베른, 책만드는집)

546 · 위대한 개츠비 (F. 스콧 피츠제럴드, 민음사) ●

547 · 춘희 (뒤마 피스, 백양)

548 · 마농레스코 (아베 프레보, 태동)

2011. 3

549 · 더블린 사람들 (제임스 조이스, 소담)

550 · 한국주거의 공간사 (전남일, 돌베개)

551 · 대지 (펄 벅, 혜원)

552 · 세계 도시사 (L. 베네볼로, 세진사) ●

553 · 여인의 저택 (펄 벅, 길산)

2011. 4

554 · 도시와 인간 (마크 기로워드, 책과함께)

555 · 역사로 본 도시의 모습 (스피로 코스토프, SPACE)

2011. 5

556 · 보봐리 부인/여자의 일생/나나 (플로베르 외, 동서문화사)

557 · 역사로 본 도시의 형태 (스피로 코스토프, SPACE)

558 · 목로주점 (에밀 졸라, 신원문화사)

559 · 클레브 공작부인 (라파예트, 신원문화사)

2011. 6

560 · 모더니티의 수도 파리 (D. 하비, 생각의나무)

561 · 호반의 연인 (라 마르틴, 신원문화사)

562 · 개를 데리고 다니는 연인 (A. 체호프, 신원문화사)

563 · 서양도시계획사 (대한국토도시계획학회, 보성각)

564 · 성채 (A.J. 크로닌, 신원문화사)

2011. 7

565 · 아동의 탄생 (필립 아리에스, 새물결)

566 · 지식인의 서재 (한정원, 행성:B잎새)

567 · 적과 흑 (스탕달, 신원문화사)

2011. 8

568 · 파르므의 수도원 (스탕달, 신원문화사)

569 · 도시에서 살며 사랑하며 배우며 (정희재, 걷는나무)

570 · 내 마음의 무늬 (오정희, 황금부엉이)

2011. 9

571 · 옛 우물 (오정희, 청아출판사) ▲

2011. 10

572 · 오감만족 베트남 (박정호, 성하출판)

573 · 석류 (최일남, 현대문학) •

2011. 11

574 · 도시에서 살며 사랑하며 배우며 (정희재, 걷는나무) •

575 · 허리 굽혀 절하는 뜻은 (오정희, 창)

2011. 12

576 · 먼지 (한나 홈스, 지호)

577 · 술꾼의 아내 (오정희, 작가정신)

578 · 호반, 황태자의 첫사랑 (슈토름, 범우사)

2012. 1

579 · 西鶴物語 (井原. 명지출판사)

580 · 하멜른의 피리 부는 사나이 (아베 긴야, 한길사)

581 · 유모아 걸작선 (엔도 슈사쿠, 다락원)

2012. 2

582 · 이문열 세계명작산책2; 죽음의 미학 (미시마 유키오 외, 살림)

2012. 3

583 · 이문열 세계명작산책3; 성장과 눈뜸 (스티븐 빈센트 베네 외, 살림)

584 · 이문열 세계명작산책4; 환상과 기상 (나다니엘 호손 외, 살림)

585 · 한국의 주택, 그 유형과 변천사 (임창복, 돌베개)

586 · 이문열 세계명작산책6; 비틀기와 뒤집기 (로버트 루이스 스티븐슨 외, 살림)

587 · 콘크리트 유토피아 (박해천, 자음과모음)

588 · 일상의 기호 (볼프강 루페르트, 조형교육)

589 · 여성의 삶과 공간환경 (김대년, 한울아카데미) •

590 · 이문열 세계명작산책7; 사내들만의 미학 (P.메리메 외, 살림)

591 · 서울사람들 (장태동, 생각의나무)

2012. 4

592 · 서울의 밤문화 (김명환, 생각의나무)

593 · 패션의 역사1 (막스 폰 뵌, 한길아트) •

594 · 문학 속의 서울 (김재관 외, 생각의나무)

20

책보다 더 훌륭한 스승

3, 4교시와 5, 6교시가 연달아 있는 수업, 중간에 점심시간은 없지만, 요행 3, 4교시가 일찍 끝났던 터라 잠시의 여유가 있다. 이럴 때 달려가는 곳이 구내 패스트푸드점, 이것저것 생각할 것 없이 세트 메뉴 하나를 고른다. 그리고 1분 뒤 햄버거, 감자튀김, 탄산음료가 플라스틱 쟁반 위에 담겨 나온다. 종이를 벗겨 햄버거를 베어 물며 받침 종이 위에 적힌 깨알 같은 글씨를 읽는다. 치즈버거, 감자튀김, 탄산음료로 이루어진 세트메뉴의 전체 열량과 단백질, 탄수화물, 지방의 비율을 표시한 것이다. 여기에 샐러드를 추가하고 탄산음료를 저지방우유로 대체하면 균형 잡힌 식사와 다를 바 없다는 추가설명이 이어진다. 560kcal의 한 끼

식사, 패스트푸드는 일정 칼로리를 채우기 위한 가장 쉽고 빠른 방법이다. 대학 시절 시간이 부족해 패스트푸드로 점심을 때울 때마다 네모난 플라스틱 쟁반을 보며 생각했다. 책 읽기도 결국 이러한 패스트푸드의 세트메뉴와 같은 거라고, 네모난 틀 속에 인생의 갖가지 모습을 집어넣은 것뿐이라고. 물론 20년이 지난 지금도 나는 변함없이 그 생각을 갖고 있다.

진정한 지식은 책이 아닌 삶 속에 있을진대, 그러나 삶 속에서 배우자면 시간도 많이 걸리고 때로 위험하고 불가능할 수도 있기 때문에 책을 통한 간접경험을 쌓는 거라고, 책은 어떤 지식이나 지혜를 빠른 시간 안에 가장 손쉽게 배울 수 있지만 직접 배우는 것이 아니라 간접으로 배우는 것이라는 점에서, 빠른 시간 안에 가장 싼값에 560kcal을 채울 수 있는 패스트푸드와 같은 거라고.

여행기, 기행문이라고 하는 것은 그곳에 직접 갈 수 없는 사람들이 가장 손쉽고 값싸게 간접적으로 그곳을 경험하는 것이지만, 그러나 여행기를 아무리 많이 읽는다 한들 거기에 한 번 다녀오는 것과 같을 수 없다. 세계명화전집을 사다놓고 그것을 아무리 열심히 본다 한들 그저 그뿐, 위대한 화가는 결코 될 수 없고, 수영하는 방법에 대한 책을 아무리 열심히 읽어도 막상 수영장에서는 맥주병이 되고 만다. 그러니 우리나라에서도 책상물림이니, 글방서생이니 하면서 책만 읽어 현실감각이 떨어지는 선비를 경계하지 않았던가라는 생각에, 그 시절 나는 책을 읽지 않았다.

어린 시절에도 제법 읽었고 서른 살 이후에는 본격적으로 시작하였지만, 그러나 묘하게도 나의 20대는 책 읽기가 아닌 전혀 다른 일로 채워져 있었다.

사실 세상에는 책보다 더 좋은 양식이 얼마든지 있다. 여행일 수도 있고, 신산한 삶에서 비롯된 인생경험일 수도 있고, 또 자연 속에서 체험한 것일 수도 있다. 여행, 자연, 인생경험 등은 책보다 더 훌륭한 양식이자 오랜 기간에 걸쳐 체득된다는 점에서 슬로푸드라 할 것이다. 여행과 자연의 중요성은 다른 책에서 누누이 설명하고 있으니 부언은 췌사일 것이고, 다만 나의 경험에 비추어 본다면 외국어공부와 스승 밑에서 공부하는 것도 그만큼 중요한 일이라고 말하고 싶다.

나는 대학 시절 일본어를 부전공으로 배웠고 대학원 시절에는 고등학교 때 잠시 배웠던 프랑스어를 다시 시작했다. 일본과 프랑스는 대표적인 문화강대국이자, 각각 동양문화와 유럽문화를 대표한다는 자부심을 강하게 가지고 있다. 그래서 그 언어를 배우다 보면 프랑스와 일본의 문화까지 덤으로 배울 수 있다. 음식과 주택, 풍습은 물론 문학, 역사를 주마간산으로나 배울 수 있는데, 특정 국가의 언어와 문화를 천착한다는 것은 결국 그 나라의 건축문화를 더 깊이 이해하는 밑거름이 된다.

우물을 파도 한 우물을 파라 했다고, 영어도 제대로 못 하면서 일본어와 프랑스어는 무엇하러 배우느냐는 말도 많이 들었지만, 그런데 한 우물을 파라, 영어만 잘하면 된다, 라는 말에는 지식의 본질적 가치보다는 환원적 가치를 중시하는 풍조가 내함되어 있다. 골방에서 글만 읽는 허생에게 그의 아내가 '당신은 과거도 보지 않으면서 책은 읽어 무엇에 쓰시려오.' 라고 물었던 것처럼, 공부를 입신양명의 수단으로 생각하는 것은 과거제도를 통해 주류사회로 진입하는 유교문화권의 특징이자, 또한 1960~70년대 급속히 진행된 압축적 경제성장의 결과가 아닐까 생각한다.

지금 우리의 외국어교육은 영어 위주이고 회화를 중시하는 실용교육에만 치중되어 있어, 외국어는 아주 어린 시절에 배워야 하는 걸로 알고 있다. 하지만 나이를 먹어 외국어를 배우는 것도 장점이 있다. 나는 일본어와 프랑스어를 스무 살이 넘어서 배웠기 때문에, 한국어나 영어와는 또 다른 독특한 언어구조를 볼 수 있어 오히려 좋았다. 한국어와 일본어가 어순이 같고 또한 영어와 불어도 마찬가지라는 것은 잘 알려져 있는데, 그렇다고 한국어에 단어만 대체한다고 바로 일본어가 되는 것은 아니다. 일본어에는 나름의 독특한 표현구조가 있고, 때로 그것은 한국어로 번역이 불가능하기도 하다. 일본어는 존칭어와 의성어, 의태어, 수동태 표현이 한국어보다 더 발달한 반면, 미래형 시제는 발달하지 못했다. 그러나 시제 표현에 있어서의 정확성은 영어와 불어를 따를 방법이 없다. 똑같은 동사를 두고 프랑스어는 1인칭, 2

인칭에 남녀별, 단수, 복수로 여섯 번의 동사변형을 하는 반면, 그러나 일본어는 나의 상대방의 관계에 따른 존칭어 표현이 한국보다 훨씬 더 섬세하게 발달되어 있는 것을 보면, 언어란 사고를 채집하는 도구라는 생각이 든다.

사진과 회화(繪畵)는 동일한 시각예술이지만 그러나 전혀 달라서, 사진에서는 불가능한 것이 회화에서는 가능하고 또한 반대의 경우도 있다. 시각적 대상물을 표현하는 사진과 회화가 이러할진대, 인간의 사고를 표현하는 방법에 있어서는 훨씬 더 불분명하고 추상적인 그 실체를 표현해내는 것이 여간 어려운 것이 아니다. 땅에 발을 디디고 걷는 인간이 날아다니는 나비를 잡기 위해서는 서로 다른 용도의 도구가 여러 개 있어야 하듯, 언어를 다루는 작가에게 도구는 다양할수록 좋다. 새로운 언어를 배우면 새로운 사고체계를 접하게 되고, 그것이 결국 사고의 유연성을 증진시킨다.

초등학교 6학년 때에는 담임선생님이 한문을 아주 재미있게 가르쳐주셨다. '남아수독오거서'에, '독서백편의자현'도 그때 배운 풍월인데, 처음 접하는 표의문자가 매우 신기했던 기억이 있다. 지구상 대부분의 문자는 표음문자가 주를 이루지만, 한문은 정말 독특하게도 표의문자를 사용한다. 그래서 한문에는 유난히 비유적이고 함축적인 표현이 많은데, 이 또한 사고를 매우 독특하게 채집하는 방법이라 생각한다.

또한 외국어대학을 다니다 보면 세상에는 얼마나 많은 언어들이 존재하는가를 몸소 느끼게 된다. 지금은 도서관의 좌석배정을 컴퓨터로 하지만, 그러나 내가 대학을 다니던 시절에는 빈자리를 찾아 도서관 안을 이리저리 돌아다녀야 했다. 책만 펼쳐놓고 주인은 온데간데없는 자리도 허다했는데, 그 펼쳐진 책들마다 적혀 있는 글씨는 제각각이었다. 알파벳이 가장 많고, 한문에 일본어에 이슬람 문자와 인도 문자 외에도 날아가는 글자, 기어가는 글자, 춤추는 글자, 정말 문자들의 향연이다. 세상에는 참으로 많은 언어들이 있는데, 그중 내가 가장 신기하게 생각하는 언어가 바로 죽은 언어, 이른바 사어이다.

언어의 주된 기능은 소통인데, 사어란 그 소통이 더 이상 일어나지 않는 언어로 대표적인 것이 라틴어이다. 본디 고대 로마제국에서 사용했던 언어로 로마제국의 쇠망과 함께 그 언중도 사라져 지금 지구상에서는 더 이상 쓰이지 않는 명백히 죽은 언어인데, 그럼에도 불구하고 유럽에서는 아직도 라틴어를 배우고 있다는 말에 묘한 호기심이 발동했다. 지금은 어디에서도 쓸데가 없는 그 언어를 그러나 왜 아직도 배우는 사람이 있는가, 더구나 그것은 세상에서 가장 어려운 언어라 했다. 박사과정 공부를 하던 중에 운 좋게 라틴어를 배우는 동아리 모임을 알게 되었다. 그곳에서 짧은 시간이나마 라틴어를 접해본 소감을 말하라면, '유럽의 한문'이라고 하겠다.

전 세계의 언어가 많은 듯 보여도 크게 일별해보면 한중일 삼국을 중심으로 하는 한문 문화권과 유럽을 중심으로 하는 라틴 문화권으로 양분된다는 이야기를 들은 적이 있다. 한문 문화권에 속하는 우리는 어려서부터 한문을 접해왔고 유교가 뼛속 깊이 스며들어 있다. 마찬가지로 서구의 모든 문화는 로마문명에 기반하는데, 서양의 정신문명을 담는 그릇이 바로 라틴어이다. 세상에서 가장 어렵다는 언어, 접해보니 과연 그러했다. 알파벳을 쓰기에 영어나 불어와 어순이 같을 줄 알았는데, 그러나 주어가 생략되기도 하고 목적어가 맨 앞으로 오기도 하는 등 우리가 일반적으로 알고 있는 유럽어의 어법을, 라틴어는 초월했다.

많은 언어를 접하느라 한 우물을 파지는 못했지만, 오히려 그것이 지금의 나를 있게 했다고 생각한다. 건물을 짓기 위해서는 땅을 파야 하는데 높은 건물일수록 깊이 파야 한다. 그런데 깊게 파기 위해서는 먼저 넓게 파야 한다. 한 우물을 파겠다고, 좁고 깊게 파겠다고, 정말 좁게 파면 언젠가는 한계에 부딪혀서 더 이상 팔 수가 없게 된다. 책을 읽는 목적이 단순히 거기에 쓰여진 지식의 습득뿐 아니라 사고체계를 훈련시키기 위한 목적이 더 크다고 한다면, 외국어교육 역시 다른 도구로 사고를 채집하는 훈련을 통해 궁극적으로 사고의 유연성을 증대시키는 방법이라 하겠다. 당연히 많은 것을 접할수록 유연성은 더 커질 것이다.

아울러 책보다 더 좋은 것은 사람을 통해 직접 배우는 것, 바로 스승 밑에서 공부하기이다. 어쩌다 보니 한국외국어대학교의 수학과 대학원, 명지대학교 건축학과 대학원을 차례로 다니느라, 석사과정을 두 번 이수하게 되었다. 그런데 수학과 대학원을 다닐 때는 지도교수님이 일본으로 교환교수를 가셔서 연구실에서 교수님을 기다리느라 3년, 건축학과 대학원을 다닐 때는 비전공자라서 학부과정을 선수과목으로 이수하느라 3년을 다니는 통에, 나의 20대는 4년의 대학 생활과 6년의 대학원 생활로 요약된다. 그런데 그 6년의 시간 동안 지도교수님에게 공부를 넘어 정말 많은 것을 배웠다.

요즘은 대학원 연구실이 따로 마련되어 있어 대학원생들끼리 생활을 하지만, 내가 대학원을 다니던 시절에는 지도교수님의 연구실에서 함께 생활해야 했다. 그러니 아침에 출근하여 저녁에 퇴근하기까지, 일상과 공부가 분리되지 않은 생활을 하게 된다. 그중에서도 수학과 대학원의 지도교수님은 제자사랑이 더욱 특별하여, 모든 제자는 논문학기에 당신의 집에서 숙식을 하며 학교를 다니는 것을 원칙으로 하고 계셨다. 그리하여 마지막 한 학기는 국민주택 규모인 잠실 5단지의 주공아파트에서 그분의 자녀와 함께 방을 쓰면서, 아침저녁 교수님이 손수 운전하시는 차를 타고 등하교를 하는 것이 우리 연구실의 전통이었다. 그런데 내가 막상 그 차례에 닥쳤을 때 교수님은 일본으로 교환교수를 가시느라, 나는 두어 달 동안 교수님의 일본 집에서 함께 머무르며 생활해야 했다. 알다시피 일본의 주택은 한국의 국민주택보다 더 협소하다. 교수님과 사모님이 생활하는 방 두 개짜리 아파트에 내가 끼어들게 된 것이다. 군사부는 일체이므로, 지도교수와 제자는 아버지와 자녀처럼 친애해야 한다는 그분의 소신대로, 나는 정말 그분들의 딸이 되어 지냈다.

다다미 바닥에 맹장지로 벽체를 이룬 18평 아파트는 한국과 달리 바닥난방이 되지 않아, 우리는 고다쓰에 발을 넣고 지냈다. 한겨울 온돌방 아랫목에 깔아놓은 이불 속에 함께 발을 넣어보지 않고서는 한국의 가족관계를 완벽히 이해할 수 없다는 말을 하듯, 일본에서는 고다쓰에 함께 발을 넣어보지 않고서는 가족관계를 이해할 수 없다고 한다. 그런데 그 고다쓰 문화를 거기서 체험할 줄이야. 뿐만 아니라 목욕문화도 체험했다. 일본의 여름은 습기가 많고 또한 겨울에는 고다쓰 외에 별다른 난방시설이 없어, 매일 저녁 목욕을 해야 한다. 그런데 그게 단순히 샤워만 하는 게 아니라 겨울에는 뜨거운 물을 받아 그 안에 들어가 몸을 덥힌 채 그 열기로 잠을 청하는 독특한 문화를 갖고 있다. 일본에서 목욕이란 매일매일 하지 않으면 안 되는 필수적인 일상생활이다. 매일 저녁 불을 때어 큰 통에 목욕물을 받고 나면, 제일 먼저 가장이 그 안에 들어가 몸을 덥히고 그 다음으로 장남, 차남 순으로 이용을 한다. 딸과 며느리, 어머니는 그 다음 차례가 되는데, 이

때 중요한 것은 한 번 사용한 물을 버리지 않고 계속 사용한다는 점이다. 단, 손님이 있는 경우에는 그 손님에게 가장 먼저 목욕을 하도록 배려하는 일본의 가풍에 따라, 나는 그 집에서 제일 먼저 목욕을 하고 그 물을 버리지 않은 채 그 다음은 교수님, 마지막으로 사모님이 목욕을 하였다. 한국에서는 부모자식간에라도 하지 않는 일을 일본에서 교수님 내외분과 함께 하느라, 다다미에 고다쓰에 목욕풍습에 가족관계까지 참으로 귀중한 체험을 하였다. 그리고 그것은 이후 건축을 공부할 때 일본의 주거문화를 이해하는 큰 밑거름이 되었다.

이뿐이 아니다. 남의 집에서 생활하다 보면 우리 집에는 없는 그 집만의 가풍, 좋은 점, 나쁜 점을 많이 배우게 된다. 예전에 왕세자를 궁중이 아닌 사가에서 키우도록 했고, 중세 유럽에서 귀족의 아이를 왕실에 시동으로 보내어 교육시켰다는 것도 바로 그 때문이라 생각한다. 교수님 댁에서 지내게 되면, 몸가짐, 마음가짐 등 모든 것을 조심하게 되어, 집에서는 결코 배울 수 없는 그 무엇을 정말 온몸으로 배우게 된다.

"자네, 지금 대체 뭘 하고 있나?"

갑자기 연구실 문이 벌컥 열리면서 이미 퇴근하신 줄 알았던 교수님이 눈앞에 서 계시는 통에, 빨간 지붕을 손에 들고 있던 나는 어리벙벙했다. 한국으로 돌아와 수학과 대학원을 졸업하고 그리고 6개월 뒤 일본에서 교수님이 돌아오시고 난 후, 교수님은 내게 어느 대학의 박사과정 원서를 내밀었다. 이름을 적고 사진을 붙여 그 대학에 제출했는데, 그러나 아버지가 지금이라도 늦지 않았으니 건축공부를 시작하라고 했다. 명지대학교의 장성준 교수님을 찾아가서 건축을 공부하고 싶다고 청하면서 허락해주실 때까지 물러나지 않을 요량이었지만, 그러나 막상 장 교수님은 그렇게 쉽게 허락해주시지 않았다. 전과나 편입이 자유로운 요즘과 달리, 비전공자를 석사과정에 입학시킨다는 것은 당시로서는 생각하기 어려운 노릇이었다. 일시적 생각일 수 있으니 시간을 두고 차분히 생각해보라는 완곡한 거절의 말투에, 그저 연구실에 책상 하나만 두게 해주시면 아침저녁으로 청소라도 하겠습니다, 라고 하였다. 그래서 정말 연구실 한귀퉁이에 책상 하나만 두게 하였을 뿐, 교수님은 나를 거들떠도 보지 않으셨다. 며칠이 지나도 눈길 한 번 주시지 않는데, 그렇게 연구실을 지키고 있는 나를 학부생들은 조교로 착각한 모양이었다. 연립주택 12채를 설계하여 도면과 모델을 제출해야 하는 과제물을 제 시간에 내지 못하고, 뒤늦게 연구실로 찾아와 나한테 제출하고 간 것이다. 시간에 쫓겨 급히 만든 모델은 벽체가 흔들리고 지붕이 날아가는 그야말로 부실투성이였다. 성급한 공기단축이 부실을 키웠구나 생각하며, 서랍에서 접착제를 꺼내 지붕을 붙이려는 찰나, 갑자기 연구실 문이 열리며 퇴근하신 줄 알았던 교수님이 눈앞에서 계신다. 자네, 지금 대체 뭘 하고 있나, 모델이 망가져서 고치고 있었습니다, 라는 대답 뒤에 곧 다른 질문이 이어졌다.

"그렇게 건축공부가 하고 싶은가?"

순간 가슴이 울컥 메이고 있었다.

"그럼 이 책을 줄 테니 읽어보게, 그리고 모르는 것은 질문은 하는데, 단 기간은 1주일, 다음주 이 시간에는 책 내용에 대해서 내가 자네에게 물어볼 테니까."

그렇게 하여 나는 교수님의 제자로 받아들여졌다.

"강남구청, 어떻게 보았니? 지금 생각나는 대로 도면을 한번 그려볼 수 있을까?"

생각지도 못하게 받아든 모눈종이 한 장에 그냥 넋을 놓고 앉아 있을 수밖에 없었다. 대학원에 입학하여 며칠 지나지 않았던 어느 날, 강남구청 건축과에 가서 어느 동네 무슨 아파트의 설계 도면을 받아 오라는 심부름을 시키셨다. 그까짓 일쯤 아무것도 아니라고, 댓바람에 도면을 구해다 드렸더니 막상 교수님은 도면은 거들떠도 아니 보시고 오히려 내게 강남구청의 도면을 그려보라고 하였다. 생각지도 못한 일에 애꿎은 연필만 짓씹고 있자니 대뜸 교수님의 일갈이 떨어졌다.

"건축을 하는 사람이 항상 주변의 건축물에 관심을 가지고 있어야지, 거기까지 가서 대체 뭘 보고 온 건가."

바로 그 한마디였다. 어디에 있으나 무엇을 하나 항상 건축에 대해 생각하는 자세를 갖게 되었고, 그리하여 스쳐 지나가버릴 수 있는 갖가지 생각의 편린들을 한데 모을 수 있게 된 것이, 마침내 그것을 활자로 묶는 계기가 되어 오늘의 나를 있게 한 것이.

감동은 인간이 인간에게 줄 수 있는 가장 큰 선물이라 생각한다. 순간의 감동은 평생을 통해 지속되며, 그것은 말이 아닌 행동을 통해 이루어진다. 지금 생각나는 선생님과 스승들은 거의 대부분 가정교사이거나 대학원 시절의 지도교수인데, 가까이 생활하면서 말이 아닌 행동을 통한 가르침을 받았기 때문이다. 책은 말을 기록해놓은 것이기 때문에, 경험과 체험을 통해 배우는 것보다는 아무래도 그 질과 감동이 떨어진다. 바로 이 생각 때문에 20대의 나는 전혀 책을 읽지 않고 지냈는데, 물론 후회는 손톱만큼도 없다. 외국어 교육과 스승 밑에서 배우기, 나의 20대는 온통 이것으로 채워졌다. 한창 성장기에 패스트푸드가 아닌, 아주 양질의 식사를 한 셈이다.

닫는 글

연극이 끝나고 난 뒤

월요일 아침, 수고했다, 라는 짧은 말 한 마디를 남기고 남편은 서둘러 현관을 나갔다. 겨울이라 해가 늦게 뜨는 탓에 아직 하늘은 푸른 잉크 빛이지만, 출근이 조금 늦었기 때문이다. '뭐, 수고랄 것까지야, 늘 하는 일이니까.' 라는 나의 대답은 현관문 닫히는 소리에 묻혀버리고, 그 닫힌 현관문을 꽁하게 노려보다가 곧바로 응접실로 들어간다. 잠옷차림으로 들어선 그 방은 현관 바로 앞에 있는 탓인지, 다른 방들보다 유난히 어둡고 서늘하다. 테이블 위에 놓인 꽃다발과 생크림 케이크, 그건 어제 남편의 직장 후배들이 선물로 가져온 거였다.

작년 연말과 올 연초에는 두 번의 손님초대가 있었다. 남편의 고등학교 친구들이라는, 사실상의 동네친구이자 때로 그보다 더 한 이름으로도 불리는 친구들의 송년회가 12월에 한 번 있었고, 그 다음으로는 새로 입사한 새내기 후배들을 초대하여 저녁을 대접하는 자리가 1월에 한 번 있었다. 우리 집으로 가끔 나를 찾아오는 손님이 있었으면 좋겠다는 아내의 소원을 알고 있는 남편은, 이번 일요일에 이러저러한 사람들이 몇 명 올 거라는 말을 선심이라도 쓰는 듯이 내뱉고, 그리하여 행사의 준비는 시작되었다.

"나는 오늘 가장 바쁘고 수고로운 maid가 아닌, 가장 아름답고 행복한 hostess가 되고 싶어."

주말의 마트는 언제나 혼잡하다. 그 혼란의 와중에 닭고기와 생선을 준비하고, 국을 끓일 소고기에 반찬으로 먹을 돼지고기를 마련하느라, 카트 안은 맥주, 소주, 막걸리에 날짐승과 물짐승, 들짐승으로 그야말로 주지육림인데, 그럼에도 혹여 음식이 부족하지는 않을까, 남편은 안달이다. 이거만 해도 충분하다, 무슨 음식을 어떻게 준비할까 하는 것은 온전히 안주인인 내가 결정하는 것이고, 지금까지 내가 몇 번이나 이런 일을 해왔는데 아직도 못 미더워서, 아니, 솔직히 요즘 세상에 집으로 손님을 초대하는 경우가 어디 있다고, 그것도 한 번도 아니고 두 번씩이나, 차라리 출장뷔페를 부르던가, 파출부를 부르던가!! 목구멍까지 차오르는 말을, 나는 수고로운 maid보다 행복한 hostess가 되고 싶다고 말하며 또한 덧붙인다. 그러니 너도 오늘 섬세하고 사려 깊은 host가 되어주길 바란다고, 손님에게만 사려 깊은 게 아니라 hostess까지 배려해주는 진정한 host가 되기를 바란다고. 하지만 '이럴 줄 알았으면 어제 곰탕이나 끓여놓을 걸.' 이라는 대답이 돌아온다, 이런 곰탱이 같은.

생활용품 코너에 들러 종이로 만든 테이블보와 냅킨을 준비하는 것으로, 무슨 음식을 어떻게 대접하나, 라는 연극의 대본 짜기와 그에 따른 소품준비가 갖추어졌다. 이제 배우들은 집이라는 무대에서 정해진 대본대로 각자 host와 hostess의 역할을 할 것이다. 연극이 열리는 시각은 저녁 6시, 초대된 관객은 네 명, 그들은 올해 갓 입사한 신입사원들이자, 모두 남자후배들이었다.

6시라는 시간을 단 1분도 틀리지 않고 초인종을 누르는 모습에서 오히려 내가 긴장한다. 지난번 그의 친구들이 초대되었을 때는 토요일 7시라는 약속시간이 무색하게, 8시가 되어서야 만석이 되었으니까. 딱 이 시간에 맞춰오기 위해서 분명 저희끼리는 5시 반에 만났을 테고, 선물은 무얼 살까 고민하다가 꽃다발과 케이크라는, 제 여자친구에게도 잘 하지 않는 낯간지러운 것들을 나를 위해 준비했고, 아울러 10분 전에는 아파트 입구에 도착해 6시가 되도록 기다리는 동안 미리 화장실을 다녀왔을 것이다. 나 역시 20년 전에는 꼭 저 모습으로 저렇게 해본 적이 있다.

대학원에 다니던 시절, 정월 초하루가 되면 지도교수님 댁으로 신년인사를 가야 했다. 오전 11시를 방문시간으로 잡으면 우리들은 미리 10시 반에 만났고, 그날 아침 문을 연 가게를 용케 찾아내어 양과자세트를 사고 꽃다발을 준비했다. 정말 11시에 딱 맞추어 도착한 교수님 댁에는 다과가 준비되어 있었고, 세배와 덕담 뒤에는 12시에 떡국을 먹고 1시가 되면 일어섰다. 졸업 후에도 한동안 반복되었던 그 일은 광복절이나 삼일절 행사처럼 정교하게 짜인 수순에 의해 진행되었다. 물론 우리보다 사모님이 그 행사를 더 많이 치렀으리라, 11시 다과와 12시 떡국에 차질이 있었던 기억은 없다.

그다음으로는 근처에 사는 좀 더 젊은 교수님의 댁으로 찾아갔다. 젊은 교수님의 젊은 아내는 어여쁜 미소를 뿌리면서 홍차 한 잔에 시폰케이크를 꼭 한 조각씩 준비해주셨고, 그래서 우리는 세배 대신 새침을 떨며 가느다란 포크로 레몬빛 케이크를 콕콕 찍어 먹은 뒤 30분만에 일어섰다. 물론 그 외에 다른 교수님도 있었지만 대개 해외출장이나 본가귀향 등의 이유로 사양하였고, 때로는 아내가 불편해한다고 정말 솔직한 이유를 대는 교수님도 있었다.

"저희가 찾아와서 실례가 아닌지 모르겠습니다, 부부장님."

"공연히 저희 때문에 애 많이 쓰십니다. 사모님."
라는 인사로 시작한 그들의 말투는 술이 돌고 식사를 마칠 때까지 내내 '습니다'를 벗어나지 않는다. 과장 다음에 차장이고, 그 다음이 부장이라는 것을 알겠는데, 그럼 '부부장'이라는 칭호는 부장과 차장의 중간쯤 되는가 어림할 사이도 없이, '사모님' 소리에 덜컥 놀란다, 벌써 이리 되었나.

그래서 말입니다, 제가 말입니다, 어색한 말꼬리들이 오가던 중에 갑자기 와하하하, 웃음이 터진다. 남편이 무언가 싱거운 농담을 했으리라, 그런데 그 웃음소리들이 놀랄 정도로 단정하다. 상사의 농담에는 재미가 없어도 웃어야 한다는 사실을 벌써 터득한 모양이다.

신년인사 자리, 서너 명의 제자들을 앞에 놓고 교수님이 제자와 후배의 차이에 대해 말씀하신 적이 있었다. 늦도록 함께 술을 마시고 다음날 아침 대중목욕탕에 갔을 때, 등을 밀어주는 것이 후배, 그것이 어려워서 못 하는 것이 제자라고 했는데, 정작 나는 남자라면 지도교수와 목욕탕까지 함께 가는구나 놀랐다. 그러고 보니 지난번 후배들과 함께 막걸리를 먹던 때가 생각난다. 스물몇 살쯤 먹은 석사과정 후배들은 박사과정 선배의 썰렁한 농담에 아주 박수를 치며 웃어대었고, 마침내 눈물까지 줄줄 흘리면서 입꼬리가 아플 지경이라고 하였다. 그래서 정말 그게 재미난 이야기인줄 알고 다음번에는 학생들에게 맥주를 먹이면서 똑같은 이야기를 해주었지만, 같은 나이의 그 아이들은 웃지 않았다. 아니 웃지 못했다. 작은 농담에도 과장되게 웃어주는 것이 후배, 그 자리가 어려워서 웃지조차 못하는 것이 학생이라는 이야기를 내가 지금 이 자리에서 하면 와하하하, 그들은 또 한 번 웃어줄 것이다.

음식이 입에 맞는지 모르겠어요.

정말 맛있습니다. 집에서도 이런 음식은 먹어보지 못했는데요.

뭘 좋아하는 줄 몰라서 그냥 평소에 저희 먹는 대로 차렸어요.

그럼 매일 이렇게 드시나요? 저는 생일에도 이런 밥상은 받아보지 못했습니다.

식사 더 하시겠어요? 반찬 더 갖다 드릴까요?

아닙니다, 정말 많이 먹었습니다. 사모님이 음식솜씨가 좋으셔서, 부부장님이 항상 일찍 퇴근하시는 모양입니다.

I say, Woo~, You say, Yeah~, 콘서트장에서 가수가 객석의 반응을 이끌어내기 위해 하는 일들이 지금 이 자리에서도 이어진다. 여배우의 과도한 겸양에 객석은 약속이나 한듯 호응을 해주는데, 실은 그것이 남자배우를 향한 큐 사인이라는 것을 곰탕을 좋아하는 곰탱이는 알고 있다.

"어지간히 식사를 한 모양인데, 그럼 자리를 옮겨서 맥주라도 한 잔 할까."

그들이 식사를 할 동안 나는 응접실에 따로 맥주와 안주를 마련해놓았다.

"와아, 여기가 어디예요? 집안에 따로 응접실이 있는 것입니까?"

"거실에서 1차 하고, 2차는 여기서 하는 거예요? 그래서 부부장님이 항상 회식자리에서도 1차만 하시고 집에 가시는 거였습니까. 2차는 여기서 사모님과 따로 하시려고."

객석을 향한 작은 손짓 한 번에도 함성을 쏟아내는 소녀팬들처럼, 이번에도 또 한바탕 따라오는 관객의 호응소리를 들으며 거실에 널브러진 밥상을 치운다. 다섯 명이 밥을 먹고 몸만 빠져나간 자리는 별로 유쾌할 것이 없지만, 그러나 굳이 이것을 같이 치우자고 가사분담을 요구할 생각은 없다. 그가 지금 그의 자리에서 자신의 역할에 충실하듯 나는 이 자리에서 나의 역할에 충실할 뿐이니까. 따로 심부름꾼이나 견습배우가 없다면 무대 위의 소품을 직접 준비하고 치우는 것 역시 배우의 몫이리라. 무대 위에서의 모습뿐 아니라 무대 아래에서의 모습까지 아름다운 것이 진정 배우의 모습이라 생각하기에, 나 역시 다음 무대를 준비하기 위해 이 거실을 빨리 치운다.

지금까지 내가 읽었던 책 중 제일 재미있었던 것은 『서유기』인데, 라는 말로 시작되는 남편의 대사가 이어지는 걸 보니, 요행 내가 차린 2막의 무대는 관객의 마음에 든 모양이다. 그러고 보니 지난번 남편의 친구들이 각자의 부인과 훌쩍 자란 아이들을 데리고 왔을 때, 저 대사는 읊어지지 않았다.

항상 집들이마다 빼놓지 않고 초대되어서인지 송년모임인데도 그들은 두루마리 휴지와 세제를 사들고 왔고, 언제나 소녀처럼 꽃다발이나 화분을 들고 친구 부인은 그날 화사한 생크림 케이크를 준비했다.

"이거 어디다 놓을까요? 혼자 애 쓰시는데."

현관을 들어서자마자 주방으로 직행해 케이크를 건네더니, 이내 그 옆에 놓인 식탁에 슬그머니 앉았다.

"제가 뭐 도와드릴 일은 없을까요?"

그에 초등학교 교사라는 또 다른 부인도 슬몃슬몃 다가와 식탁에 앉았다. 마트에서 사온 초밥에 요리접시의 포장을 뜯던 나는 뒤를 돌아보았다. 남자손님과 아이들은 거실에 펼쳐진 교자상을 당연하게 차지하고 앉았는데, 함께 온 여자손님은 그 자리가 불편한지 부엌에 자리잡고 앉았다. 마치 그 옛날 어머니의 친구들이 부엌 한켠에 놓인 식탁에 앉아 서로를 진형아, 수현아로 불렀듯이, 창민엄마, 남기엄마로 서로를 부르던 그들은 아이가 없는 나를 무어라 불러야 할지 몰라 어색해했다. 따라온 아이들도 꼭 그때의 진형이만하고 수현이만했다. 자신을 위해 마련된 자리라는 걸 당연하게 여기며 남편의 친구들은 거실에 펼쳐진 교자상 앞에 앉았고, 창민이와 남기조차도 저렇게 당당한데, 동반하고 온 부인들은 어째서 이렇게 쭈뼛쭈뼛 부엌에 들어와 언제라도 발딱 일어나 일을 거들 기세로 의자에 엉덩이를 비스듬히 걸치고 있는가.

남자들과 아이들이 식사를 하는 동안, 장식이 화려해서 평소에는 잘 쓰지 않는 커피잔을 꺼내 커피를 따르고 접시에는 케이크를 잘라 응접실로 가져갔다. 저 방에서 저와 차 드실래요, 라는 말로 초대된 그녀들은, 그러나 못내 어색한 표정이었다. 티테이블 앞 의자 위의 엉덩이는 부엌의 식탁 의자에 앉았을 때보다 더 위태롭게 걸쳐져 있었다. 그렇게 불편했을까. 결국 여자에게는 부엌이 더 편했던 것일까. 남편은 그날 그녀들을 위해 『서유기』 이야기를 꺼내지 않았다.

"저녁이라서 커피 대신 밀크티를 준비했는데, 어떠신가요?"

신혼집에나 어울릴 만한 아롱아롱한 주전자에 꽃무늬 박힌 찻잔을 챙겨 들여가면, 그것은 '이제 거실이 다 치워졌다' 라는 표시. 13년차의 여배우는 무대 위에서 대사 대신 소품으로 의사표현을 할 정도가 되었고, 장난감 같은 찻잔에 밀크티를 따라 꼭 한 모금을 마시는 시늉을 한 남자배우는 관객을 거실로 다시 이끈다. 고화질 TV를 통해 전자게임을 하는 것으로 제3막이 시작되는 것이다. 지난번 그의 친구들이 왔을 때는 남기와 창민이가 처음부터 끝까지 게임기를 놓지 않는 바람에 1막과 3막이 뒤엉켜 버리고 말았지만, 그러나 화면 속의 아바타를 제 분신처럼 바라보며 뛰고 구르는 남자들의 눈빛은 열 살, 서른 살, 마흔 살이 별반 다르지 않다. 이것의 이번 연극의 절정인가. 싱크대 한켠에 쌓여 있던 그릇을 세척기에 쓸어넣고 와락와락 돌리며, 이제 배우는 마지막 무대를 준비한다.

검정색 가구가 들어찬 그의 서재에 검정색 의자와 유리테이블을 늘어놓고, 청량음료에 아이스크림을 준비한다. 거실에서 한바탕 뛰놀았으니 목이 마르지 않겠냐는 세심한 배려 같지만, 그러나 한겨울에 요즘은 잘 마시지도 않는 콜라와 사이다를 내놓는 것은 이제 준비한 음식은 모두 동이 났고 이것이 끝물이라는 신호이다. 남배우는 이제 자리를 정리해야 한다.

뒤늦게 새해 덕담 비슷한 이야기가 들려올 무렵, 때마침 식기세척기의 '종료' 버튼에 불이 들어온다. 문을 열고 보니 생선을 담았던 푸른색 접시, 닭고기를 담았던 흰색 백자접시, 그리고 돼지고기를 담았던 투박한 질그릇이 세척 바구니 속에 담겨 있다.

건축을 생활을 담는 그릇이라고 하니, 사람들은 궁금해한다. 여성 건축가는 어떤 집에서 살면서 또한 어떤 밥상을 차릴까 하는 것을. 보통여자들과 별반 다를 바 없겠지만, 그러나 유감스럽게도 나는 그 보통여자들의 수준에도 미치지 못한다. 오밀조밀 맛있는 음식을 차려내는 일은 정말 못하지만, 그러나 그날 나는 공간을 차려내었다. 거실에서의 식사, 응접실에서의 맥주, 다시 거실에서의 전자게임, 서재에서의 아이스크림으로, 모두 네 번에 걸친 공간 요리를 내놓으며 생활을 지어내었다. 내친김에 아예 5막까지 연출해볼까, 이제까지 한 번도 공개된 적이 없는 나의 서재에서 녹차를 대접하는 것으로 앵콜무대를 가져볼까, 새삼 그릇장을 뒤져 다기세트를 찾을 무렵 그러나 아쉽게도 관객들은 이제 객석을 벗어나 현관에 섰다. 정말 수고 많으셨습니다, 차린 것이 없어 미안하네요, 폐 많이 끼치고 갑니다, 그럼 다음에 한 번 더 놀러 오세요, 커튼콜마냥 수인사가 이어진다. 이윽고 도착한 엘리베이터가 그들을 싣고 떠나면, 관객이 사라져버린 여배우는 무대에서 내려와 일반인이 되고, 불 꺼진 거실에는 연극이 끝나고 난 뒤의 허탈만이 남아 있다.

수고했어, 분장실로 돌아와 화장을 지우는 여배우에게 남편이 말한다. 거울 속의 내 모습이 이제 맨얼굴을 드러내고 있다. 그래, 수고했지. 사실 나는 지난 금요일 이 책의 초고를 출판사에 넘겼다. 책을 한 권 낼 때마다 '인세 수입도 이제 상당하겠는걸, 어때, 돈은 좀 벌려?' 라는 이야기를 듣지만, 그러나 그때마다 '돈 생각을 하면 절대 그 일을 못 하지. 다만 쓰는 동안이 참 행복하지.' 라는 선문답을 할 뿐이다. 그런데 이번 책은 나의 생활, 나의 이야기가 담기다 보니 행복한 정도가 아니라, 나를 위해 마련된 독무대에 올라선 기분이었다. 무대용 메이크업을 하고 화려한 의상을 입고 세상에서 가장 아름다운 비련의 여주인공이 되어 아리아를 부르다가 순간 감정이입으로 진짜 눈물을 주룩 흘리는 프리마돈나처럼, 나의 이야기를 글로 지어내며 매순간 눈물짓고 미소 짓고, 웃음 짓고 한숨지었다. 지난 금요일 초고를 넘기는 것으로 연극은 끝났고, 암만해도 내려오고 싶지 않던 그 화려한 무대의 불빛도 꺼졌다.

월요일 아침, 출근에 앞서 남편은 다시 말한다, 수고했다. 응접실에는 꽃다발과 생크림 케이크가 선물처럼 놓인 가운데, 케이크를 잘라 생크림을 한 입 듬뿍 베어 문다. 마라톤 선수는 출발하기 전 케이크를 먹는다고 했나, 농축 탄수화물인 그것은 몇 시간 동안 지치지 않고 달릴 힘을 준다고 했다. 하지만 나는 일이 끝나면 먹는 습관이 있다, 몇 달 동안을 달려 왔으니 아주 고농축으로 먹어야겠다고 생각하며, 한 입 크게 베어 물며 웅얼거린다. 뭐, 수고랄 것까지야, 늘 하는 일이니까.

내게 금지된 공간
내가 소망한 공간

1판 1쇄 펴냄 2012년 5월 14일
1판 2쇄 펴냄 2013년 11월 15일

지은이 서윤영

주간 김현숙
편집 변효현, 김주희
디자인 이현정, 전미혜
영업 백국현, 도진호
관리 김옥연

펴낸곳 궁리출판
펴낸이 이갑수

등록 1999. 3. 29. 제300-2004-162호
주소 110-043 서울시 종로구 통인동 31-4 우남빌딩 2층
전화 02-734-6591~3
팩스 02-734-6554
E-mail kungree@kungree.com
홈페이지 www.kungree.com
트위터 @kungreepress

ⓒ 서윤영, 2012. Printed in Seoul, Korea.

ISBN 978-89-5820-236-3 03810

값 13,000원